王太子妃になんてなりたくない!!
王太子妃編
8

MELISSA

王太子妃になんてなりたくない!!
王太子妃編8

月神サキ

Illustrator
蔦森えん

リディ
リディアナ・ファン・デ・ラ・ヴィルヘルム。
ヴィヴォワール筆頭公爵家の一人娘。
前世の記憶持ちであり、
王族の一夫多妻制を
受け入れられなかったが、
想いを通わせたフリードとついに結婚、
晴れて王太子妃となった。
フリード
フリードリヒ・ファン・デ・ラ・ヴィルヘルム。
優れた剣と魔法の実力に加え、
帝王学を修めた天才。
一目惚れしたリディだけを愛し続け、
正式に妻として迎えた、
ヴィルヘルム王国王太子。
王太子妃になんてなりたくない!!
王太子妃編
8
CHARACTER

ウィル

ウィリアム・フォン・ペジェグリーニ。
ヴィルヘルム王国魔術師団の団長。
グレンの兄。

アレク

アレクセイ・フォン・ヴィヴォワール。
リディの兄。元々フリードの側近で、
フリード、ウィル、グレンとは幼馴染兼親友。

グレン

グレゴール・フォン・ペジェグリーニ。
ヴィルヘルム王国、近衛騎士団の団長。
フリードとは幼馴染かつ親友。

これまでの物語

シオンの願いを聞き入れ、元の世界へ彼を送ることに成功したリディとフリード。
別れの儀式の後、一人静かに寂しさを噛み締めていたレナは、
慰めてくれたリディの守護犬（？）グラウに感謝を込めてそっとファーストキスを捧げるが、
その瞬間、光に包まれたグラウはなんと獣人の姿に！
アルカナム島、狼の獣人イーオンが真の名前であることを彼に告げられたことで、
とにかくレヴィットを呼ぼうとした王太子夫妻。
しかしそこに、タリムが進軍してきたという緊急の知らせが――！

この作品はフィクションです。
実際の人物・団体・事件などに一切関係ありません。

王太子妃になんてなりたくない!! 王太子妃編 8

MELISSA

1・彼と出陣

早すぎるタリムの南下作戦。

そして、予想外のアルカナム島の参戦。

二ヶ国から同時に攻められるという今までにない窮地にヴィルヘルムが立たされたことを知った私は、執務室にリディたちを残し、足早に大広間へと向かった。

体調は万全どころか、いまだ念話すら碌《ろく》にできないような状況。

魔法や魔術が使えないだけと言えばその通りなのだけれど、戦争をするのならある意味必須《ひっす》だ。

特に私は、魔法を剣に乗せて戦うという方法をとっているので、今回その方策が使えないのは厳しいと思っていた。

――あれさえ使えれば、一瞬で終わらせることも可能なのに。

魔力――神力さえ戻れば、相手が一万いようが瞬殺できる。だが、現実は無情だ。

私は未《いま》だかつてないほど力を失っていて、その手段は使えない。

タリムを追い払うのは間違いなく時間が掛かるだろう。

本当に何故《なぜ》、こんなに早く仕掛けてきたのか。

いつもなら冬が始まるかどうかという季節に来るのに。

タリムが南下と称して毎冬に降りてくるこの戦いも十年を軽く超えるが、今まで一度もこんな時期にやってきたことはない。

だから、無意識に思い込んでいたのだ。

タリムは冬が始まる頃《ころ》、南下してくる。だからそれ以外に来ることはない、と。

考えてみれば愚かな話だ。

毎年同じ時期に来ると決まっているわけではないのに。

十年以上も同じことを続けられた結果、『今年もいつもの時期に来る』と思ってしまった。

多分それは私だけではなく、皆も同じだろう。

「来月くらいにはタリムが南下してくるから、こちらもそろそろ準備しなければな」

つい最近、父がそう言っていたことを思い出す。それに対し、あの宰相でさえ「そうですね」と何も疑問に思わず返していた。

もしかしたら、早めに来るかも、なんて誰《だれ》も思っていなかった。

その隙を突かれた形だ。

だけど、ああ——それがどうして今なのか。

生まれて初めてと言って過言ではないほど、力を失っている現状。

時期で言うのなら、それこそわずか二週間程度の話。

そこにまるで狙《ねら》いを定めたかのように南下を仕掛けてくるタリム。

偶然だと分かってはいるが、作為的なものを感じて仕方ない。

「言っても仕方ない、か……」

シオンを帰すと、協力すると決めたのは私だ。その判断を後悔だってしていない。

今、同じことを聞かれても協力すると答えるだろう。

だからもうあとは、自分にある力で、やれるだけのことをやるしかないのだ。

国を守るために。

「フリード！」

「アレクか」

声を掛けられ振り返ると、後ろからアレクが走ってきた。彼は武官ではないが、無関係というわけでもない。

招集を聞いてやってきたのだろう。彼は私の隣に並ぶと、早口で聞いてきた。

「タリムが南下してきたって？」

「みたいだな」

「……まだ、秋だろう？」

信じられないという顔をするアレクに、同意しながらも言った。

「そうだな。だが、別に秋に南下してはいけないというわけでもない。私たちが勝手に冬にしか下りてこないと思い込んだだけだ」

「そこを上手《うま》く突かれたってわけか……」

「さあ、それは分からない。何せ今回の敵はタリムだけではないからな」

「……アルカナム島か。まさかあの島が仕掛けてくるとは思わなかったぜ。なあ、国際会議で会ったんだろう？　どんな感じだったんだ？」

「終始、友好的な態度だったな。特にリディに対しては非常に好意的だったと思うぞ」

「リディに？　どうしてだ？」

当然の疑問だったが、私は首を横に振った。

「すまない。詳しくは話せない。だが、そうだな……リディの交友関係は私たちが思っている以上に広い、とだけ言っておく」

リディの友人であるイリヤ妃が獣人だということ。

その彼女の両親が来国していて、リディが彼らとイリヤ妃を会わせたこと。

レナが両親と会えるようにも配慮したこと。

色々なことが重なり、アルカナム島の人たちはリディに対し、かなりの好感情を抱いているように見えた。

イリヤ妃の両親に至っては族長だ。色々な決定権を握っている。

そんな彼らが、好感を抱いているリディがいるヴィルヘルムと対立しようと考えるだろうか。

そう思い、彼らが去り際に、何か言いたげにしていたことを思い出した。

言いたいけれど言えない。そんな顔をしながら去っていった彼ら。思わず声が漏れた。

「なるほどな」

「フリード？」

ふっと息を吐《つ》くと、アレクが私の顔を見た。首を横に振る。

「いや、なんでもない。ただ、思い出しただけだ。国際会議が終わって国に帰る時、彼らは私たちに何か言おうとしていたな、と。結局は言えないと口を噤《つぐ》んだが、もしかしたらこのことを伝えようとしてくれていたのかもしれない」

「……そんなことがあったのか」

「ああ。さすがに、攻めてくるとまでは読めなかったが」

「読めるわけねえだろ。大体、アルカナム島の獣人たちは俺《おれ》たち『ヒト』に対して、関わる気持ちが殆《ほとん》どない。ま、それは人間が獣人たちを捕まえて、奴隷にしたせいなんだけどさ」

「そう。彼らは基本的には、積極的にこちらに関わろうとはしない。それなのに今回は違った」

アルカナム島が、国際会議に参加を表明したあたりでおかしいと思っておくべきだったのだ。

娘であるイリヤ妃やレナに会いたい。リディの顔を見てみたい。

それだけで彼らが重い腰を上げるわけがない。

他《ほか》にもっと大きな理由があると考えるべきだった。

今頃《ごろ》気がついても遅いのだろうけど。

アレクが首を傾《かし》げながら言う。

「うーん。だけど、アルカナム島がうちに戦争を仕掛けてくる理由はなんだ？　うちには奴隷制度もないし、獣人を特に虐《しいた》げているというわけでもない。国同士何かもめ事を起こしているわけでもないだろ？」

「お前の言う通りだ。何も思い当たる理由がない。だからこそ不気味だな」

まあ、宣戦布告の理由については、あとで父上が教えてくれるだろうとは思うけれど。

宣戦布告をする際には、大概その理由も付随されているものだからだ。

こうこうこういう理由で戦争を仕掛けますという大義名分。それがなければ戦を仕掛けるのは難しい。

「わっかんねえなあ。で、さ。フリード、ちょっと聞きてえんだけど」

「うん？」

厳しい顔つきになったアレクが私の腕を掴《つか》む。

「アレク？」

「お前、その魔力量はなんだ。殆ど空っぽじゃねえか。一体何があった。何に使った。……そんな状態で、前線に立てんのかよ」

「……」

こちらを案じるような言葉に、虚を突かれる。

気づかれるだろうとは思っていた。多少でも魔力を扱うものが見れば、今の私に魔力がないのは明らかだろうから。

だけど。

「どんな状態だろうが、戦わなくてはいけないのは変わらない。心配するな、アレク。私は勝つ」

「……勝てんのかよ」

「当たり前だ。確かに魔力は空だが、私には剣術もある。それに我が国には、頼れる魔術師団もいるからな。心配する必要はない」

きっぱりと告げる。

迷いは見せない。少しでも弱気なところを見せては駄目なのだと知っている。

それが、長く共に在《あ》った友人だとしても。

私は将なのだ。

皆が私を見て戦う。だからこそ、常に凛《りん》と立っていなければならない。

「……本当に大丈夫なんだな」

「ああ、もちろんだ」

「……シオンだっていなくなったんだぞ」

シオンの名前が出て、少し笑った。

軍師として身を置いていたシオン。今、彼がいればとても助かっただろう。

だが、いない者を頼っても仕方ない。

「なんだ。アレクはシオンがいないと私が負けるとでも思っているのか？」

「ちげえよ。お前の負担が軽くなると思っただけだ。なあ、その状態、回復するんだろうな？　まさかずっとこのまま、なんてことはないよな？」

「心配しすぎだ。事情があって全魔力を使いはしたが、通常通り回復はする。二週間もあれば戦場でいつもの力を発揮できる程度には戻るそうだぞ」

「二週間って……戦争は今、始まってるんだぞ？」

「さっきも言ったが、私には剣もある。何も問題ない」

「問題ないって、お前なあ……」

まだ心配そうなアレクの目を見る。

リディと同じ紫色の瞳《ひとみ》は少し色合いが違う。それでもやはりリディを——妻を思い出してしまった。

「リディが待っているんだ。絶対に勝って帰るさ」

彼女のことを思い出しながら言うと、アレクの顔がすんっと真顔になった。

「？」

「いや、今のお前の言葉を聞いて、そうだろうなって思っただけ」

「うん？」

「リディを残して……とか、お前に限って絶対にあり得ねえなって。這《は》ってでも帰ってきそうな気がする。お前のリディに対する執着って尋常じゃねえから」

「何を今更。当たり前だろう」

私にとって当然のことを言われ、呆《あき》れた。

リディを残していくなんてあり得ない。

何が何でも彼女のもとに帰るに決まっている。

「お前なあ……俺、真面目《まじめ》に心配してたんだぞ」

「分かってはいるが、余計な世話だな。行かなくてはいけない事実は変わらないし、私が敵を倒して帰ってくるのも約束された未来だ」

「へえへえ。……心配して損した」

ようやく私の腕から手を離したアレクは、ホッとしたように笑った。

どうやら私が戻ってくると信じてくれたようだ。

アレクがいつもの調子で告げる。

「お前さ、大広間で魔力のこと聞かれたら、今俺に言ったみたいに答えろよ。『意地でも愛《いと》しの妃《きさき》のもとに戻るつもりだから大丈夫です』って。多分、それで全員納得するし、安心すると思うから」

「……何故、それで安心するんだ？」

本気で分からなかったので尋ねると、アレクは心底呆れたように私を見た。

「そんなの、お前が極度のリディ馬鹿だって全員が知っているからに決まってるだろ」

「……」

否定はできない。

できないのだが、どう返せばいいのか一瞬困った。

だけどとりあえず思ったことを口にする。

「私がリディを愛しているのは、言われるまでもないことだが？」

「うん、だから大丈夫だって皆思うって言ってんだよ」

「？？？」

それが理由になるというのだけは分からなかった。

◇◇◇

アレクと大広間に行くと、そこにはかなりの数の将兵が集まっていた。

主立った大臣たちもだ。

玉座にはすでに父がいて、厳しい顔をしていた。その隣には義父である宰相もいる。

「フリード、こちらに」

「はい」

私が来たことに気づいた皆が道を空ける。部屋の中央を進み、父の前に立った。アレクは宰相の側《そば》に行く。

皆、今回のタリムとアルカナム島の動きが予想外だったのだろう。

急な招集で、軍装すら碌に身につけていなかった。

兎《と》にも角《かく》にも、大広間に駆けつけなければ。そんな思いで集まったのだろう。

父は私を見ると、目を大きく見開いた。そうして眉《まゆ》を寄せ、聞いてくる。

「お前、ソレはどうした」

ソレ、がほぼゼロになった神力のことだと察し――なんとなく先ほどアレクに言われたことを口にした。

「問題ありません。私には愛しい妃がいますので。彼女のもとへ帰るためなら如何《いか》なる手段を用いてでも敵兵を倒すと確信できます」

これで納得してもらえるとは到底思えなかったのだが、話を聞いた父は何故か面白そうな顔をした。

「なるほど、確かにお前ならそうだろう。問題はないのだな、分かった」

そうして、本当に拍子抜けするほどあっさりと納得された。

微妙な顔をしていると、アレクと目が合った。その目は「ほらな」と言っている。

複雑な気持ちになりつつも、父の前に膝《ひざ》をつく。

今から出陣式だ。気合いを入れなければならない。

「――皆も知っての通り、先ほどタリムの南下、そしてアルカナム島からの宣戦布告があった。タリムはいつも通り『冬の厳しさに嘆く民に、よりよい住処《すみか》を与えるため、南下することを決断した』のだそうだ。あとアルカナム島だが『約定に基づき、宣戦布告する』とのこと。約定の内容については触れられていなかった」

ざわっと場が揺れる。顔を上げ、父に尋ねた。

「父上、約定を交わした相手も分からないのですか？」

「分からぬ。タリムに合わせたような進軍を見れば、タリムが相手と考えるのが妥当だろうが、タリムとアルカナム島が、何らかの約束を交わすようには思えないのだ」

「そう、ですね。私もそう思います」

タリムは、奴隷制度のある国で、獣人を多く奴隷として使っている。そんな国に対し、アルカナム島が何かを約束したり、その見返りに戦争に参加したりするだろうか。

私なら、絶対に手を組みたくないと思うはずだ。

何せ、いつ掌《てのひら》を返すか分からない国。対等であるかのように振る舞っておいて、気づいた時にはアルカナム島ごと属国として接収していても不思議には思わない。

それはサハージャも同じなのだけれど。

「陛下！　申し上げます!!」

アルカナム島の意図を考えていると、文官がひとり、息せき切って大広間に駆け込んできた。

一斉に彼に視線が集まる。それをものともせず彼は父の前まで走り、膝をついた。

余程必死だったのか、ハアハアと息を切らせている。

その様は尋常ではなく、何か良くないことがあったのだと悟った父が鋭く尋ねた。

「どうした」

「た、たった今、サハージャからの宣戦布告がありました……！」

「何!?」

報告された言葉を聞き、父は大きく目を見開いたが、それは私も、大広間にいる皆も同じだった。

タリムにアルカナム島。この二国だけでも頭が痛いというのに、それに加えてサハージャもだなんて。

「サハージャの言い分はこうです。『友好国として、タリムを援護する』、と」

「何が援護だ。今まで一度もタリムの南下になんて興味を抱かなかったくせに！」

吐き捨てるように言ったのはアレクだったが、皆も同様の思いを抱いたのだろう。厳しい顔をしている。私も己がかなり怖い顔をしている自覚があった。

父が厳しい口調で言う。

「なるほど。つまり我が国は、現在三方向から同時に攻撃を受けている、ということか」

「まだ、戦端は開かれておりませんが、時間の問題かと。陛下、ご指示をお願いします！」

「……」

全員が父を見る。

父は頷《うなず》き、先ほど転移門を使ってこの場にやってきていた叔父《おじ》に言った。

「ガライ。海を頼む。アルカナム島は海から来る。お前には海を押さえて欲しい」

「……承知いたしました」

叔父が頭を下げる。

外務大臣のペジェグリーニ公爵が言った。

「陛下。協定を結んだイルヴァーンに協力を願いましょう。こちらから打診します」

「うむ。イルヴァーンは海戦に強いと聞く。協力が仰げるのならばありがたいな」

「ただちに連絡を入れます」

「うむ」

ペジェグリーニ公爵が身を翻す。その背中を見ながら父が言った。

「助けを請《こ》えば、イルヴァーンは来てくれるだろう。だが、こちらに着くまでそれなりに時間が掛かるだろうな……」

「言っても仕方ありません。助力を請えるだけありがたい状況かと」

宰相が渋い顔をしながら答える。父もそれには同意のようで、小さく首を縦に振った。

「そうだな。誰か、現状の報告をしろ」

「それでは、僕が」

父に応《こた》え、前に出てきたのは、魔術師団団長のウィルだった。彼は魔術の目を飛ばし、各国の進軍状況を調べられる。近づくのは難しくとも、状況くらいなら十分把握できるのだ。

「今、各国境ラインに目を飛ばし、確認しました。侵攻が早いのはタリムです。すでに国境付近まで来ている模様。サハージャはこれから出発というところでしょうか。少なくとも西の国境にはまだ姿は見えていません」

「うむ……」

ウィルの報告を聞き、父が己の顎鬚《あごひげ》を擦《こす》る。

「サハージャの方が侵攻速度は遅い。それに、西の砦《とりで》にはセグンダ騎士団がいるだろう。彼らならサハージャの正規軍とも対等以上に渡り合えるはずだ」

そこで言葉を句切り、父は私を見た。

「フリード。まずは北へ行け。プリメーラ騎士団と魔術師団の半分を率い、タリムを後退させた後、援軍として西へ向かい、セグンダ騎士団と合流しろ」

まずはタリム。そのあとはサハージャと戦えと言われ、頭を下げた。

「――承知しました」

もとより、断るという選択肢はない。これは私にしかできないことだ。

「必ずや、勝利を持ち帰ります」

「うむ。近衛《このえ》騎士団は貸し出せない。何せ三方より攻撃を受けている現状。王都の守りを薄くするわけにはいかないからな。残り半分の魔術師団も王都に残らせる」

「はい、分かっております」

「テルセーラ騎士団には念のため、南の防衛ラインを守らせる。北と西、そして海の東。イルヴァーンは友好国だが、そちら側から敵が侵入してこないとも限らないからな。念のためだ」

近衛、プリメーラ、セグンダ、そしてテルセーラ騎士団。

国の全騎士団が出陣する異例の事態。

常にない状況に、皆の緊張が弥《いや》が上にも高まっていく。

こんな時に自身の体調が最悪だとは運が悪い。だが、言っても仕方のないことだ。

これは己の選択の結果なのだから。

「——陛下」

全騎士団に命令を下した父に、それまで黙って横に控えていた宰相が声を掛けた。

「なんだ」

「ひとつ、疑問が。サハージャは『友好国として、タリムを援護する』と言ってきたのですね。それが、どうしても気になりまして——」

「ほう」

続けろ、と父が宰相を見る。彼は頷き、皆にも聞こえるように言った。

「サハージャとタリムが犬猿の仲であることは、周知の事実です。何せ、サハージャは大陸を制覇したいという望みを大々的に掲げていて、暖かい南に南下して領土を広げたいタリムと、根本的に主張が合わないのですから。特に、サハージャが近年狙っているのは、我が国の穀倉地帯。それはタリムも欲しているもの。同じものが欲しい国同士が仲良くすることなどできますか？　私にはどうしても二ヶ国が仲良く手を組んだようには見えないのです。もっと他に何かあるのではと、どうしてもそう考えてしまいます」

「確かにな」

宰相の言葉は理に適《かな》っていた。

タリムとサハージャは仲が悪い。

どちらも野心家の国王を代々抱えているということもあるが、一番は、欲しいものが同じだからだ。

宰相の言う通り、彼らはヴィルヘルムの穀倉地帯を欲している。

国土の半分が砂漠のサハージャに、厳しい土地のタリム。

どちらも国を強くするために、うちの領土を肉食獣のような目で狙っている。

「更に言うのなら、アルカナム島です。アルカナム島の獣人たちは『約定により』と宣戦布告してきましたが、彼らがタリムとサハージャと並んで戦うことがそもそもおかしい。何せアルカナム島に住む獣人たちを奴隷として扱ってきたのは殆どがタリムとサハージャです。この二ヶ国をアルカナム島の島民たちは、当たり前ですが酷《ひど》く嫌っています。協力し、一緒に戦うなど、あり得ない。そう思うのです」

「だが、そのあり得ないことが起こった」

父の言葉に、宰相が頷く。

「ええ。その通りです。私にはある意味、アルカナム島の参戦の方が不気味に思えます。何を考えているのか分からない。先日の国際会議では友好的だっただけに、どうして今、このタイミングで我が国に牙を剥《む》いたのか。殿下、何かご存じですか？」

宰相に視線を向けられ、否定するように首を横に振った。

「いや、私にも分からない。先ほどアレクにも言ったが、彼らが敵対するとは思わなかったからな。むしろリディのお陰で、向こうはこちらに対し、かなりの好印象を持っていたはずだ。それは確信できる」

少なくとも猫の獣人たちはリディに敵対したいとは言わないだろう。リディはそれだけのものを彼らに与えたからだ。

「娘が？」

「ああ、詳細は話せないが、恩と呼べるものをリディは彼らに施している」

「……そう、ですか。それではますますアルカナム島の動きが理解できませんね」

「ああ」

宰相が難しい顔をして考え込む。

今すぐ出立したいところではあるが、不可解なことを不可解なままにしておくと碌なことにならない。戦争ではよくあることだ。

それに今回はタリムとサハージャ、そしてアルカナム島という三ヶ国が同時に攻めてきているという緊急事態。

間違った行動を取れば、すぐに不利な情勢へと傾いてしまう。

全《すべ》てを慎重にこなさなければならない。

どうするべきか。皆が父や宰相たちの次の言葉を待つ中、声を上げたのはアレクだった。

彼は申し訳なさそうに、だけどもはっきりと言った。

「あの、さ。親父《おやじ》。俺、ちょっと抜けて良いか？」

「アレク、今がどういう状況なのか分かっているのか」

ギロリと息子を睨《にら》む宰相。その顔は恐ろしいものだったが、アレクは慣れているのか平然としていた。

「分かってる、分かってるって。別に俺も逃げるとかそういうのじゃなくてさ。……今、リディの護衛から念話で連絡が入ったんだよ。——アルカナム島のことで話があるってリディが言ってるって」

「リディが？」

宰相の視線が怪訝《けげん》なものに変わる。

私はといえば、連絡をしてきたのはカインか、と思っていた。

カインはアレクと念話契約をしている。もしかしたら私に連絡したかったのかもしれないが、今の私では無理だということを彼は知っているし、それならとリディの兄であるアレクを選んだのだろう。

しかし、アルカナム島のことで話がある？

リディが今、狼獣人《おおかみ》のイーオンや猫獣人のレナと一緒にいることは知っているが、彼女は何を伝えようとしているのだろう。

全員の視線がアレクに集まる。それを無視し、アレクは口を開いた。

「そ、リディが。で、詳しい話をしたいから、こっちに来て欲しいって言われて。連絡してきた奴《やつ》は事情をそこまで分かっていないみたいで念話で詳細までは聞けねえし。それにほら、親父も知ってるだろ。リディが念話できないって」

「……うむ」

「で、俺たちは今、少しでもアルカナム島についての情報が欲しいところってわけだ。親父、そういうことだから席を外しても構わないか？　有益な情報ならちゃんと連絡するから」

「……分かった」

しばらく考えていたようだが、結局宰相は頷いた。

アルカナム島の考えが読めず、困っていたのは事実なのだ。その折にもたらされたリディの話。聞いてみる価値はあると判断したのだろう。

宰相が父を見る。頭を下げ、言った。

「陛下。息子を行かせても宜《よろ》しいでしょうか」

「義娘《むすめ》が呼んでいるのなら、無視するわけにもいくまい。許可する」

「ありがとうございます。アレク、何かあれば逐一報告するように」

「分かってるって。……フリード、悪いな。ちょっと行ってくる」

「ああ」

申し訳なさそうに言われ、首を横に振った。

大将である私は、この場を離れられない。アレクが適任だということは分かっている。

リディをこの場に呼ぶ、ということも可能性としてはあったが、ここには大勢の将兵がいる。

リディが何を言うか分からない以上、全員には聞かせられないのだ。

アレクが身を翻し、大広間を出て行く。

私が執務室を出て行った後、彼女が彼らと何を話したのか。

そして何を伝えようとしているのか。

気にはなるが、動けない。

アレクからの連絡を待つことにし、私たちは私たちにできることをしようと、話し合いを再開した。

2・彼女とひとときの別れ

「フリード……」

タリムとアルカナム島の同時攻撃。

その報告を聞いた私の夫は鋭い雰囲気を纏《まと》い、執務室を出て行った。

彼は将として、軍の先頭に立たなければならない。それは分かっていたけれど、心配で胸が張り裂けそうだった。

特に今のフリードは、著しく弱体化している。

もし彼に何かあったらと思うと、いてもたってもいられなかった。

「……」

「ご正妃様」

じっと彼の去ったドアを見ていると、後ろから声を掛けられた。

声の主は、狼《おおかみ》獣人のイーオンだ。その隣にはレナが寄り添っていて、不安そうな顔をしている。

「どうしたの、イーオン」

「その、アルカナム島が宣戦布告したという話なのですけど」

「ええ」

返事をする。イーオンは唇を噛《か》みしめ、やるせない表情をしていた。

「……僕、どうしても信じられなくて。だって、島の皆は外になんて興味なかった。自分たちが平和に暮らせればそれでいい。島にいるのは、そんな風に考える獣人ばかりなんです。人間と一緒に戦うなんて考えてもいない。むしろ奴隷として誘拐されることが多いから憎んでいる奴《やつ》の方が多いくらいなのに……」

「そうよね」

イーオンの言葉は尤《もっと》もだった。

アルカナム島に住む獣人たちは、基本的に人間に対し、良い感情を持っていない。

子供や女性を奴隷として攫《さら》われることが多い彼ら。

むしろ、奴隷制度のあるタリムやサハージャなんて、反吐《へど》が出るくらい嫌っているのではないだろうか。

幸いにも私は彼らと仲良くさせてもらっているが、もちろんそれは一部の獣人たちで全員ではない。

島にいる殆《ほとん》どは、人間嫌いだと思って間違いないのだ。

「僕とか若い連中は、そこまで人間を嫌っているわけじゃありません。良い奴もいれば悪い奴もいる。全員が同じではないと分かっているから。でも、親父《おやじ》たちの世代より上になるともう駄目です。人間と聞くだけで怒り狂うような感じで……すみません」

「あなたが謝ることじゃないわ」

申し訳なさそうに言われ、首を横に振った。

レナもなんだかシュンとしている。自分の故郷が戦争に参加して、しかも自分のいる場所を攻めているのだ。複雑な気持ちになるのは分かるし、だからこそ守ってあげなければと思った。

「レナ、大丈夫？」

声を掛ける。レナは弱々しく頷《うなず》いた。

「大丈夫、です。でも、島が戦争をして……ヴィルヘルムを攻めてきて。この国の皆、きっとあたしのこと、嫌だって思っちゃいますよね。あたしが獣人なのは皆、知ってるもの。自国を攻めてくる獣人を嫌いだって思うのは当然だって分かってます……」

辛《つら》そうに告げるレナを痛ましい気持ちで見つめる。

実際、そんな風に言う人はいると思う。残念だけど、本当に残念だけど、馬鹿《ばか》な人間はどこにでも、そしていくらでもいるのだ。

特にレナは小さくて可愛《かわい》らしいから、狙《ねら》いをつけてくる者は多いだろう。弱いものに当たろうとするのがそういう人たちのやり方なのだから。

でも、そんなこと私が許さない。

「大丈夫よ」

震えるレナに私はドンと胸を叩《たた》いて言った。

「大丈夫。あなたはうちの城の女官なんだから。ヴィルヘルムに属しているレナを虐《いじ》めるなんて真似《まね》、絶対にさせないから。……ねえ、レナ。もし嫌なことを言われたりしたら、すぐに私に言ってね。絶対にひとりで黙って苦しまないで。お願いよ」

レナの頭を撫《な》でると、彼女は微《かす》かに目を見張った。

「で、でも……そんなの、ご正妃様にご迷惑では……」

「そんなわけないでしょ。私、レナのことは可愛いって思ってるし、長くヴィルヘルムにいて欲しいと願ってるんだから。レナがここを居心地いいって思ってくれない方が私には困るの。だから気にしないで。それに、ね」

　言葉を句切り、彼女を見る。レナはおそるおそる私を見返してきた。

「それに？」

「あなたはシオンの残した大事な子じゃない。私はシオンにあなたを任されたんだと思ってる。彼の代わりにあなたを幸せにしてあげたいって思ってる。だからレナは私を頼って良いの。シオンを頼ったみたいに……はできないかもしれないけど、できればそんな風に頼って欲しいって思ってるわ」

　ずっと考えていたことを告げる。

　ヴィルヘルムにレナを置いていったシオン。

　きっと彼は私たちを信頼してレナを残してくれたのだと私は思っていた。

　もちろんレナの意思が『残る』だったからというのもあるけど、シオンはきっとそれができないと思えば、止めたはず。

　止めずに彼女の意思を尊重したということは、ヴィルヘルムに残しても大丈夫だと、私たちを信じてくれたのだと思うのだ。

「大丈夫。あなたのことは、私たちが守るからね」

　もう一度レナに告げる。

レナはギュッと私のドレスを掴《つか》み、無言で何度も頷いた。

黙って見ていたイーオンがポツリと言う。

「――ご正妃様って獣人キラーですよね」

「へ？」

なんのことだ。頭を撫でる手を止め、怪訝《けげん》な顔でイーオンを見る。彼は複雑そうに私を見返してきた。

「いや、だって、僕たち獣人への対応が……偏見がないのもそうなんですけど……なんか……もうこんなの、できる限りお仕えして返すしかないって思いますよね」

「……分かる」

きゅっと私に抱きついたレナがイーオンの言葉に同意する。

「シオン様もそうだったけど、ご正妃様もあたしが欲しい言葉をくれるから……優しくしてくれるから。だからあたし、ここで頑張ろうって」

「え!?　別に無理してくれなくていいのよ？　私はレナが幸せに生きてくれたらそれでいいんだから」

私のために、なんて思ってくれなくて良い。私は私がしたいことを言っただけで、恩に感じてもらおうなんて思ってもいないのだから。

それでレナが動けなくなる方が問題だ。

だけどレナはギロリと私を睨《にら》み付けている。

「ほら、そういうところ、です！」

「えええ!?」

意味が分からない。

助けを求めるようにイーオンを見る。だがイーオンも同意見のようで、うんうんと何度も頷いていた。

◇◇◇

「――姫さん」

あれから本格的に泣きだしてしまったレナを慰めていると、天井からカインがシュタリと下りてきた。

フリードがいないので出てきてくれたのだろう。彼が、カインがいるから大丈夫と、気にせず部屋を出て行ったことは分かっている。

突然現れたカインだが、イーオンは驚かなかった。グラウであった時、よく一緒にいて馴染《なじ》みがあるからだろう。説明しなくて良いのは助かる。

「どうしたの？」

尋ねると、カインは苦い顔をして言った。

「悪い知らせだ。――サハージャも宣戦布告してきたぜ」

「えっ……」

「多分、もうすぐアラートが鳴ると思うけど――」

カインの言葉を証明するかのように、新たなアラートが鳴った。

それは彼の言った通り、サハージャも参戦したというもので。

同時に三ヶ国に攻められているという現状を知った私は愕然《がくぜん》とした。

「……サハージャも来るの？」

「みたいだな。……王太子が万全ならそれでも別にって感じなんだけど、今は……なあ？」

「……うん」

濁すように言われ、私は苦い顔をした。

カインの言う通りだ。

いつものフリードなら、敵がどれだけ来ようと大丈夫だと言い切れる。だけど今の彼は魔力が空っぽで、普段とは全然違う。

念話すらできないような状況の中、三つの国と戦うことを余儀なくされたフリード。

それが彼の役割と分かってはいるけれど、やはり心配で胸が痛い。

「……ご正妃様」

サハージャまでもが参戦したと聞き、驚いていたイーオンが呼びかけてきた。その顔は強《こわ》ばっていて、彼が緊張しているのが伝わってくる。

「どうしたの、イーオン」

「今、三ヶ国が同時にヴィルヘルムを攻めている。そういう状況ですよね」

「ええ、そうよ」

　肯定すると、イーオンは思い切ったように言った。

「さっきも言いましたけど僕はやっぱり島が何を考えているのか分かりません。タリムと手を組んだかもしれないというだけでも信じられないのに、サハージャもだなんて。だって、タリムとサハージャって、僕たちアルカナム島の獣人を食い物にしている二大巨頭ですよ。この二ヶ国と一緒にヴィルヘルムを攻めるなんてどう考えてもあり得ない。おかしいんです」

「おかしいって……私もそう思うけど」

「だから僕は、島と連絡を取ろうと思います。どうしてサハージャやタリムと一緒にヴィルヘルムを攻めているのか。そして、もうひとつ。僕のことも聞こうと思います」

「イーオンのこと？」

「はい。ご正妃様の話では、島は僕を取り戻そうとして、現在交渉中だって、そう言っていたのでしょう？　そのことについて聞きたいなと。だって僕はここにいるんです。それなら彼らは誰《だれ》を取り戻すつもりで誰と交渉しているのか、聞かないわけにはいきません。……僕は当事者です。話してくれると思います」

「……そう、そうね」

　確かに当事者のイーオンになら、彼らも重い口を開くのではないだろうか。

　彼の言葉には納得しかなかったし、そうすればアルカナム島の真意だって分かるかもしれないと思った。

「いいかもしれないわ。でも、連絡手段はあるの？　今は戦時中だし、普通の方法では難しいと思うけど……」

平和な時ならいくらでも連絡は取れるが、戦時中となると話は変わる。

アルカナム島側だって警戒しているだろうし、難しいのではないだろうか。

イーオンも私の意見には同意のようで、厳しい顔をしている。

「……誰かと連絡を取ってそれから……いや、それでは遅すぎるし……」

どうすればいいのか。何か良い方法は。

考えていると、カインが言った。

「それなら、姫さんの持ってる権力を大いに利用すれば良いんじゃないか？」

「へ、権力？」

何を言い出すのかとカインを見る。彼は当たり前のように口を開いた。

「姫さんは、王太子妃でなおかつ、宰相の娘だろう？　国王と宰相、国のトップのふたりが父親なわけだ」

「え、うん。それはそう……だけど」

「だからそのふたりに直接、お願いすれば良いんだよ。どうせ向こうも今頃《ごろ》『アルカナム島が何を考えているのか知りたいけど難しい』とか思っているところだろうし、それならこっちから『アルカナム島にゆかりのある人物がいるから、なんとか向こうの代表者と会えるようセッティングだけして欲しい』って頼めばいい。姫さんの父親たちは娘からの降って湧《わ》いた話に喜ぶだろうし、国の代表なんだ。そういう席くらい設けられるんじゃないのか？」

「……なるほど」

その席を設けるのにどれくらい時間が掛かるかは分からないが、試す価値はありそうだ。

それに確かに、私たちだけで勝手に行動するわけにもいかない。

動くのなら父たちに話を通さなければ迷惑が掛かることは分かるので、それならもう、こちらの話に巻き込んでしまってもいいのではないかと思った。

「イーオン、あなたのこと、お父様たちに言っても大丈夫かしら？」

大前提として、イーオンの意向を尋ねる。

もしイーオンが嫌だというのなら、別の方法を考えねばならないと思ったのだ。だが幸いにもイーオンはすぐに頷いた。

「構いません。僕としても、確実に話ができる方が有り難いので」

「分かったわ」

イーオンが良いのなら、とカインを見た。

「……兄さんに念話で連絡を取って欲しいの。お願いしても構わない？」

兄もフリードたちと一緒に大広間にいるだろうことは分かっている。

フリードは今、念話ができないし、カインと兄が念話契約をしているのは知っている。連絡を頼むと、彼は快く引き受けてくれた。

「良いぜ、アレクに連絡してみる」

「お願いね」

カインが目を瞑《つむ》る。しばらくしてカインは目を開き、私に言った。

「詳しい話が聞きたいからこっちに来るってさ。アレクだけだって言ってたけど」

「兄さんがこっちに来るの？　うん、分かった」

どうやらこちらの話に興味を示してくれたようだと気づき、ホッとした。

ややあって、執務室に兄が入ってくる。

「リディ、どういうことだ？　アルカナム島について話があるってことだが――」

厳しい顔つきで兄が私を見る。

とてもではないが、余裕はなさそうだ。

私も余計なことは一切言わず、すぐに本題に入った。

元は狼である彼を兄も知っている。彼がグラウであったことを言うと兄は驚いたが、黙って私の話を聞いていた。

アルカナム島の人たちがイーオンを探していること。そしてそのイーオンがどこかで見つかり、その身柄を取り戻すべく動いている最中だということ。

だけどそのイーオンはここにいて、彼らは間違いなく誰かに利用されているということなどを私は兄に話した。

「それでね。イーオンは一度、アルカナム島の人たちと話したいって言ってて。私が国際会議でその話を聞いた時は、詳細は教えてくれなかったけど、本人にならきっと教えてくれるでしょう？　もしかしたら今回の戦争参加に絡んでる話かもしれないし、関係なかったとしても、彼がいれば色々話を聞き出すことができるかもしれないって思うの」

「……」

「でも、戦争状態になっちゃったから私たちだけではアルカナム島に連絡を取れなくて。時間も掛かるだろうし。だから兄さんたちにお願いできないかなって」

「……アルカナム島の上の奴らとイーオンが話せる場を作れって、そういうことか？」

「うん。駄目？」

「……」

じっと兄を見つめる。兄は難しい顔をして考え込んでいたが、ややあって頷いた。

「分かった。ちょっと待ってろ。親父《おやじ》たちに話を通してやる」

「良いの⁉」

「アルカナム島が何を考えているのか知りたいっていうのはこっちも思っていたことだからな。イーオンがいれば向こうも交渉の席につく可能性は高いだろう。試す価値はある」

「うん！」

きっぱりと言われ、ホッとした。

イーオンも安堵《あんど》の息を漏らしている。しばらく父と念話をしていたらしい兄が私を見た。

「リディ、陛下と親父がお前を大広間に連れて来いって言ってる」

「え、私？」

「ああ、直接話を聞きたいんだそうだ。……大丈夫か？」

戦争前で殺気立っている大勢の男たちがいる場に行くことを兄は心配してくれたのだろうが、私は首を縦に振った。

「大丈夫。行くよ」

「本当に良いのか？」

「うん。フリードもいるんでしょ。それなら平気だから」

彼がいるのならどんな場所でも大丈夫。そう言うと、兄は呆《あき》れたような顔をした。

「まあ、お前はそうだよな……よし、行くか」

「うん」

兄に言われ、頷く。

私はイーオンとレナに執務室に残っているように告げ、兄と一緒に大広間に向かった。

◇◇◇

「リディ！」

兄と一緒に大広間に入る。

私の姿に気づいたフリードが駆け寄ってきた。

「ごめんね。呼びつけてしまって」

「ううん。ちゃんと話をした方が良いのは分かるから」

フリードと話しながら国王がいるところまで歩く。

玉座には国王がいて、その隣には父がいた。父は複雑そうな顔で私を見ている。

その顔が『またお前か』と言っているような気がしたが、無視をした。

今はそれどころではないのだ。

「連れてきました」

兄が私の隣に立ち、国王に告げる。

国王は頷き、私を見た。

「姫。私の可愛い義娘《むすめ》よ。そなたの兄に話したことを私たちにも話してはもらえないか」

「はい」

頷き、今までにあったことを告げる。とはいえ、イーオンの名前は口にしない。

ここにはそこまで知っても大丈夫な人ばかり集まっているとは限らないからだ。

ざっくりと、アルカナム島に対する切り札となる人材を保護していることを告げると、フリードが理解したという顔をした。イーオンのことに思い当たってくれたようだ。

兄が私の話を補足しつつ、国王に言う。

「アルカナム島の真意を探りたいというのは、陛下のご意向にも添う話かと。こちらで保護している人物の名前を聞けば、必ずやアルカナム島は話し合いの席についてくれると確信できます。ですからどうか、その機会をお与え下さい」

主旨を理解したフリードも兄に続いた。

「確かにその人物がいれば、アルカナム島は交渉の席につくと私も確信できます。アレクやリディの言うことは一理あるかと」

「……分かった」

私たちの主張を一通り聞いた国王が頷く。

「確かにアルカナム島が何を考えているのか、知ることができるのなら知っておきたい。向こうと話し合いができるよう取り計らおう。——良いな、ルーカス」

「承知いたしました」

国王に命じられ、父が頭を下げる。

そうして私たちに言った。

「話し合いの席には誰が出向く？　戦時中だ。話し合いとはいえ、全く危険がないとは言い切れないし、当然滅多《めった》な者には行かせられない。少なくともお前たちの言う切り札となる人物が信頼できる人間であることが必須《ひっす》条件だし、当てはまる人物は限られてくると思うが——」

「あー、俺《おれ》が行く」

手を挙げたのは兄だった。

「俺は出陣予定もなかったし、親父がいるなら城に残っている必要もないだろ。リディを連れて俺が行ってくる。それでいいか」

どうやら兄は私を連れて行ってくれるらしい。

元々立候補しようと思っていたので、こちらとしては有り難い限りだ。

父や国王もその辺りは予想していたようで、仕方ないという顔をしている。

だが、それにフリードが反対した。

「私は反対です」

「フリード？」

怒りさえ滲《にじ》ませ、フリードは兄を見た。

「アレク、お前はリディを危険な目に遭わせるつもりか」

「交渉の席に連れて行くだけだぜ？　言うほど危険ってわけでもないだろ」

「彼女は私の妃《きさき》だ。本来、妃という存在は城の奥で守られているべきもの。リディもそれは同じ。私もいないのに、ひとりで外に出すなど考えられない。リディに何かあったらどうするつもりだ」

フリードが兄を睨んでいる。

彼としては自分がいない時に、城の外に出て欲しくないという気持ちがあるのだろう。フリードが心配するのはよく分かるし普段なら「そうだね」と聞き入れるところなのだが、さすがに今回は言うことを聞いてはあげられない。

多分、これは私にしかできないことだと思うから。それを分かっていて、奥に引き籠《こ》もっていることなどできるはずがなかった。

「フリード、私――」

行かせて欲しい、そう言う前に兄が口を開いた。

「お前の気持ちは分かるが、今回ばかりは無理な相談だ。そもそもアイツが信頼しているのはリディだろう。リディを連れていかないという選択肢はないと思うぜ」

「……だが」

「お前だって本当は分かっているんだろう？　リディを連れていかなければならないって。獣人は恩に生きる種族だ。リディがいればアイツは絶対に裏切ったりしないし、それに交渉の席に王族を連れて行くことには意味がある。こちらが真剣に話し合いをするつもりがあることを示せるし、信頼を得やすいからな。更に言うのならリディは国際会議で、向こうの代表と面識があるだろ。リディが向こうからの好感度が高いことは聞いているし、向こうだって好意的に思っている者が来た方が色々やりやすいし話しやすい。どう考えてもリディを連れていく一択なんだよ。むしろリディを連れていかないなら失敗するとまで言い切れると俺は思うぜ？」

「……」

私を連れて行くメリットを兄が語る。それをフリードはじっと聞いていた。

顔には懊悩《おうのう》がある。

多分、フリードも分かってはいるのだろう。だけど嫌だという気持ちを抑えきれないのだ。

自分の手で私を守れないから。その苦悩が私にまで伝わってきた。

なかなか決断できないフリードに兄が言う。

「俺も一緒に行くんじゃ、安心できないか？　リディはお前の妃でもあるが、それと同時に俺の妹でもあるんだ。何もないよう最大限に努力するし、俺の命に代えても妹はお前のもとに返してみせる。なあ、フリード。俺がここまで言っても信用できないのか？」

兄がすごむ。そんな兄にフリードは緩く首を横に振った。

「いや、お前のことは信じているし、言っている言葉が正しいのも理解している。ただ、理性よりも本能が勝ってしまったというか……それだけのことなんだ」

「本能ねえ。お前、基本リディを自分の目の届く範囲内に置いておきたい奴だもんな」

「……そうだな」

兄の言葉を否定せず、フリードは苦く笑い、やがて小さく息を吐《つ》いた。

「……すまない。冷静ではなかったようだ」

「本当にな。――リディを連れていく。それでいいな？」

「……ああ」

少し迷いはしたものの、それでもフリードははっきりと頷いた。そうして私の顔を見る。

「リディ」

「フリード」

じっとその目を見つめる。大丈夫だ、やってみせるという気持ちを込めて、しっかりと。

私の決意を感じ取ったのか、フリードは何とも言えない顔をした。だいぶ複雑そうだ。それでも彼は言うべき言葉を口にした。

「……ごめんね。リディには迷惑を掛けるけど、アルカナム島代表たちとの話し合い、行ってもらって構わないかな」

「元々私が言い出した話だもの。それに兄さんも言っていた通り、私が行かないと駄目だと思うから」

フリードが行けないのなら私が行くしかない。

王族で、なおかつ彼らと多少ながらも親交があるといえば、私しかいないのだから。

イーオンのこともあるし。

安心させるように笑ってみせる。

そんな私を見て、フリードは真顔で言い添えた。

「アレクと……カインは勝手についていくだろうから……とにかくふたりと離れないようにして。分かったね？」

子供の心配をする父親かと思ったが、彼が真剣に言っているのは分かっているので首肯した。

「分かった。単独行動はしない。約束する」

「うん。リディはお転婆《てんば》なところがあるから心配だし、本当は私もついていきたいところなんだけど」

言葉を句切り、こちらの様子を窺《うかが》っている兵たちを見る。

「――私は、彼らと一緒に行かなければならないから」

「うん、分かってる。フリードは大将だもの。だから私は私にできることをするね」

フリードの仕事は私以上に代えのきかない大切なものだ。

彼がいるから皆は気持ちを奮い立たせることができる。それは他《ほか》の誰かに代われるものではない。

魔力が枯渇していたって平気な顔をして先頭に立たなければならないのだ。

それは、彼を愛するひとりの女としてはやめて欲しいところだけれど、王太子妃という立場にある私には言えないことで。

むしろ笑顔で送り出さなければならないと分かっていた。

まあ、さっきは動揺しすぎて行って欲しくないと少々駄々を捏《こ》ねてしまったけれど。

理性では分かっていても本能には逆らえないというのはああいうことを言うのだなあと実感した。

「頑張るね」

決意表明するように告げる。

イーオンと共に、アルカナム島の代表と会うこと。

そして彼らが何を考えているのかを知り、皆に伝えることが私の使命だと分かっていた。

これは王太子妃であり、イーオンの正体を知り、アルカナム島の面々と多少ながらも面識のある私にしかできないことだ。

絶対に任務を成功させてみせる。そう決意していると、兄が言った。

「そんなに気張らなくても大丈夫だろ。お前はいつも通りにしておけばいい。変に取り繕うよりその方が、よほど成功率が上がるからな」

「ええ？」

「空回りするに決まってるから、王太子妃らしく、とかそういうことは考えなくていいって言ってんだよ」

「……うん」

励ますように兄が私の頭に手を乗せようとする。その手が頭に触れる直前で止まった。

「ん？」

「……っと、危ねえ。お前に触ると、お前の怖い旦那《だんな》が睨んでくるからな」

「……」

兄の言葉を否定できなかった。実際フリードは「分かっているじゃないか」と言い、私を引き寄せている。

「――話は決まったな」

国王が、皆にも聞こえる声で言う。

「息子フリードリヒの妃、リディアナにはアルカナム島との話し合いに行ってもらう。随行は、ルーカスの息子アレクセイ。彼はリディアナの兄でもあり、フリードリヒの側近だ。必ずや、役目を果たしてくれると信じている」

目を向けられ、兄と共に頭を下げる。国王は朗々と告げた。

「これは我々にとって必要な話し合いである。我々はアルカナム島の真意を知る必要があり、その人選にフリードリヒの妃リディアナを選んだのは、彼女が一番適任であるからだ。その理由は深くは語らないが、私は彼女にしか頼めないと思っているし、最も成功率が高いのも彼女だと疑っていない。皆も、そのつもりでいるように」

鋭い視線で、国王が皆を見回していく。

多分だけれど、国王は私が行くことに疑問を覚える人たちに対して、牽制《けんせい》してくれたのだと思う。

私が妙な目で見られないように、考えがあってのことだと告げてくれたのだ。

彼もまた義母と同じように私を娘として可愛がってくれている。それが分かる配慮に有り難いなと思う。同時に、なんとしても成功させなくてはとも思うけども。

「我々は、なんとしてもこの未曾有の危機を乗り越えなければならない。三ヶ国が同時に攻めてくるという常にはない状況。皆の心が折れることなく、国のため、家族のために勇敢に戦ってくれることを信じている」

「「「はっ!!」」」

全員が膝《ひざ》をつき、頭《こうべ》を垂れる。

彼らからは必ず勝つという気迫が感じられた。ギラギラとした顔。

戦いに赴く人たちの特有の雰囲気に気《け》圧《お》されそうになる。

――ああ、フリードはこういう人たちを従え、更には前線に立って指揮をしているのだ。

彼にしかできないこと。

彼らを纏《まと》め上げ、信頼を背負い、勝利を約束するフリード。

それは想像だけでもとても格好良くて、私の夫はすごい人なのだと改めて思った。

「出立は三時間後だ。それまでに各自準備を整えるように。ルーカス、食糧倉庫を開けろ。戦いに赴く兵たちを飢えさせてはならない。十分な兵糧を持たせるのだ」

「承知しました。今すぐに」

国王の指示を受け、父が了承の言葉を告げる。

大広間の扉が開かれ、兵たちは各自厳しい顔つきで出て行った。

今から軍装を纏い、馬を用意し、戦いの準備を始めるのだろう。

それはフリードも同じで。

彼は厳しい顔つきで前を見据えていた。だけど私の視線に気づいたのか、こちらを向く。

あっという間に柔らかい表情になったフリードは優しい声で私に話し掛けてきた。

「リディ？」

「えっ、うん、あの……フリードも出陣の用意をしなきゃ駄目……なんだよね」

じっとフリードを見つめる。

彼は目を瞬かせ、ふっと笑った。

「出陣まで三時間あるからね。準備自体は三十分もあれば終わるから、そんなに急ぐ必要はないよ」

「そう、なの？」

では何故《なぜ》三時間も。

一分一秒でも早く、戦場へ行かなければならないのではないか。

私の疑問にフリードが答える。

「家族と別れを惜しむ時間は必要なものだからね。きちんと『いってきます』と言えた方が生還率は高いんだよ。家族のために戦い、必ず帰ってくると誓う。そういう時間を取った方が、士気も全然違うんだ。だから、かな」

「……そっか。分かる気がする」

家族に『いってきます』を告げる時間は確かに大切なものだ。その時間をできるだけ取るようにするというのもよく分かるし、必要なのだと理解できる。

頷いていると、兄が私に言った。

「リディ。俺たちの出発も多分、同じくらいだ。今から親父がアルカナム島に連絡を入れて、早急に話し合いの席を設けるよう交渉する。おそらく場所は海上となるだろうから、先にダッカルトに移動しておくぞ」

ダッカルト。

この間、フリードと一緒にデートに行った、蛸《たこ》が捕れ、アマツキさんが住居を構えている港町のことだ。ヴィルヘルム東側にあり、フリードの叔父《おじ》であるガライ様が治めている。海軍の本拠地があることでもよく知られていた。

その海軍の船に乗り、海上で話し合い。

戦時中なのだ。話し合いが中立地域で行われるのは当然のこと。

普段、船に乗る機会なんてないだけに、兄の話にはそわっとしてしまった。

「船に乗るんだ」

「向こうだって戦争している国で話し合いなんてしたくないだろ」

「うん、それは分かってる」

「フリードたちの出陣を見送ったら俺たちも移動ってことにするから、それまで自由にしてていいぜ」

「え……」

てっきり話を詰めたりするのではと思っていたので驚きだ。

目を丸くすると、兄は肩を竦《すく》めてフリードを見た。

「さっき、フリードだって言ってたろ。これからの時間は家族に『いってきます』を告げる時間だって。それはこいつだって同じだ。フリードの家族であるお前が『いってらっしゃい』を言わずにどうするんだよ。こいつ、大将だからな？　やる気がない大将なんて困るんだぞ」

「あ……」

ぱちぱちと目を瞬かせる。

すっかり自分たちのことが考えから抜けていた。

だけど兄の言う通りだ。

フリードだって『いってらっしゃい』が欲しいし、『いってきます』を言いたいだろう。

それは一般兵だけに与えられた時間ではなく、全員に対して平等に与えられるものなのだ。

ようやく理解したという顔をした私に兄が言う。

「そういうことだから、三時間後な。イーオンたちには俺から事情を話しておく。話し合いの席を設けられるよう交渉中であることと、三時間後に移動すること。あとは俺とリディが行くことを伝えれば大丈夫だろ」

「うん。でも、兄さんは？　屋敷に戻って準備したり、とかはいいの？」

イーオンに伝えてもらえるのは助かるが、兄にだって時間は必要だろう。

そう思ったのだが、兄は肩を竦めるだけだった。

「俺は別に戦場に行くわけじゃねーし、つーか、お前と一緒だしな。いってきますもなんもねえだろ」

「まあ、そう、だね」

確かに、と頷く。

早速執務室に戻り、イーオンに話をしにいくという兄と別れ、フリードと一緒に大広間を出た。

自然と手を繋《つな》ぐ。なんとなく部屋に向かった。

「……寂しいな」

歩きながら零《こぼ》れるのはどうしようもない本音だ。

しばらくフリードとお別れなのだと思うと、寂しいという気持ちしかなかった。

「……どれくらいで帰ってこられるのかな」

言っても仕方ないことと分かっていたが聞いてしまう。私の弱気な発言を聞いたフリードが困ったような顔をした。

「どれくらい、というのは言い難いかな。まずはタリムを片付けて、そのあとはサハージャに向かわないといけないし。いや、サハージャに行く前に多少城に戻って休憩する時間はあるだろうけど、実際に帰ってくる日となると……」

うーん、と考え込むフリード。

「ごめん。ちょっと分からないかな。できるだけ早く戻れるようにはするつもりだけど」

「うん、分かってる。私の方こそ変なこと聞いてごめんなさい。ちゃんと私のところに戻って来てくれたらそれでいいから」

それ以上、望むことは何もない。私の言葉を聞いたフリードの手の力が強くなる。

「リディ」

「私、フリードが帰ってくるの、ちゃんと待ってるからね」

「……うん。でも、リディも気をつけて。アルカナム島との話し合い。何もないとは思うけど、私はついていけない。すごく心配なんだ」

「分かってる」

フリードの言葉に強く頷く。

「リディにしかできないことだと理解してる。必要な行動なのだとも。でも、やっぱり嫌だと思ってしまうんだよ。……リディを城の奥深くに閉じ込めてしまえればって、私以外誰も知らないところに隠してしまえればって、こんな時は考えてしまう」

「それはちょっと嫌かなあ」

仄暗《ほのぐら》い願いに苦笑する。

「私、守られるだけは嫌だし。私も私にできることでフリードとこの国を守っていきたいと思ってるもん」

「知ってる。前にもそう言ってくれたものね」

フリードが私の目を見つめてくる。青く揺れる瞳を真っ直ぐ見つめ返した。

「だから、私は行くね。アルカナム島から事情を聞き出せたら、フリードたちは助かるんでしょ？」

「……うん」

「なら、頑張るから」

フリードたちに貢献できることが私にあるのなら、いくらでも頑張ろう。そういう気持ちで彼を見つめると、フリードは仕方ないという顔で笑った。

「ほんと、リディは格好良いね。自慢の奥さんだよ」

「ふふ。フリードも格好良いよ」

皆のためにと先陣を切って戦う夫が格好悪いはずがない。

特に今は魔力も底をつき、魔法剣が使えない状態。そんな中でも臆さず前線に立とうという彼を私は尊敬して——というところでハッと気がついた。

「フリード」

「ん、何？」

フリードが足を止める。私は周囲に誰もいないことを確認してから彼に言った。

「エッチしよう」

「え……？」

何を言われたのか分からないという顔をするフリード。そんな彼にもう一度告げた。

「エッチしよう。出発するまでの間。だってそうしたら少しは回復するでしょう？」

フリードの力は時間経過で戻るものだが、私と抱き合うことでその回復速度は上がるのだとデリスさんたちは言っていた。

「リディ……」

真剣な顔をする私をフリードがぽかんとした顔で見てくる。まさか私がそんなことを言い出すとは思わなかったようだ。だけど、私としては少しでも彼が元気になるのなら、やらないという選択はない。

出発ギリギリまで抱き合って、少しでもフリードを回復させて送り出す。

私にしかできないことだし、そうしてあげたいと思った。

「数回したくらいで回復するものではないって分かってる。でも、私もフリードが心配なの。だからできることはしてあげたいし。……ね？」

回復しただけ、フリードの勝率はきっと上がる。

それは私も望むところで、だから協力したいと思った。だけど。

「駄目だよ。リディの体調を考えたらできない」

「フリード……」

きっと頷いてくれる。そう思ったのに、フリードの出した結論は『ノー』だった。

「リディがさっきまで腰を押さえて辛そうにしていたのは知ってる。夜には回復するからって話だったけど、今はもうそんなことを言っていられないから」

「だ、だから、夜じゃなくて今すればいいじゃない」

「回復していたらって話だったでしょう。今の体調を崩しているリディを抱きたいと言うほど私は屑《くず》ではないつもりだよ」

きっぱりと告げるフリード。

その目には私への配慮とか心配とかそういうのが見え隠れしていて、彼が私を気遣って言ってくれているのが一目で分かった。

「それでなくともリディだって三時間後には、ダッカルトに出発しなければならないんだ。私としては、少しでも身体《からだ》を休めて欲しいと思うよ。無理をさせた張本人の私が言っても説得力はないと思うけど」

「そんなことは思わないけど……でも」

うううと呻《うめ》く。

フリードの決意は固いようで、私が何を言っても抱いてくれるつもりはないようだ。

少しでも回復させた方がいいに決まっているのに。

私は良いと言っているのに、抱かないと告げるフリードを涙目で睨んだ。

「フリードは私を抱きたくないの？」

「そんなことあるはずないよ。私はいつだってリディを抱きたいし愛したい。もちろん、それは今もだよ。リディのお誘いは本当に嬉《うれ》しかったし、できれば乗りたいと思っている」

「じゃ、じゃあ乗ってくれればいいじゃない」

「駄目だよ。私はリディに無理させたいわけじゃないからね。妻であるリディを大切にしたいんだ。リディとはずっと仲良く一緒にいたいと思っているから」

「私もそれは同じだよ！　ずっと仲良く一緒にいたいって思ってる」

「うん」

フリードが笑う。その顔は本当に幸せそうだった。

「だから、時間まで部屋で話をしよう？　それだけでも十分心は満たされるから」

「……」

じっとフリードを見る。彼が本気で言っていることは明らかだった。

その顔を見て、私はひとつ決意を固めた。

フリードは私のためにと、私を抱くことを拒否した。それは彼の深い愛の成せる業で、私は言葉通り受け止めてもいいものだろうか。

……駄目に決まっている。

フリードの気持ちは嬉しいけれど、私の心情も考えて欲しいのだ。

愛する夫を少しでも回復させて送り出したい。それが私の本音。

だから――こちらだってなりふり構っていられない。

「フリード」

決意を込めて彼の名前を呼び、その手を引っ張る。フリードが目を丸くした。

「え、リディ？」

「良いから。私についてきて」

大股《おおまた》で歩く。私の尋常ではない様子に、フリードも黙ってついてきた。程なくして自室に帰りつく。

部屋の中に入り、寝室へ行った。

彼の手を離し、私はベッドの下に隠していたものを取り出し、彼に見せた。

覚悟なんてとうに決めた。

今言わず、いつ言うというのか。

言わなければ、きっとあとで後悔する。それが分かっているから、私は自分が最善だと信じる行動を取るのだ。

「これ、見て」

「……何？」

私が見せたのは、デリスさんから結婚祝いにともらった体力回復薬だった。

丸い瓶に入っているのは、星形の金平糖《こんぺいとう》のような薬。

まだ三分の二以上残っているそれを、私はフリードに見せた。

「ええと？」

私が何を言いたいのか分からないフリードが怪訝な顔をする。そんな彼に私は言った。

「これ、デリスさんからもらった体力回復薬。ちなみに簡単な傷なんかも治してくれるし、疲労も軽減されるの。……これは結婚祝いにもらったものだけど、結婚前からずっと愛用してる」

「えっ……」

吃驚《びっくり》した顔でフリードが私を見る。

彼にはこの薬の存在を秘密にしていたから、驚くのも無理はない。

でも、もう隠しておけないと思ったのだ。秘密にしたままで後悔するよりは、言ってしまった方がいい。そう思った。

少し恥ずかしいなと思いつつも、フリードを見る。

「……フリードに抱かれすぎて辛い時とかに飲んでるの。そうすると普通に動けるようになるから。フリードもデリスさんの薬の効果は知ってるでしょ？」

デリスさん特製のお茶を飲んだことがあるフリードは私の言葉に頷いた。

「それは知ってる……けど、え？　リディ、そんなものをデリス殿からもらっていたの？」

「……うん。まあ、なので私がフリードに抱かれてもピンピンしていたのは、大体この薬のお陰です……」

フリードにしていた最後の秘密を自ら告げる。

フリードは私から瓶を受け取ると、まじまじと観察した。

「体力回復薬……」

「最初にもらったのは、確か婚約式の前だったかな。フリードと結婚するなら必要だろうって言われて……」

「あ、もしかしてあの日、リディを抱き潰《つぶ》したつもりだったのに元気に帰っていったのは？」

「薬を飲んだから」

「なるほどね」

納得という顔をして、フリードは私に瓶を返してきた。

「じゃあ、以前、デリス殿がイルヴァーンで採取した種の報酬にくれた、体調を調《ととの》える薬っていうのも……？」

「うん、体力回復薬。それは予備として別の場所にしまってる」

ここまで来れば、誤魔化すことに意味はない。正直に話すと、フリードは脱力したようにベッドに座った。

「どうして今まで言わなかったの？」

「えっ、だってそんなものがあるって知ったら、体力回復薬があるから大丈夫だろうってエンドレスで抱くって流れにならない？」

「……」

「フリードと抱き合うのは好きだけど、それだけっていうのはどうかって思うし……まあ、そういう理由で黙っていました！　ごめんなさい！」

嘘《うそ》を吐いていたわけではないが、言わなかったのは事実だ。

がばりと頭を下げると、フリードがはあっと息を吐いた。

「理解したよ。王華《おうか》が変化する前にもリディが元気だった理由。デリス殿の薬を飲んでいたからだったんだね」

「うん」

「で、黙っていたのは、私がその薬を悪用しそうだと思ったから？」

「悪用じゃなくて……あるから良いよねって言いそうだなって思って」

悪用されるなんてそんな風には思っていない。

言い直すとフリードは頷いた。

「まあ、回復手段があるのなら確かに。……その薬、副作用みたいなものはないの？」

「ないよ。デリスさんも言っていたでしょ。毎日飲むなら問題だけどそうでなければ大丈夫だし……その、妊娠しても使えるものだって」

デリスさんの言葉を思い出し、告げる。フリードも納得したような顔をした。

「そういえば言っていたね。なるほど、それでリディが一生懸命秘密にしていたその薬をわざわざ私に見せてきたのはどういう理由？」

「えっ、これがあるからエッチできるよって言いたかったの」

「……」

あまりにも直接的だっただろうか。

明け透けすぎる私の言葉にフリードが黙り込んだ。

「これがあるからエッチできるねって言われないために隠してたんだけど、今の私はなんとしてもフリードとしたいから。なら、大丈夫だよって分かってもらうために、この薬の存在を教えようかなと」

「……なんとしてもしたいんだ」

「うん。だってフリードのことが好きだもの。大事な人に少しでも回復してもらいたいって思うのは普通でしょ？」

私を抱けば多少でも回復すると分かっているのだ。それなら抱いてくれと思うのが当然ではないか。

論より証拠《しょうこ》とばかりに瓶の蓋《ふた》を開け、金平糖のような薬を一粒取り出す。口に放《ほう》り込み、カリッと齧《かじ》った。薬はすぐに口内で溶け、身体の内部に広がって行く。

重怠《おもだる》かった身体がすっきりしていく。痛みの酷《ひど》かった腰も通常状態に戻った。

ふうと息を吐き、腕をグルグルと回す。

うん、完全回復。

私は笑顔でフリードに言った。

「ほら、これで元気。フリードが気にする必要はどこにもなくなったってこと。分かってくれた？」

「リディ……」

「それともこれでもまだ駄目だって言う？　フリードもデリスさんの薬の力を知ってるのに？　ねえ、ここは大人《おとな》しく私を抱いておく方が身のためだと思うよ？　フリードが回復するのはフリードのためだけでなく、皆のためにもなることなんだから」

軍の大将であるフリードが回復すれば、皆の負担が軽くなる。それはフリードも分かっているのだろう。何とも言えない顔をした。

「リディ」

「というわけで、これ以上私を拒否するのは許さないから。なんだったら押し倒してやるんだからね」

「……リディに押し倒されるのか。それも悪くないね」

何が楽しいのか、フリードはクスクスと笑い始めた。そうして手を伸ばし私の腕を引くと、自分の隣に座らせる。腰を抱き、自分の方へと引き寄せた。

「ごめんね。私のためにリディにここまで言わせて。嬉しいよ、ありがとう」

「……私のこと、抱く？」

じっと彼を見つめる。彼の青い瞳《ひとみ》には、ぶすくれた様子の私の姿が映っていた。

フリードはそんな私を心底愛《いと》しいという目で見つめ、頷いた。

「もちろん。妻からの全力のお誘いを断るなんて無粋な真似、私だってしたくないからね。リディ、愛してる。リディが私を想ってくれる気持ちが本当に嬉しいよ」

「……フリードが怪《け》我《が》したりするのが嫌なの」

「うん」

「元気で戻って来て欲しいし、苦戦なんてして欲しくない」

本当は行って欲しくないけれど、それは言えないから。

精一杯の気持ちを込めて告げると、フリードは何度も頷いてくれた。

「そうだね。私もリディに心配掛けたくないから、できれば無傷で帰ってきたいかな」

「そのために私ができることって、これくらいしかないから」

だから抱いて欲しい。

そんな思いで彼を見る。フリードは私の額にキスを落とすと困ったように言った。

「これくらいしか、なんてそんな言い方しないでよ。私はリディが待っていてくれると思うだけで、全力以上の力が出せるんだから」

「……うん」

フリードの身体にしがみつく。

思いきりその匂《にお》いを吸い込んだ。大好きな人の匂い。しばらく嗅《か》げなくなるであろうそれをしっかり覚えておきたかった。

「大好き。ギリギリまで、私にフリードを刻みつけて」

有言実行とばかりにフリードを押し倒す。彼の上に馬乗りになると、フリードは嬉しげに微笑《ほほえ》んだ。

「愛しい妃のお望みのままに。——愛してるよ、リディ」

その言葉とほぼ同時に、唇をぶつける。

今から三時間……いや、二時間ちょっとほどでどれだけ回復するものかは分からないが、それでもできる限りのことはしたい。

そんな風に思った。

3・彼女と獣人たち

「じゃあ、いってくるね」

「いってらっしゃい」

別れのキスを交わし、軍勢の先頭に向かって歩いて行くフリードを見送る。

勇ましい軍装に身を包んだ彼はいつも通りとても格好良く素敵だったが、今日ばかりは見惚《みと》れるようなこともなかった。

出立までの数時間。

できる限りフリードに付き合ったが、多少は回復してくれたのだろうか。

そうであってくれれば良いのだけれど。

祈るような気持ちで、私は己の白馬のもとへ向かう夫を見つめていた。

「リディ」

「ウィル」

名前を呼ばれ、振り返る。私に声を掛けてきたのは、ウィルだった。

魔術師団の団長で、私の幼馴染《おさななじ》み。

もうひとりの兄とも思っている彼は、いつもと変わらない格好だったが、やはり雰囲気は違う。どこかピリッとした感じは、戦場に向かうからのものなのだろう。

「ウィルも気をつけてね」

彼もフリードと同じ戦場に行くと聞いている。

私の言葉にウィルは頷《うなず》いた。

「……ありがとう。君も、アルカナム島との話し合いに行くのだろう？　気をつけて」

「うん」

不器用な笑顔を向けてくるウィルにこちらも笑顔を返す。

「私は大丈夫。兄さんもいるしね」

「そうだな。アレクがいれば大丈夫か」

「うん」

もう一度返事をする。何とはなしにウィルを見た。

今までどこか別の世界の話のように思い、あまり気にしたことがなかったけれど、彼もまた戦場に行くのだ。

フリードと同じ場所に。

思わず、「フリードのことをお願い」と言いそうになったがすんでの所で堪《こら》えた。

ウィルだって一軍の将として戦場に赴くのだ。部下たちの命を背負い、戦う。

そんな彼に、私の我《わ》儘《まま》な願いなど気軽に言えるわけがないと思った。

「……なんだ？」

「なんでもない」

何も言えずウィルを見ていると、彼が首を傾《かし》げて聞いてきた。

曖昧に笑い、誤魔化す。そんな私にウィルが言った。

「その……僕が言っても気が楽にはならないと思うが、殿下はきっと僕が君のもとに返してみせるから」

「えっ……」

「君がその……あんまりにも殿下のことを心配そうに見つめていたから。いや、余計なお世話だとは分かっているんだが」

「……」

目を見張り、ウィルを見つめる。

彼は優しく微笑《ほほえ》んだ。その目は慈愛に満ちていて、私を気遣ってくれているのが分かる。

「殿下が常になく魔力をなくしていることには、僕も気づいている。君もそれを心配しているんだろう？」

「……うん」

「大丈夫だ。殿下に無理をさせないように僕が見張っているから。君が心配していると言えば、きっと殿下も大人《おとな》しくして下さるはずだ」

「……大人しくって……実はフリードって、猪突猛進《ちょとつもうしん》タイプだったりするの？」

冗談めかして聞くと、ウィルは真面目《まじめ》くさった顔で頷いた。

「そうだな。多少無茶でも『自分が出た方が早いから』と頑張ってしまうタイプだな」

「ああ、うん。分かる」

ウィルの言葉に納得し、くすりと笑う。

確かにフリードにはそういうところがあるからだ。ウィルが目を優しく細め、私に言った。

「……リディはそうやって笑っていてくれ。それがきっと殿下も一番喜ぶことだと思うから」

「うん」

「殿下のことは僕に任せて、君は安心して待っていればいい」

「ありがとう」

ウィルの心遣いが嬉《うれ》しかった。

きっとウィルは、フリードのことを頼みたい私の心を察してくれたのだろう。そして彼を頼むと言い出せない私のために、自分の方から声を掛けてくれたのだ。

ウィルには昔から、こういう優しいところがある。

「ウィル、ありがとう。本当に嬉しい。……フリードのこと、宜《よろ》しくね。彼、今本調子にはほど遠い状態だから」

「ああ。殿下は僕たちにとっても代わりのきかない大切な方だ。全力でフォローする」

「ウィルがそう言ってくれるなら安心だね」

ホッと息を吐《つ》いた。

自分でも気づかないうちに、かなり思い詰めていたようだ。

うん、大丈夫。

魔術師団団長のウィルが一緒なのだから、フリードはきっと大丈夫だ。

愛馬ヴェンティスカに跨《また》がり、近くの兵と話し始めたフリードを見る。皆を不安がらせないよう、余裕のある態度を彼は心掛けているようだった。

「……無理、しないで欲しいな」

ポツリと本音が零《こぼ》れ出る。

彼の役割は分かっているが、どうしようもなくそれが私の本心だった。

王子として、大将として皆の指針としてある彼。

これからずっと気を張り続けることになるだろうフリードを、帰ってきたら目一杯甘やかしてあげたいなと、そう思う。

お疲れ様でしたと心を込めて。

私の前でだけは気を抜いて、心と体を休めて欲しい。

だって私は彼の妻なのだから。

「あ……」

ふと、フリードがこちらを振り返った。ずっと見ていたから視線に気づいたのだろうか。

彼は嬉しげに笑うと、私に向かって手を振ってくれた。急いで振り返す。

「フリード……」

ほんのひとときのやり取りだったけど、それでも嬉しかった。

フリードがヴェンティスカの手綱を持つ。ウィルが静かに言った。

「――リディ。僕も行く」

声に反応し、ウィルを見る。魔術師団もそろそろ出発のようだ。

「うん。いってらっしゃい。わざわざ声を掛けてくれてありがとう。その……フリードのこと、宜しくお願いします」

頭を下げる。

ウィルは「ああ」と頷いた。

「任せてくれ。君の代わりにはならないだろうけど、きっと僕が殿下を守ってみせるから」

「うん、頼りにしてる。ウィルならフリードを守ってくれるって信じてる」

若くして団長職を務めているウィルだ。ウィルなら言葉通り、フリードを気にしてくれるだろう。

それがとても嬉しかった。

ウィルに微笑みかける。

彼は一瞬目を見張り、次にギュッと何かに耐えるように目を瞑《つむ》った。

「ウィル？」

「……いや、なんでもない」

小さく首を横に振り、彼は口を開いた。

「――大丈夫だ。君の期待に応《こた》えてみせる」

「ありがとう、ウィル。いってらっしゃい」

改めて告げる。

力強い言葉をくれる幼馴染みの存在が、私にはとても心強かった。

◇◇◇

ウィルも行ってしまい、点呼が始まった。

全員が揃《そろ》い次第、出発となる。

フリードはタリムへ。まずはタリムの南下を防ぎ、それから一度戻って来て、改めてサハージャとの戦いに赴くのだ。

じっとフリードを見つめる。隣から呆《あき》れたような声がした。

「心配しなくても大丈夫だって。少なくともタリムの南下についてはいつものことだろう？」

「兄さん」

声の主は兄だった。

兄は私の隣に並ぶと、同じくフリードを見る。

「ま、お前が心配する気持ちも分かるけどさ。……大事な旦那《だんな》だもんな？」

「そうだよ」

間髪入れずに返す。兄は少し驚いたような顔をした。

多分だけど、揶揄《からか》ったつもりが、普通に返ってきて驚いたのだろう。

「フリードは私の大切な旦那様だもの。心配して当たり前でしょ」

「……だな。揶揄った言い方をして悪かったよ」

「……ううん」

謝ってくる兄に、首を横に振った。

冗談で揶揄ったわけじゃない。私を元気づけようと思って兄が言ってくれたのは分かっていたからだ。

「本当、嫌になるよなあ。うちからは一回も仕掛けてないのにさ。タリムとは毎年戦ってるし、時々サハージャも乗ってくるし。そんなにうちの領土が欲しいのかよ」

「欲しいんだろうね。タリムは厳しい土地だし、サハージャだって砂漠が多くて、広大な穀倉地帯をいくつも抱えるヴィルヘルムが羨《うらや》ましい。……そういうものだって分かっているけど、戦争なんてなくなればいいのにって思うよ」

「な」

ふたりでしみじみと話す。

ふと、フリードがこちらを見た。まるでこっちにこいと言わんばかりに手招きする。

兄と顔を見合わせた。

「呼んでる？」

「みたいだな。あの感じは……俺《おれ》も来いってことか？」

「このタイミングで？　ええ？　何だろう」

ふたりで首を傾げながらも、急いで軍勢の先頭にいるフリードのところに行く。

出発直前の慌ただしい中、お別れの挨拶《あいさつ》も済ませたのにまさか呼ばれるとは思わなかった。

「どうしたの、フリード」

白馬に乗ったフリードに話し掛ける。フリードは私たちを見て、「ひとつ、思いついたことがあって」と言った。

「思いついたこと？」

「うん、連れて行って欲しい兵がいるんだ。――レヴィット！」

フリードが男性の名前を呼ぶ。

プリメーラ騎士団の軍勢の中から、見知った顔――レヴィットが出てきた。

オレンジ髪の筋骨隆々《きんこつりゅうりゅう》とした青年。

彼も馬に乗り、胸当てをつけて腰に剣を差している。プリメーラ騎士団の騎士であることを示すマントがよく似合っていた。

「お呼びですか？　殿下」

馬から降り、レヴィットがその場に片膝《かたひざ》をつく。フリードは頷き、彼に言った。

「お前に特別任務を言い渡す」

「はい」

特別任務という言葉を聞いたレヴィットが緊張に身体《からだ》を震わせた。

深く頭を下げる。

「お前は軍から離れ、リディたちと共に行け」

「え……」

何を言われたのかと顔を上げ、目を丸くするレヴィット。そんな彼にフリードは言った。

「リディたちはこれからアルカナム島の面々と話し合いをする。その護衛の任をお前に命じる」

「……私、が……ですか？」

目を瞬かせるレヴィットに、フリードは頷いた。

「お前にしか頼めないと思っている。先ほどプリメーラ騎士団の団長には話を通した。――レヴィット、私の代わりに妃《きさき》を守ってくれ。アルカナム島との話し合いが成功するよう、その側《そば》についていてやってくれ」

「っ！」

アルカナム島という言葉を強調するように言われ、どうして自分がと怪訝《けげん》な顔をしていたレヴィットが、ハッと何かに気づいたように目を見張った。

「――殿下」

「いいな。レヴィット。妃を頼んだぞ」

「承知致しました。不肖レヴィット。この命に代えましても必ずや殿下のご意思通り、ご正妃様をお守りすると誓います」

己の胸に手を当て、誓いを述べるレヴィットに、フリードが力強く頷く。

そうして私たちの方を見た。

「リディ、レヴィットを連れて行ってくれるね？」

「うん」

レヴィットが獣人であること、そしてイーオンと親交があることを知っていた私は即座に了承した。別に疑ってはいないけど、イーオンが本物かを確かめるのにもレヴィットがいてくれた方が良いし、何といっても彼は、虎《とら》の一族ノックスの族長の息子だ。

話し合いの席に連れて行けば、有利にことが進むかもしれない。フリードはそう判断して、護衛と称して彼を連れて行けと言ったのだろう。

「レヴィット、お願いね」

意図を理解したとフリードに頷き、レヴィットに声を掛ける。

レヴィットの正体を知らない兄は、どうしてレヴィットなのか分からないという顔をしていたが、私に護衛がつくこと自体に反対はないようで、黙っていた。

「——じゃあ、私はそろそろ行くね」

フリードが馬上から器用に身を屈《かが》め、私の額にキスを落とす。彼の熱を感じ、私はギュッと目を瞑った。言葉にならない思いが込み上げてくるが、堪えて笑顔を作る。

「気をつけてね」

「うん。すぐに片付けてリディのもとに帰ってくるから」

「ん、待ってる」

頷き、フリードたちから離れた。フリードが皆に号令を掛ける。

「出陣する！」

全員が彼の声に呼応し、王都に残った魔術師団の面々が軍用の転移門を起動させた。

白い光が皆を包む。次の瞬間には、彼らの姿は消えていた。

タリムへと旅立ったのだ。分かっているけれど、寂しいという気持ちで一杯になった。

「リディ、俺たちも行くぞ」

兄が声を掛けてくる。それに頷き、やるべきことをやらなければと私も気持ちを引き締め直すことにした。

◇◇◇

フリードたちを見送った私たちは、まずはイーオンと合流するべく、彼を待たせている執務室へと向かっていた。

レヴィットは黙って私たちのあとをついてくる。私はといえば、どのタイミングでイーオンのことをレヴィットに言おうかと考えていた。

いや、そもそもレヴィットが獣人だということを兄に言ってもいいものか。

でも言わなければ話にならないしな、なんて考えていると廊下を歩きながら兄が聞いてきた。

「んで？　フリードがわざわざそいつを指名した理由は？」

「えっ!?」

一瞬、何を言われたのか分からず聞き返すと、兄は呆れたような顔をした。

「え、じゃねえよ。あのフリードがそのレヴィットだっけか？　そいつを指名した理由を聞いてんだ。そいつがそれなりに使えるのは、イルヴァーンに随行していたから俺も知っているけどさ。それでも、特別引き立てられるほど、強いわけでもないだろう。あのフリードが、こいつを指名してきた理由。当然、教えてくれるんだよな？」

「え、えーと……」

どうしよう。

それを話すにはまずはレヴィットが獣人であることを説明しなければならない。

助けを求めるようにレヴィットを見る。彼は私の困った視線だけで言いたいことを理解してくれたのか、「構いませんよ」と言ってくれた。

「殿下は先ほどアルカナム島の名前を出しました。その上で私に行って欲しいというのは、そういう意味だと分かっています。——ご正妃様、大丈夫です。私はヴィルヘルムの騎士。今回の件、複雑な気持ちであることは否定しませんが、私は殿下のお望み通り、きちんとヴィルヘルムの騎士として立ち会うつもりです。そこは疑わないで下さい」

きっぱりと告げるレヴィット。そんな彼に私は急いで言った。

「疑っていないわ。あなたはちゃんと私の護衛として務めてくれると思っているの。ただ、その……例のこと、あまり大勢の人に知られたくないのではないかと思っただけ」

濁しながら言うと、レヴィットは「そうですね」と肯定した。

「否定はしません。ですが、必要な時に晒《さら》すのは仕方のないことだとも分かっています、そして今回は仕方のない、どうしようもない案件だということも。私がヴィルヘルムのために、殿下のために何らかの力になれるのなら、知られたところで気にしません」

「ありがとう」

フリードのためにと言ってくれるレヴィットの気持ちが嬉しかった。

レヴィットはフリードのために、ヴィルヘルムの騎士として働いてくれるのだ。じんとした気持ちになりつつも、私はそれならと覚悟を決め、兄に言った。

「兄さん。これ、ここだけの話にして欲しいんだけど」

「……いきなり穏やかじゃねえ切り出し方だな。それはフリードがこいつをわざわざ指名した理由と関係あるのか？」

「ある。むしろ、その理由しかないと思う」

断言すると、兄は眉《まゆ》を寄せながらも頷いた。

「分かった。そういうことなら黙っていると誓う。……で？　どういうことなんだ？」

さっと周囲を見て、誰もいないことを確認してから私は口を開いた。

「……レヴィットは獣人なの。虎の獣人。ノックスの出身で、確か次期族長……だったわよね？」

「次期族長というのは、別に私でなくても構わないと思っているんですけどね。一応そういうことになっています」

「……マジかよ」

私と私の言葉を肯定するレヴィットを交互に見た兄は驚き、そうして納得したという顔になった。

「なるほどな。次期族長ってことは、現族長の息子か。確かに連れて行く意味はあるな」

「でしょ。あと彼、イーオンの友人らしいの。それもあって連れて行けってフリードは言ったんだと思う」

イーオンの名前を口にすると、兄は「そうなのか？」とレヴィットを見た。

だが、イーオンのことをまだ知らされていないレヴィットは、怪訝な顔をした。

「確かにイーオンは私の友人で幼馴染みですが……それが何か今回のことと関係ありますか？」

「リディ？」

「あーうん。そこは今から説明するから」

おい、という顔で兄に睨《にら》まれ、私はレヴィットに向かった。そうして、私も今朝方知ったばかりの事情——愛狼だったグラウがイーオンで、サハージャの魔女の呪《のろ》いに掛かっていた出来事などを話した。あと、アルカナム島の皆がイーオンを探していて、どこかの国となんらかの交渉を行っているらしいことも。

だけども彼はここにいて、それはあり得ないというところまで話すと、レヴィットは怒りを露《あら》わにして言った。

「つまり、誰かが嘘《うそ》を吐いて、アルカナム島と交渉していると、そういうことなんですね？」

「その通りよ。決して許されることではないし、だからこそイーオンはアルカナム島の人たちと話したいと言ったのよ。直接会えば、彼が無事だってことが分かる。騙《だま》されていることが分かる。あと、申し訳ないけどこちら側としてはそれを利用して、どうしてヴィルヘルムに宣戦布告をしようという話になったのか、詳しい話を聞けたらと思っているわ」

「なるほど……」

　私の話を聞き終え、レヴィットが頷いた。

「正直、私がいたところでアルカナム島の代表たちの口を割らせることができるかは微妙だと思っていましたが、イーオンという切り札がいるのならいけるかもしれませんね」

「そう思う？」

「ええ。向こうからすれば、探していた人物を保護してくれた恩人になりますから。更に言えば、自分たちが騙されていたことにだって気づける。そのあなた様に『理由を教えて欲しい』と言われたら、さすがに重い口だって開くと思います。運が良ければ停戦まで持っていけるかも」

　停戦という言葉が出てきたことに驚きつつも真面目に答えた。

「さすがにそこまでは期待していないけど……でも良かった。勝算はありそうで」

　獣人のレヴィットがそう言ってくれるのなら、なんとかなりそうだ。

「なるほどな。つまりうちは、獣人の族長の息子を二名、切り札として抱えているわけか……」

　大人しく話を聞いていた兄が腕を組んで呟いた。

「兄さん？」

「いや、確かにそれならほぼ確実に勝てそうだなって思ってな。しっかしお前、相変わらずの豪運ぶりだな。助けた狼《おおかみ》が、アルカナム島の面々が長い間探していた狼獣人だったとか、どんな当たり引き当ててんだよ」

「知らないって、そんなの。偶然だもん」

　言われても困る。

「ま、こっちは有り難い限りなんだけどな。とりあえず俺としては話を聞いてホッとしたぜ。これなら向こうに会うことさえできればなんとかなりそうだからな」

　明るい声で言う兄。

　その声は本当に安堵《あんど》しているようで、実は兄がかなり緊張していたことに気づいてしまった。

　大丈夫だと思っても、万が一の場合に備え、色々考えていたのだろう。それが、そこまで心配する必要がないと分かって息を吐けたのだと思う。

「……でも、本当に本物のイーオンなんでしょうか」

「え？」

　ボソリとレヴィットが言った。足を止め、後ろにいる彼を見る。レヴィットは、どうしようという顔をしていた。

「レヴィット？」

「いえ……ご正妃様の話を疑うわけではないんです。多分、その狼がイーオンだったというのは本当なのでしょう。ですがまさかこんなところで幼馴染みと会うとか思いもよらなくて……もしかしたらニセモノなんじゃないかって」

「そうね。それもあって、あなたに来てもらったというのはあるのかも」

　レヴィットの言葉に同意しながら告げる。

まさに私が彼に言いたかったことだ。

「正直、私も彼が嘘を吐いているとは思っていない。本物のイーオンなんだろうと確信さえしているわ。でも、私はイーオンという人物を知らないの。だから『イーオンは僕です』と言われたら……そうなのかなとしか思えないし、だからこそ本物を知っているあなたに彼を見てもらいたいと思っているわ」

疑ってはいない。だけども真贋《しんがん》の見極めは重要だ。

きっぱりと告げると、レヴィットも真剣に言った。

「ご正妃様が盲目的にそいつをイーオンだと思っていないと分かっただけでも良かったです。大丈夫です。イーオンとは長い付き合いで、あいつを見誤るなんてこと、あり得ませんから」

「良かった。お願いね」

「はい」

力強く頷いてくれるレヴィットに、私も頷きを返す。

全員が情報を共有したところで、改めて執務室に向かった。

執務室の前にいた兵が私たちを見て、「お帰りなさいませ」と笑いかけてくる。

あとで戻ると話していたからだろう。そんな彼に兄が聞いた。

「中から誰《だれ》も出てきてはいないな？」

「え？　あ、はい。アレクセイ様が出ていかれてからは、誰も部屋を出入りしていませんが……」

兄の言葉に困惑しつつも、兵士は正直に答えてくれた。

どうやらイーオンはきちんと中で待っているらしい。

あのグラウだった彼が私を裏切るような真似《まね》はしないと分かってはいたけれど、ちゃんと待ってくれていたことは嬉しいと思った。

「……イーオン、レナ。入るわよ」

いるはずのふたりの名前を出す。

扉を開け、中に入った。私と兄、その後ろからレヴィットが入ってくる。

ソファに座って大人しく待っていたイーオンが何気なくこちらを見た。

「お帰りなさいませ、ご正妃様。今から出発という話です、よ……ね？　は？　レヴィット？　お前、何してるんだ？」

「イーオン!!」

イーオンがまず私の後ろの存在に気づき、目を見張った。それに呼応するようにレヴィットも彼の名前を大声で呼ぶ。

それだけでもう、イーオンが本物であると確信することができた。

レヴィットが信じられないという顔をしながらイーオンへと駆け寄る。イーオンもまた、ソファから立ち上がり、彼を迎えた。

「おま……お前……生きていたのか！」

「それはこっちの台詞《セリフ》だ！　先に島を出て行ったのはお前だろう、レヴィット！」

おそらくかなり長い間会っていなかった幼馴染み同士の再会。

私としては美しい友情というか、きっと抱き合い、背中を叩《たた》き合ったりする様を想像していたのだけれど、思っていたのとはちょっと違った。

まずはイーオンがレヴィットを思いきり殴ったのだ。

「え……」

ポカンとする。一体何が始まったのか、全然分からなかった。

殴られたレヴィットがペッと口内に溜《た》まった血を吐き出す。そうして吠えるように言った。

「お前だって結局島を出て行ったくせに！　お前ならきっと島に残って、皆を守ってくれるって俺は信じてたんだぞ！　つーかお前言ってたよな！　自分が皆を守るって。あれは嘘だったのか⁉」

「嘘じゃない！　今だって島のことは大切に思ってる！　でもな、こっちだって言わせてもらいたいことはあるんだ！　お前があの日勝手に、僕たちに何も言わず出て行ったこと、僕は……俺は許していないからな‼」

今度はレヴィットがイーオンを殴った。

バキッという音がする。獣人同士の喧嘩《けんか》は音すら派手だなあとふたりの殴り合いを見ながら思った。

「許してくれなくて結構。そういやお前、その感情がブレる時に『俺』になるの、まだ直っていないんだな！　ダサいから直せって言ってやったのに！」

「うるさい！　お前こそ、ヴィルヘルムで騎士をやってる？　いずれ島に戻らなければならないくせに、何やってんだよ！」

「知るか、そんなの！　俺は俺がやりたいことをやるんだよ！」

「なんでお前はいつだってそう、自分勝手なんだ！」

「それはお前もだろ！」

「俺は違う！　俺はどうしても俺だけのつがいを探したくて、でも、島にはいなかったから、だから大陸に出たんだ！　つがいが見つかれば、島に戻る気だってあった！　お前とは違う！」

「は？　どこが違うって言うんだ！　結局、自分のために島を出たのは同じだろ！」

叫びながらふたりはノーガードで相手を殴り合っている。

それをオロオロとした顔で見つめるレナ。彼女と目が合った。

「……ご、ご正妃様」

「え、ええ、そう……ね」

止めないと、と思い、殴り合っているふたりを見る。ふたりはギラギラと相手を睨んでいて……あ、これは立ち入れないなと思った。

「兄さん」

「放《ほう》っておけ。しばらくすれば勝手に落ち着くだろ。下手《へた》に介入してこっちに飛び火しても困るしな」

「そ、そう、だね」

無駄無駄と手を振る兄に同意する。

ふたりの様子はまるで野生動物が喧嘩し合っているようで、口を挟むのも躊躇《ためら》われる雰囲気があったのだ。

「……レナ。しばらくしたら収まると思うから、放っておきましょう」

おいでとレナを手招きする。素直に私の近くにやってきたレナは、「大丈夫でしょうか」と心配そうにふたりを見つめていた。

それに返事をしようとして、気がつく。

ふたりは互いを殴りながらも、ヘラヘラと笑っていたのだ。怒っていたのは最初だけ。今は楽しくて堪《たま》らないという顔で相手を殴り、殴られている。

「……ええ、大丈夫だと思うわ」

夫婦喧嘩ではないけれど、犬も食わないというのはこういうことを言うのかなとちょっとだけ思った。

◇◇◇

結局、ふたりが殴り合いをやめたのは、それから三十分ほどが経《た》った頃《ころ》だった。

途中くらいから、これは危険性もないし放置するしかないなと思った私と兄は、未《いま》だ心配そうなレナにお願いし、お茶を淹《い》れてもらった。

お茶菓子を摘《つ》まみながら、兄と今後の話をしつつ、ふたりがやりあうのを時折眺める。

全く気にしない私たちを見て、レナも気に掛けるのが馬鹿《ばか》らしいと思ったのか、途中から心配するのをやめたようだ。

「生クリーム大福、マジで美味《うま》い……」

レナに用意してもらったのは、私が前日に作っておいた生クリーム大福だ。シオンがいなくなったレナを慰めるためにと思って準備していたのだけれど、たくさん作ったし、兄にもお裾《すそ》分《わ》けしてあげようと思った。日持ちもしないものだし。

生クリーム大福は、国際会議の時に初めてお披露目したニュー和菓子なのだが、味見をした兄がとても喜んでいたのだ。今日も兄は、生クリーム大福があるというと、目を輝かせ、ふたりの喧嘩などものともせず、大福を貪《むさぼ》り食っていた。

レナにも座るように言い、大福を勧める。

最初は恐縮し、遠慮していたレナだったが、私だけでなく兄も彼女に席を勧めると、「ありがとうございます」と素直に頭を下げ、私の隣にちょこんと座った。

とても可愛い。

もちゃもちゃと大福を両手に持って食べるレナはまさに可愛《かわい》いの権化としか言いようがなく、基本レナが可愛くて仕方のない私は、彼女の頭を可愛い可愛いと撫《な》で回した。

レナという存在は私にとって癒やしなのだ。愛らしい猫耳ときゅるんとした表情は正義。レナのためにならないから、やりすぎなことはしないが、できれば限界まで甘やかしてあげたいと思うくらいには彼女のことを気に入っている。

そうしてまったりとお茶タイムを楽しんでいると、ようやく気が済んだのか、ふたりがほぼ同時に動きを止めた。

それに気がつき、声を掛ける。

「終わったかしら」

「お、終わったか？」

私に続いて兄も言う。

のんびりとした声の私たちを見たふたりが、気の抜けたような顔をした。

「え、いや……お二方とも、何をなさっているんです？」

大福を食べている私たちを見て、まずはレヴィットが疑問を口にする。続けてイーオンも言った。

「もしかして、俺たち……いや、僕たちが殴り合っている間、ずっと皆様でお茶をしていたんですか？」

信じられないという顔をされたが、言わせて欲しい。

そもそもいきなり殴り合いの喧嘩を始めたのはそちらではないか。

兄も私と同意見のようでうんうんと頷いている。

「俺たちは、お前たちの喧嘩が終わるのを待っていただけだよな」

「うん、そうだよね。兄さん」

「ついでに茶をしていただけ」

「そうそう」

それ以上でもそれ以下でもないと頷けば、何故《なぜ》かイーオンが「あー」と納得したような顔をした。

「……そうでしたね。ご正妃様ってわりと豪胆なところがありましたね」

「豪胆って……」

「折檻《せっかん》しようとしている見世物小屋の店主の前に、堂々と飛び出して行く方だと言っています」

「……」

あれはカインにも注意されたなと思い出し、黙り込んだ。

兄が、そんなことあったのかという顔をして私を見てくる。

「……あれは、だって許せなかったんだもの」

抵抗できない動物に鞭《むち》を振るおうとするなど見逃《みのが》せるはずがない。だから、勝手に飛び出して行ったことは悪かったと思っているが、後悔はしていないのだ。

私がそう言うと、イーオンは複雑そうな顔をした。

「そのお陰で僕は助かったので、僕にはあなたを諌《いさ》めることはできませんが……はあ、そうですね。元はといえば、僕たちが勝手に喧嘩を始めたんでした。申し訳ありません。……レヴィット、お前も迷惑を掛けたんだ。きちんと謝れよ」

レヴィットが嫌そうにイーオンに言い返す。

「うるせえ。お前に言われずとも謝るに決まってんだろ。……ご正妃様、アレクセイ様。その、私《わたくし》事《ごと》を持ち込み、申し訳ありませんでした。こいつの顔を見たらついカッとなってしまって。正直理性が飛んでいました」

「そんな感じだったわね」

止める暇もなかった。

気づいた時にはお互い殴り合っていて……でもふたりが途中からとても楽しそうな顔をしていたから放っておいたのだ。

きっとこの行動は必要なのだろう。彼らを見ていると、そんな風に思えたから。

ティーカップを持ち、残っていたお茶を飲み干す。

ソファから立ち上がり、ふたりに言った。

「こちらも少し休憩できたから構わないわ。それで？　聞くのも馬鹿らしいけどレヴィット。そのイーオンは本物なの？」

ふたりのやり取りを見たあとで聞くのは本当に馬鹿らしいが、こういうことはきちんとしておく方がいいのだ。

私の言葉にレヴィットが返事をする。

「はい。間違いなく、私の友人のイーオンです。これでニセモノだったら、騎士を辞めますよ」

「あなたに辞められるのは私だけでなくフリードも困るから止めて欲しいんだけど……そう、じゃ、確認はこれでＯＫということで。……いいよね、兄さん」

兄に話を振る。兄も最後の大福を食べ終えてから頷いた。

「いいぜ。っつーか、さっきのやり取りを見て、ニセモノとか俺も思わないしな」

「ね」

「少々過激ではあるけど、ま、男同士の幼馴染みなんてこんなもんだよなー」

「ふうん？　兄さんもフリードたちと殴り合ったりとかするの？」

純粋に気になっただけだったのだが、兄は嫌そうな顔をした。

「ウィルやグレンならまあいいが、フリードと殴り合うのは嫌だ」

「？　やっぱりフリードが主君だから？」

仕えるべき主君だから手を挙げられない。そういうことなのだろうか。

兄はその辺り気にしない人だと思っていたのだけれど。

私の疑問に兄は「違う」と否定の言葉を口にした。

「そうじゃなくてさ。少し考えれば分かるだろう？　あのおっそろしく強い最強王太子と誰が本気で殴り合いをしたいと思うんだ？　あいつ、武器を持っていなくてもおっかないくらい強いんだぜ。どう足掻《あが》いても負けしかないだろ。俺は負けが分かっている戦いはしたくない」

兄の言うことは、ある意味尤《もっと》もと言えた。

力の差がありすぎる相手と喧嘩しても意味がない。なるほど、真理である。

「……フリード、強いもんね」

「強いなんて言葉がチープに感じるくらいにはな。ま、無抵抗でいてくれるって言うなら、遠慮なく殴らせてもらうけど」

「……」

からからと笑いながら言う兄を、呆れた目で見つめる。

なんとなくだけど、兄がフリードの側近である理由が分かった気がした。

兄のこういう遠慮のない接し方が、多分フリードには必要なのだ。

彼はとても強い人だから。

尊敬もされているけれども、多分怖がられてもいる。強すぎる力を恐れる人は、いつの時代にもいると思うから。

そういう彼に、無遠慮に接することのできる友人がいるのは、フリードにはとても大事なこと。

きっと兄の存在はフリードにとってかけがえのないものなのだろう。

それは分かるけど、まだまだ兄を手放しで認めたくないお子様な私は複雑な気持ちになってしまうのだ。

「……なんだかなぁ」

「？　なんだ？」

首を傾げてくる兄。

その兄をじっと見つめ、私は「なんでもない」と首を横に振った。

◇◇◇

少々過激な再会を果たしたイーオンとレヴィットを交え、私たちは情報の摺《す》り合わせを行った。

改めて今回の話を聞いたレヴィットは、怒り心頭。

イーオンもそれは同じで、絶対に真実を突き止めなければと頷き合っていた。

イーオンが私に言う。

「アルカナム島との話し合いには僕が出ます。任せて下さい。絶対に僕をダシにした者が誰なのか聞き出しますし、ご正妃様たちが知りたがっていたことも口を割らせてみせますから。確かアルカナム島の参戦理由が知りたいんですよね？」

「ええ。でも無理はしてくれなくていいから」

　そう言うと、今度はレヴィットが言った。

「島の参戦理由は私たちも知りたいところですから。それに、ヴィルヘルムという国には騎士として取り立ててもらった恩があるんです。私も全力で協力します」

「僕もご正妃様に返しきれないほどの恩がある。少しでもお返しできる機会なんだ。なんとしても話を聞き出してみせるぞ」

「ああ！　あの頭の堅いクソじじい共に負けてたまるかよ！　ふん縛ってでも目的を達成するぞ！」

　熱く語り合うふたり。しかしクソじじいとは口が悪い。苦笑していると、レヴィットが慌てて言った。

「す、すみません。こいつといると、つい、地が出てしまって」

「気にしてないから構わないわ。仲が良いのねって思っているだけ」

　親しい友人の前だと普段取り繕っているものが剥《は》がれるのだろう。その感覚はよく理解できるので咎《とが》めようとは思わなかった。

　レヴィットが眉を寄せながら言う。

「でも、島の族長たちがクソじじいというのは本当ですよ。私の父もですけど、こいつの父親もめちゃくちゃ頑固で面倒臭《めんどうくさ》いんで」

「そうなの？　この間お会いした、猫の獣人の族長は話しやすい方だったけど」

国際会議の時のことを思い出しながら言う。それにはイーオンが答えた。

「猫の獣人の長でしたら、確かに一番穏やかな性格だったかと。だから今回の国際会議に代表として出てきたんじゃないですか？　僕やレヴィットの父親はああいう席には向いていない性格をしているので……」

「ふうん、そうなんだ」

「なあ、具体的にアルカナム島の体制ってどうなっているんだ？　これから会うわけだし、教えて良いところだけでも教えてくれないか」

話に入ってきたのは兄だった。

アルカナム島と言えば、獣人たちが住む場所で、四つの部族があり、それぞれ族長と呼ばれる人物が治めている……ということくらいしか知られていない。

人間のせいなのだが、獣人たちは基本的に閉鎖的で、自分たちの情報をあまり外に出そうとはしないのだ。

そういう意味で、国際会議の場にアルカナム島の代表が来たことは驚かれたし、実は他のどの国が来たことよりも注目されていた。

分かっていることは少なく、まだまだ謎に包まれたアルカナム島。

奴隷として落とされた者たちも、基本的に内部のことについては語らないので、本当に知られていないのだ。

獣人が恩に生きる種族だとか、そういう彼ら自身のことは分かっても、アルカナム島がどのような形で統治されているのかなど、意外と基本的なことは知らなかったりする。

多分、秘密主義なのだろう。だから兄の疑問に彼らが答えるとは到底思えなかったのだけれど、彼らはあっさりと言った。

まずはイーオンが口を開く。

「別に構いませんよ。箝口令《かんこうれい》が敷かれているわけではありませんし。な、レヴィット」

「ああ」

レヴィットまでもが同意するように頷く。驚く私たちにレヴィットが言った。

「私たちは秘密主義ってわけではありません。ただ、獣人を虐《しいた》げる奴らに教えることは何もないと思っているだけです。私たちをきちんと扱って下さる方々にまで秘密にするようなことはないんです。そりゃあ島の取り決めで秘密にしなければならないことはありますが、それ以外なら別に……な？」

「ああ」

イーオンも頷いた。

ふたりの族長の息子がそう言うのなら、きっとそうなのだろう。

もっと『絶対に教えられない』みたいな感じかと思っていたので肩透かしだ。兄もそれは同様のようで、目をパチクリさせている。

「そう、なのか？」

「はい。そしてあなた方、特に恩人であるご正妃様に隠すようなことはありませんから」

「イーオンの言う通りです。……おい、イーオン。お前がご正妃様たちに説明しろよ。俺、そういうの苦手だし」

「お前な……」

「俺が説明とか下手なの、知ってるだろ」

「はあ……まあ、良いけど」

呆れたような顔でレヴィットを見るイーオン。

そうして気を取り直したように姿勢を正した。

「——そうですね。まず、僕たちの島には四つの部族があるのはご存じですか？」

「え、ええ」

イーオンに確認され、頷く。

アルカナム島の四つの部族。

「ウサギと猫、虎と狼。この四つの部族が住んでいるのよね？」

「そうです。各部族は連携していて、それぞれ行き来も盛んです。まあ、ウサギ獣人たちだけは、ちょっと違うんですけど。あいつらは完全に人間を拒絶してしまいましたから」

「……そうだったわね」

ウサギ獣人。その愛らしさから人間に攫《さら》われることが多く、結果、人間との接触を完全に断ってしまったのだ。

「それでも、僕たちとは細々と付き合いがあるんですよ。で、その各部族の長が、定期的に会議を開き、島としての方針を決めます。基本的には多数決。で、決まったことに皆が従う……と、簡単でしょう？」

「ちょ、ちょっと待って？」

話を聞き、あれ？　と思った。それは兄も同様のようで怪訝な顔をしながら口を開く。

「ひとつ聞きてえんだが……部族の長たちの上には誰もいないのか？　まとめ役というか……その、国王、みたいな」

「そう、それ」

兄の言葉に頷いた。

てっきりそういう存在がいるものと思っていたのだ。

人間の前には出てこないけれど、各部族を纏《まと》める長の更にその上の存在がいるものと、なんとなく今まで勝手に考えてきた。

多分、それは私だけでなく兄たちも同じだ。

族長の上には王のような唯一無二《ゆいいつむに》の人物がいるのだと、そう思い込んでいた。

だって、この世界は専制君主制が基本だから。どの国にも王族や、国を治める一族がいるのが当たり前で、それ以外なんて考えたこともなかったのだ。

だから今回の国際会議の代表だって、もっと上の人に行けと言われて猫の獣人の族長が来たのだとそう思い込んでいたのだけれど。

驚く私たちに今度はレヴィットが答える。

「いいえ。私たち獣人に王という存在はいません。皆、横並びで、各国の部族の代表が話し合って全《すべ》てを決める。そういう体制を昔から取っています」

「……民主主義……！」

まだこの世界にはないと思っていた考え方を獣人たちがすでに持っていることに驚きを隠せなかった。

だけど考えてみれば、国際会議にやってきたイリヤの両親も『島の会議で決まった』と言っていた。

王の命令だとは一言も言ってはいなかったのだ。

自分たちの国が、専制君主制度を取っているからといって、獣人たちもそうだとは限らない。そんな簡単なことに初めて気づかされた。

そしてそうなると、色々と話は変わってくる。

私は確認するように彼らに聞いた。

「ええと、あの。じゃあ、島の方針を決めている四人の族長というのは……レヴィットとイーオンとの父親。あと、猫とウサギの一族の族長ってことになる、のよね？」

それに答えたのはレヴィットだった。

「はい。だからまあ、私とイーオンがこちらにいる時点で、ほぼ勝ちは決まっているんです。もちろんクソ親父《おやじ》たちを説得しないといけませんけど、私もイーオンもヴィルヘルムに恩がありますからね。

それを言えば、父たちも無碍《むげ》にはできないと思います。四人中二人がこちらにつけばあとはひとり。

そして猫の一族は間違いなくあなたに好感情を持っています。そう考えるとかなり気が楽になりませんか？」

「気が楽っていうか……勝ち確じゃねえか」

兄が戦《おのの》きながら言う。そうして私を見てきた。

「……お前、相変わらずだな」

「え……」

「お前ひとりで猫と狼の獣人の票をすでに押さえているとか……怖すぎだろ。で、虎獣人の票もそいつがここにいるお陰で確定。親父たちもまさかお前がすでにアルカナム島のトップの半分以上を押さえているとは思いもよらないだろうなぁ」

うっと言いながら、兄が胃を押さえた。その動きが父の姿と妙に被《かぶ》り、嫌な気分になる。

「兄さん……」

「いや、でも、気が楽になったのは事実だしな。お前らが顔を出して色々説明してくれれば、向こうはこっちにつく可能性が大。そういうことだろ？」

「父たちが別方向から恩を受けていなければ、になりますが、おそらくは」

イーオンが兄の言葉を肯定する。

兄は頷き、私たちに言った。

「そんだけ分かれば十分。親父が絶対にアルカナム島を話し合いの席につかせると思うし、気楽にやれそうだな。よし、じゃあとりあえずダッカルトに移動するか」

緊張感を放り投げ、兄が笑顔で言う。

そんなに気を抜いて大丈夫なのかと心配にもなるが、族長の息子であるイーオンとレヴィットがこちらについてくれているのはかなり心強いと私も思う。

私の父も私たちには結構甘いところがあるし、フリードの父親である国王だってそれは同じだ。

だからきっと、我が子の話を無視したりはしないだろう。そう思えた。

「……ご正妃様。宜しいでしょうか？」

よし、行くぞと思ったタイミングで、扉の外から声が掛かった。出発するところなんだけどな、と思いつつも返事をする。

「何？」

「お忙しいところすみません。ですが、どうしてもご正妃様とお会いしたいという者がおりまして。帰ってもらおうと思ったのですが、ティティが来たと言ってくれの一点張りで。焦っている様子でしたし、もし本当に知り合いならお声がけした方が良いのかと思いまして」

タイムリーすぎるウサギ獣人ティティさんが来たという話に、私とレヴィット、そしてイーオンが反応した。

「え、ティティ姐《ねえ》さんが？」

「ティティ姐さんがここにいるのか？」

レヴィット、イーオンの順である。ふたりはほぼ同時に動揺する様子を見せたが、私はそれを無視して、入室の許可を出した。

「ティティさんが来ているの？　お通ししてちょうだい！」

「え、わ、分かりました」

まさか私が許可を出すとは思わなかったのか、兵士が慌てたように去って行く音が聞こえた。

振り返ると、イーオンとレヴィットが何とも言えない顔をしていた。

イーオンがレヴィットの脇を小突く。

「な、なあ……まさかとは思うけど、ティティ姐さんってあのティティ姐さんってことないよな？」

「残念だったな、イーオン。間違いなくあのティティ姐さんだ」

「嘘だろ」

信じられないという顔をするイーオンにレヴィットは言った。

「俺はこの間、あの人と会ったばかりなんだ。ひとつ言っておくけど、姐さんは全然変わっていなかったから……覚悟しろよ、イーオン」

「……」

目を大きく見開くイーオン。どうやら彼もレヴィットと同じでティティさんが苦手のようだ。

少し前、レヴィットを連れてティティさんに会いに行った時に判明したのだが、レヴィットは吃驚《びっくり》するくらいティティさんに対し苦手意識を持っていて、ずっと顔色が悪かったのだ。

嫌いというわけではないけど、昔を知られていて苦手な人。彼にとってティティさんとはそういう位置づけらしい。

そしてそれは彼の友人であるイーオンも同様のようだ。目に見えて顔色が悪くなった。

そんなふたりを見たレナが、私の側にやってきた。

「……ご正妃様。ティティって人、どんな人なんですか？」

「ん？　とても優しい気風《きっぷ》の良い女性よ。大丈夫、心配しなくて良いわ」

大柄のふたりが恐れ戦くティティさんがどんな人物なのか気にするレナに、怯《おび》えることはないと説明する。

「ふたりが大袈裟《おおげさ》に怖がっているだけだから、ね？」

「ああ、ティティなら話の分かる良い女だぞ。お前みたいな小さい女を虐《いじ》めたりはしないから安心しろ」

ティティさんと交流のある兄も、援護してくれた。

私たちふたりの言葉に納得したのか、とりあえずレナが頷く。

そしてまだぶるぶる震えているふたりを見て言った。

「じゃあ、あれは？」

「男の人は綺麗《きれい》で強い女性に弱いものなの。さっきも言った通り、ふたりは勝手に震えているだけ。レナは気にしなくていいからね」

「……はい」

こくりと首を縦に振るレナ。ちょうどそのタイミングで控えめなノックがした。先ほどの兵士の声がする。

「——ご正妃様。お客様をお連れ致しました」

「ありがとう。入っていただいて。ティティさんは古い知り合いだから心配してくれなくても大丈夫よ。こちらには兄さんも護衛のレヴィットもいるから」

そう告げると、明らかにホッとした声で返事があった。

どうやら自分も一緒に入るべきか悩んだらしい。職務熱心な兵士である。

音を立てて扉が開く。ツカツカと怒ったような顔をして入室してきたのは、聞いていた通り、ついこの間会ったばかりのティティさんだった。

彼女は私を見て何か言おうとし、その前にイーオンの存在に気づいたらしく、大きく目を見張っていた。

「は？　イーオン？　あんた、なんでそんなところにいるんだい？　サハージャに囚《とら》われているって聞いたのに……」

「はああ!?」

なんのことだと目を見開くイーオンだったが、私や兄はティティさんの言った『サハージャ』という言葉の方に驚いた。

サハージャ。イーオンはサハージャに囚われていると、今彼女はそう言ったのか。

私は驚きつつも、ティティさんにソファを勧めた。とにかく今は、彼女の話を聞きたい。

そう思ったからだ。

混乱した様子のティティさんがソファに座る。私は慎重に話しかけた。

「ティティさん、早速ですが教えて下さい。どうしてわざわざ王城を訪ねてくれたのですか？」

信じられないという顔をしてイーオンを見つめていた彼女だったが、ハッとしたように頭を振ると、その口を開いた。

「そうだね。その話をしないと。だけどその前に……」

厳しい目つきでさっと執務室内を確認する。すぐに彼女は、所在なげにしているレナに気づいた。表情が柔らかくなる。

「おや、猫の獣人がいるのかい」

「は、はい……あたし、レナといいます。あ、あなたは？」

おずおずと挨拶をするレナ。そんな彼女に同じく挨拶を返そうとしたティティさんは、兄に気づくと、仕方ないという顔をして言った。

「……ま、緊急事態だ。アレクセイ様なら大丈夫だろうし、構わないか」

「？　なんの話だ？」

兄が要領を得ないという顔をして尋ねるも、それには答えず、ティティさんはレナに自己紹介をした。

「初めましてだね。アウラの子。私はティティ。あんたと同じ島の出身。私はウサギの獣人なのさ」

「ウサギの獣人……あなたが？」

「は？　お前も獣人だったのか？」

レナと兄の異口同音の驚きに、まあ、そういう反応になるだろうなと思った。

兄がバッと私を見る。首を縦に振ると、兄は目を丸くした。

「……お前、知ってたのか？」

「うん。前に直接ティティさんから教えてもらったから」

「マジかよ……。しかしこうなるとお前の知り合いの獣人率、めちゃくちゃ高くないか？」

「そうでもないと思うけど」

否定の言葉を口にしつつも、実はイリヤも獣人だから、強《あなが》ち間違いではないなと思った。

兄が「はあああ」と長息する。

「なんだこれ。狼に虎、猫にウサギ。全部の獣人が一堂に会しているじゃねえか。獣人のことを人間嫌いで島から出ることを好まないって言った奴、出てこいよな……」

期せずして全種族が揃った現状に兄が頭を抱える。ティティさんが兄に「すみませんね」と言った。

「別にその認識で間違っていませんよ。実際、うちのソルなんかは閉鎖的で人間嫌いが集まっていますし。ただ、全員が全員、人間を疎んでいるわけじゃないんです。中には人間と共に暮らすことを望み、島を出る者もいる。そこにいるレヴィットなんかはその最たるものですね。何せ、ヴィルヘルムで騎士になっているんですから」

「確かに言われてみればそうだよなあ。あ、誤解すんなよ？　別に嫌だとか言うんじゃないんだ。知らないところに結構いるもんだなって驚いただけ」

「分かっていますよ。あなたは私たちを差別するような人ではないと知っていますから」

そう告げるティティさんの声には兄に対する深い信頼があった。

兄も「ああ」と頷き、なんとなくその場が良い雰囲気になる。それを破ったのはレナだった。彼女はティティさんに近づくと、じっとその顔を見つめた。

「あなたも、あたしと同じ獣人なんですか？」

「ああ。あんたは耳を隠してはいないんだねえ。辛《つら》い思いをすることも多かっただろう」

優しく頭を撫でるティティさん。同じ獣人女性からの慰めに、レナの目が潤んでいく。

それでも彼女は泣かず、気丈に告げた。

「大丈夫、です。昔は確かにしんどいことも多かったけど、ここにいる皆様はとても優しいですから」

「そうかい」

もう一度、レナの頭を掻《か》き混ぜるように撫で、ティティさんが私たちを見る。

そうして仕切り直すように言った。

「私がここに来たのはね、島の状況をあんたたちに伝えなければと思ったからだ。前回あんたたちがうちの店を訪ねてくれた時、フィーリヤのことを話してくれただろう？　そのあと、そこにいるレヴィットとも話して、私も心境に変化があったんだよ。……実は私には島に残してきた妹がいたんだけどね――その妹のことが急に気になったんだ。ちゃんと無事でいるのか。私のことを気にしているのではないか。だから、独自に持っていたルートを使って島にいる妹に連絡を取ってみた」

「独自ルート……そんなものがあるんですね」

「ああ、ソルは他《ほか》の部族と比べてもかなり閉鎖的で仲間意識が強くてね。同じソル族だけが使える特別な連絡手段があるんだ」

「へえ……」

「え、ソルってそんなのがあるんだ」

ティティさんの言葉に反応したのは、レヴィットとイーオンだった。どうやら彼らもソルの持つ連絡手段というものを知らなかったらしい。

ティティさんはふたりに一瞬だけ目を向けると、冷たい声で言った。

「あんたたちが知らないのも当然さ。これはソルだけの特別な方法だからね。で、だ。妹は無事で、私がどこにいるのか聞いてきた。嘘を吐く理由はどこにもないからね。素直に言ったさ。私はヴィルヘルムにいるって。そうしたら妹は血相を変えて言ったのさ。今すぐヴィルヘルムから逃げて、と。島はこれからヴィルヘルムを攻撃するから、と」

「……」

しん、と部屋の中が静まり返った。誰も何も言わない。ティティさんが次に何を言うのか、何を告げてくれるのか、誰もがじっと待っていた。

「どうして島がヴィルヘルムを襲う。ヴィルヘルムは獣人を虐げているわけじゃない。島がヴィルヘルムを攻撃する理由などどこにもないだろうと私は聞いたさ。妹はずいぶんと渋っていたけどね、結局は仕方ないと教えてくれた。ソル族は外部に厳しい分、身内に甘い一族だ。姉の私に隠せないと思ったんだろうね」

「そ、それで……アルカナム島がヴィルヘルムを攻撃する理由はなんだったんですか？」

カラカラに喉《のど》が渇いていた。

これからアルカナム島の面々に会って、どうにかして聞かなければならないと思っていたアルカナム島の参戦理由。それがこんなところで明かされようとしているのが信じられないと思いながら私はティティさんに尋ねた。

　ティティさんが口を開く。

「簡単さ。サハージャが脅してきたんだ。今、うちの国には大量の獣人がいる。その獣人たちを皆殺しにされたくなければ言うことを聞け、とね」

「……大量の、獣人？」

　どういうことだと目を見開く。兄が、思い出したように言った。

「そういえばフリードが国際会議で聞いたって言ってた。サハージャが老若男女問わず、各国から獣人を買い集めているらしいって。は？　まさかこのためか？　アルカナム島への脅しに使うために獣人を集めていたって言うのか？」

　兄の言葉を聞いたティティさんが苦虫を噛み潰《つぶ》したように言う。

「多分、そうだと思います。サハージャは言ってきました。今、自国には各国から買い求めた奴隷が五百人いる、と。その数は、おそらく大陸にいる獣人奴隷の八割以上で、それを言われた族長たちは到底無視することができなかった……」

「……」

　ティティさんの言葉に絶句した。

　五百人の人質。

それはどう足掻いても見て見ぬ振りできるものではないからだ。

静まり返る中、ティティさんは話を続けた。

「それでも族長たちは話し合いを重ね、断る決断をしたのです。五百人を見殺しにすることはできない。だけど、今島にいる者たちを危険にさらすわけにもいかない、と。頷いても断ってもどちらも地獄の厳しい決断でした。ですが断りを告げた彼らに、更にサハージャは言ってきたのです」

ティティさんが一旦《いったん》言葉を句切る。ごくり、と唾を呑《の》み込んだ。

彼女はイーオンを見つめ、やるせない表情をして言った。

「彼らは言いました。奴隷だけではない。こちらは狼獣人の跡継ぎも捕らえている、と。イーオンが行方《ゆくえ》不明になり、皆が探していることは誰も漏らしていなかったはずです。それなのに、サハージャはイーオンの存在を示唆した。……嘘だとは思えませんでした」

「そんな……僕はここにいるのに？」

自分の名前を出されたことにイーオンは驚きを隠せない様子だった。ティティさんは苦々しい顔つきで頷き、「だから私はさっきあんたがここにいることに驚いたのさ」と言った。

「話を戻します。イーオン、この男は意外と生真面目な性格をしていましてね。そこのレヴィットと違い、きちんと連絡を入れるタイプなんですよ。島を出て行く時だって、ちゃんと皆に『つがいを探しに行く』と断ってから旅立った。きっとそれなりに連絡をくれるはず。彼の性格を知っている皆がそう思い、彼の連絡を待ちました。だが、一年、二年が過ぎても何も音沙汰《おとさた》がない。これは死んでしまったか捕らえられて奴隷に落とされたか。そして、ついに彼の父親である狼獣人の族長が、極秘裏に息子を探し始めた。そろそろ彼は引退したいと思ったのですよ。そのため、跡目のイーオンがどうなっているのか、きちんと確認する必要があった。生きているのなら、連れ戻す。死んでいるのなら、別の跡目を考えなければならない。当然のことです。しかしどれだけ探してもその行方の欠片《かけら》すら掴《つか》めない。いよいよこれは死んだかと諦《あきら》めかけた抜群のタイミングで、サハージャは言ったそうですよ。『イーオンを捕らえている』と」

「……」

「当然、ずっと息子を探していた狼獣人の族長は、後継である息子を解放するために動きたいと主張します。それに対し、賛成に回ったのは虎獣人の族長でした。虎獣人の族長の妻は狼獣人で、関係で言えば、イーオンの叔母に当たります。可愛い甥っ子を助けて欲しいとつがいに言われた族長は、賛成に回るしかありませんでした。反対したのはウサギと猫。だけど結局猫の獣人は賛成に回りました。猫の獣人の族長は少し前、娘を人間の男に嫁がせているんです。その時、周囲からかなり文句を言われたのですが、結果として虎と狼の部族が賛成に回ったことで、それ以上責められることはなくなった。彼らに恩があったのです」

「……」

ティティさんの話を聞き、それがイリヤのことだと分かった。

イリヤはイーオン、レヴィットに可愛がってもらっていたと言っていた。多分だけどその関係で、虎と狼の部族は彼女の部族の味方をしてくれたのではないだろうか。

息子たちと仲の良かった猫獣人が結婚する。その相手が人間だとしても、まあ、悪い奴ではないのなら、親が託せると判断した相手なら、賛成してやろうじゃないか。そう考えたとしても不思議ではない。

そしてその恩があった猫獣人の族長は、今回彼らの味方に回らざるを得なかった。

なるほど、会議がどういう風に動いていったのか、とても分かりやすい。

「……なんだよ、それ」

話を聞いていたイーオンがボソリと呟《つぶや》く。彼の表情は懊悩《おうのう》に満ちていた。

アルカナム島が参戦した理由が自分にあると知ったからだろう。

「それ、最近の話なんだろ？　僕は確かにサハージャにいたけど、それは数年前までの話だ。見世物小屋に売り飛ばされてからは各国をウロウロしていたし、最後はヴィルヘルムにいた。それなのにどうして僕を知ってて、しかもサハージャにいるなんて嘘を吐くんだ」

「……サハージャの魔女ギルティアは、マクシミリアン国王と繋《つな》がっているの。だから、魔女が彼に教えたのかもしれないわ。あなたという獣人の存在を。それをアルカナム島との交渉に利用した」

自身の考えを告げる。何故か兄が驚いたように私を見た。

「向こうの魔女がマクシミリアン国王と繋がってるって……その話、マジか？」

「え、うん。フリードから聞いてない？　国際会議の時に判明した話なんだけど」

「……聞いてねえ。あ、いや、シオンが帰る直前にそんな話をしたような気もするな」

どうやら記憶が曖昧のようだ。

眉を寄せている兄を無視し、再度イーオンに向かう。

「あなたは狼に姿を変えられていて、見世物小屋に売り飛ばされ、世界中を巡業している状況。ほぼ確実に誰にも見つかってないと断言できるし、きっと誰もそれを知らない。それなら利用はできるわよね。本当はいなくても、『こちらにいる』と言えるわ」

「……最低だな」

己の記憶を探りつつも話を聞いていた兄が、吐き捨てるように言う。その意見には賛成しかない。

ティティさんが目を見開く。

「狼？　ちょっと、それどういうことだい？」

説明を、という目で見られたので、イーオンに了承を取ってから簡潔に話す。ただの狼にされていたと言うと、ティティさんは「獣人を獣にしようとか、性根の腐った魔女だね」と吐き捨ててから話を続けた。

「多数決により、島の方針は決まりました。イーオン解放と奴隷にされている同胞たちの解放を条件に、アルカナム島はサハージャに従うことにしたのです。それを直接告げるため、代表に選出された猫獣人の族長夫妻が、先日ヴィルヘルムで行われた国際会議に出席しました。そしてやってきた二国間会議。了承を告げた際に、サハージャは言いました。こちらの合図でヴィルヘルムに海から攻撃を仕掛けろ、と。……これが妹から聞いた全てです」

私と兄を見つめ、ティティさんが言う。兄が口を開いた。

「情報提供、感謝する。まだ国民には知らせていないが、先ほどアルカナム島からの宣戦布告が確認された。俺とリディは今からアルカナム島の真意を確かめるべく、そいつらと一緒にアルカナム島との話し合いの席に出掛けるところだったんだ」

「……そう、ですか。すでに宣戦布告はなされていたのですね」

ティティさんが苦しげな顔をする。

だけど彼女のお陰で、アルカナム島が置かれている状況が分かったのだ。それについては感謝しかなかった。

「ありがとうございます。どうして彼らが参戦したのか、それをどうしても聞き出さなければと思っていたんです」

心から礼を告げると、ティティさんは首を横に振った。

「礼を言われるようなことじゃないよ。私は、だからアルカナム島は止まらないと、そう告げにきただけなのだから。だけどイーオンがここにいて、サハージャが嘘を吐いていたというのなら話は別だ。特に嫌な話だけど、彼らが参戦を決めた決定打になったのが、そいつが囚われているということだからね。それがなくなれば、一旦話を持ち帰り、再度族長会議ではかる、くらいはすると思うよ。皆、本当は戦争なんてしたくないんだからさ」

「そう、ですか……」

重々しく告げられる言葉にただ、相槌《あいづち》を打つ。

誰だって戦争なんてしたくないのだ。特に獣人たちは人間たちから離れて暮らしていた。平和を望み、人間とあまり関わらないようにして生きていたのに、ここにきて人間の都合で戦争に参加させられるなんてあり得ない。

ドン、とイーオンが、近くにあった机を思いきり叩いた。

「くそ！　俺のせいで！　俺が馬鹿で、魔女なんかに捕まっていたせいで、皆を戦争になんて巻き込んでしまった!!　俺が、つがいを探す、なんて言って大陸に出てこなければ、こんなことにはならなかったんだ!!」

イーオンの声は悲痛で、彼が己を酷《ひど》く責めていることが伝わってくる。

だけど過去を悔いても意味がないのだ。どうしたって過去は変えられない。

イーオンが唇を噛《か》みしめ、ティティさんに言う。

「ティティ姐さん。頼む、僕が無事だということを、ヴィルヘルムに保護されているということを皆に伝えてくれ。ヴィルヘルムと戦争なんてとんでもない。僕を助けてくれたのはご正妃様であり、そこにいるレナだ。ふたりがいるこの国に戦争なんてやめてくれ！　恩を仇《あだ》で返すような真似をしないでくれ!!」

「——もう一度妹に連絡を取ってみるよ。言葉だけで向こうが信じてくれるかは分からないが」

「いや、それは大丈夫だろ」

兄が会話に参加してきた。

「俺たちはこれからアルカナム島との話し合いの席につくと言っただろう？　どこの代表が出てくるかは分からないが、イーオンを連れていけば、彼が本物だということが分かるだろう。島に戻った彼らはイーオンが無事だったと言う。だが、半信半疑の者もいるだろう。最悪、お前たちは姿を見たのかもしれないが、私たちは見ていない。それに、彼がヴィルヘルムに『無事だ』と言わされているだけかもしれない、なんて言うやつも出てくるかもしれない。そんな時に、ソルの方からも同様の情報があれば？　身内のウサギ獣人が、イーオンがヴィルヘルムで保護されていることを確認した、と。二方向から同じ情報がくれば、少しは信じるに足る要素になるんじゃないのか？」

「……確かに、それはその通りですね」

なるほど、とティティさんが納得する。

「ソルとしても、嘘かもしれないと思った情報が本当だったと確認できますし、別方向からもイーオンの無事を知らせるのは良い手かもしれません。分かりました。私の方からイーオンを確認したことを妹経由でソルに伝えましょう」

「頼む。で、俺たちは話し合いの席にこいつを連れて行く、と。イーオン、全てはお前に掛かっている。頼んだぞ」

兄の言葉にイーオンは、しっかりと頷いた。

「任せて下さい。僕のせいで、今島が戦争を行っていると分かったんです。絶対に、僕の無事を信じてもらって、なんだったら兵を退《ひ》いてもらいます」

そう告げるイーオンの目はメラメラと燃えていた。

ティティさんが立ち上がり、私を見て言った。

「じゃあ、私は早速妹に連絡を取ってくるよ。リディ、あんたも気をつけて。イーオンとレヴィットがついているのなら何も心配ないとは思うけど……ん？　そういえば、あんたの旦那はどうしたんだい？」

不思議そうな顔をするティティさんに、静かに告げた。

「今、ヴィルヘルムは同時攻撃を受けていて。フリードは北に行っています」

「同時攻撃？」

「はい。もうすぐ国民にもその辺りの発表はあるかと思いますが、現在ヴィルヘルムはタリムとサハージャ、そしてアルカナム島の三ヶ国から攻撃を受けているので。アルカナム島だけじゃないんです」

私の話を聞いたティティさんが腑に落ちたという顔をする。

「……なるほど。だから余計にアルカナム島を何とかしたかったんだね。予測のつかない相手ほど戦いにくいものはないし」

「そうです。どうしてアルカナム島が、獣人を奴隷として扱う二ヶ国と一緒に出てきたのか、私たちはその理由が知りたかった。……サハージャによる、イーオンと多数の獣人奴隷を人質にした強要だったとティティさんのお陰で分かったのですけど」

「つまりサハージャとアルカナム島は繋がっている。あとはタリムだけど……タリムがひと月以上も早めに南下してきたのも理由がありそうだよなあ」

兄がうーんと天井を見上げながら言う。

「サハージャと繋がっているのは間違いないんだよね？」

「タリムを助ける～なんて言ってきたくらいだからな。それはそうだろ。問題は、だ」

言葉を句切った兄に、確認するように言う。

「あの蛇蝎《だかつ》の如《ごと》く嫌いあっているはずの二ヶ国が、どうして手を組めたのか、だよね？」

「そうなんだよな。普通なら絶対に手なんか組まないのに。だってあいつら、どっちもうちの領土が欲しくて仕方ないだろ？　嫌な話だけど、絶対にどちらがどこの領土を取るか揉《も》めると思うんだよ。具体的には、うちの穀倉地帯な」

「だよねえ」

　ヴィルヘルムの誇る穀倉地帯をタリムとサハージャが狙《ねら》っているのは昔からだ。

　どちらも絶対に譲ったりしないと確信できる。だから共闘なんてしてこないと思うのだけれど……他に欲しいものでもあるのだろうか。

　兄がため息を吐きながら言う。

「まあ、その辺りはな、最悪どうでもいい。フリードが出て、負けるとは思わねえから。思惑があったとしても全部倒してしまえば、計画倒れで終わるだろう？」

「うん」

「だから俺たちは、そこは気にせず、やるべきことをやればいいってことだ。リディ、今、親父から念話がきた。向こうが話し合いの席につくことを了承したそうだ。準備が整い次第、ダッカルトに向かうぞ」

「っ！　うんっ！」

　父からの念話を受けた兄が立ち上がる。私たちも表情を引き締めた。

　ティティさんが扉に向かいながら私たちに言う。

「では、私もやるべきことをやりましょう。レヴィット、イーオン、あんたたちもしっかりね。全部終わったら、久しぶりに三人で飲もうじゃないか」

「……えっ、ティティ姐さんと？」

「お、俺はもういい……です……」

ティティさんの言葉に恐れ戦くふたり。そんなふたりに意味ありげな顔をしてみせたティティさんは、私たちに手を振り、颯爽《さっそう》と執務室を後にした。

◇◇◇

カーラに準備を手伝ってもらい、正装に着替えた私は、廊下の外で待っていてくれたカインと合流し、転移門のある部屋へと向かった。

途中で同じく服を着替えた兄とレヴィット、そしてイーオンと合流する。

仲間はずれにするようで申し訳ないが、レナは留守番だ。

必ず帰ってくるからと約束し、いつも通りの仕事に戻ってもらった。

そういえば、着替えるために自室に戻る途中で、レイドとも会った。どうやら彼女は私を探していたようで、ヴィルヘルムが三方向から攻められている現状を知り、黙ってはいられなかったと言っていた。

「……兄上は絶対に援軍を送って下さると思う」

「うん、イルヴァーンには連絡を送るって聞いてるから。頼りにしてる」

「兄上には私からも直接連絡を入れる。できるだけ早くとせっついておくから。ああ、こんな有事の際に碌《ろく》に力になることのできない己が恨めしい。リディ、大丈夫か。私に何かできることはあるか？」

「連絡を入れてくれるだけで十分過ぎるよ。ありがとう、レイド」

実際、彼女が直接イルヴァーンに連絡を取ってくれるのはとても意味があると思う。

イルヴァーンの国王夫妻は娘のレイドを可愛がっている。娘から援軍を送れと言われれば、できるだけ急いで準備をしようとしてくれるはずだ。

それは妹を大事にしているヘンドリック王子も同じなのだけれど。

私は気遣ってくれる優しい友人にお礼を言い、王太子妃としての仕事があるから頑張ってくると告げ、別れてきた。

私も、自分の役目を果たさなければ。

転移門のある部屋につく。

中に入ると、そこには父と、魔術師団所属の魔術師がふたり、待機していた。

父がギロリと私を見て、鋭い声で言う。

「リディ、お前のすることは分かっているな？」

「大丈夫です、お父様。必ず役目を果たしてきます」

ティティさんのお陰でアルカナム島の参戦理由は分かったが、今はまだ父には言わないでおこうと兄とは話していた。

それじゃあ、話し合いは要らないだろうと言われるのは困るからだ。

先方に、実際のイーオンの姿を見せる必要があるし、そこで新たな事実が発覚……なんてこともあるやもしれない。

話し合いが終わってから、全部纏めて説明する。兄とはそう決めていた。

「アルカナム島には、アレクから聞いた名前を告げた。最初は話し合いの席など設けるだけ無駄だとけんもほろろだったが、私が名前を出した瞬間、旗色が変わってな。本当にその者がいるのなら会いたいと言い出してきた。いっそ見事なくらいの掌《てのひら》返しだったぞ。アレク、リディ。お前たちは本当に切り札を手に入れていたのだな」

「偶然なんですけどね」

私は狼のグラウを助けただけなので、本当に偶然だ。

だけど私の行動が結果としてヴィルヘルムの役に立っているのなら、嬉しいと思う。

「アレク。リディのことを頼んだぞ」

父が兄に目を向ける。

「大丈夫だって、親父。……こいつを出して、うちが負けるはずないだろ？」

カラカラと笑う兄を父が胡乱《うろん》な目で見る。

「前から思っていたが、お前のその、リディに対する絶大な信頼感はなんなんだ」

「信頼感とはちょっと違うな。ただ、俺は知っているだけだ。こういうことで、リディは外さないって。それだけなんだけどな。大体それは、俺だけでなく親父も同じだろ？」

「……むう」

否定しがたい、みたいな顔をする父。

「こいつはしくじらねえよ。俺たちがやらなければいけないのは、後始末だけ。こいつが暴れた後始末に奔走するのが俺たちの役割だろ？　ただちょっと、どんどん規模が大きくなっているだけで……」

遠い目をする兄を見た父が苦笑した。

「そうだな。昔は屋敷内だけのことだったのに、まさか国レベルにまでなるとは思わなかった」

「こいつがフリードに見初《みそ》められた時点で俺は覚悟していたし、親父にも言ったと思うけどな。ほら、やっぱり俺が言った通りだったろ？」

「……うむ」

認めたくないが認めざるを得ない……みたいな顔をする父と兄。

なんだか……馬鹿にされているような気がする。

「ねえ、兄さん。私がなんかやらかした、みたいな言い方するのはやめてくれる？」

「自覚がないって怖いよな。さんざんやらかしてる奴が何か言ってるぜ」

「私、何もしてませんけど!!」

「やらかした奴ほど、何もしてないって主張するんだよなあ」

やれやれという顔をし、明後日《あさって》の方向を向く兄。

腹が立ったので久しぶりに足でも踏んでやろうかと思っていると、魔術師団のひとりが父に話し掛けてきた。

「ヴィヴォワール宰相。ダッカルトへの転移準備が整いました」

「うむ。アレク、リディ。向こうにつけば、ガライ様がお前たちを迎えてくれるだろう。あとは、ガライ様に従うように」

「はい」

どうやら出発のようだ。

さすがにここで兄の足を踏むのもどうかと思った私は、自重することにした。

考えてみれば兄も正装で、靴もピカピカなのだ。汚してしまってはヴィルヘルムの品位を疑われる。

兄のためというよりもヴィルヘルムのために、私は兄を攻撃するのはやめようと思った。

まあ、今日だけだけど。

今度、どうでも良さそうな時にでも、今日の復讐《ふくしゅう》として踏んでおこうと思う。

「それでは行って参ります」

転移門に入り、父に告げる。父が頷くのとほぼ同時に転移門が白く輝き始めた。

しばらくして視界が晴れる。そこはもうヴィルヘルムの王都ではなく、目的地となるダッカルトだった。

ダッカルトの海軍本部内にある一室。転移門が設置されたその部屋に転移してきた私たちは、出迎えに来てくれた人物の姿に気がついた。

フリードよりも濃い金髪。日に焼けた肌が健康的な体格の良い男性。

国王の弟でフリードの叔父《おじ》、ガライ様だ。

彼にはサラという名前の妃がいるが、海軍本部という場所もあってか、ここには来ていないようだ。

彼はフリードが着ていたのと同じ軍装を纏っていた。王族だけが着ることを許される黒い詰《つ》め襟《えり》軍服は勇ましいばかりだ。

「ガライ様、お久しぶりです」

彼も先ほど王都に来ていたのは知っているが、直接会ったわけではないので『久しぶり』と告げる。

互いに挨拶を済ませると、ガライ様は顔を引き締め、私に言った。

「先ほど宰相から連絡を受けた。話は聞いている。急がせて申し訳ないが、これから君たちを話し合いの場となる会場へ連れて行く。構わないか」

「はい、お願いします。できればここにいる全員を同席させたいのですが」

兄だけではなくここにいる全員と言うと、ガライ様は驚いたが、すぐに納得したような顔をした。

「確かに宰相からそう聞いている。向こうもそれは了承済みだと。会わせなければならない人物がいるという話だが——」

そう言い、私の後ろに目をやるガライ様。

イーオンとレヴィットを見た彼は、吃驚したように言った。

「レヴィットではないか！　久しぶりだな」

「……お久しぶりです、ガライ様」

その場で片膝をつくレヴィットを見て、そういえば彼はガライ様の推薦でプリメーラ騎士団に入ったんだったなと思い出した。

ガライ様はレヴィットが獣人ということを知っていて、その上で騎士になりたい彼を応援し、フリードに預けたのだ。

レヴィットにとってガライ様は、夢を掴ませてくれた恩人。レヴィットは嬉しそうな顔でガライ様を見ていた。

「お前が来たのか。ん？　アルカナム島に対する切り札とはお前のことか？」

「いえ、私の友人です。彼をアルカナム島の面々に会わせる必要があるんです。私はご正妃様の護衛と……まあ、友人——イーオンのオマケですね」

「ほう？」

面白いことを聞いた、みたいな顔をしたガライ様だったが、それ以上は聞かず、今度は兄に話し掛けた。

「君は？　確か、宰相の息子と聞いているが」

「はい、アレクセイと申します。ガライ様」

「おお、そうだ。アレクセイ。フリードがよく『アレク』と名前を出していたな。覚えているぞ。リディアナ妃の兄君ということだが」

「はい」

こちらに視線を向けられたので返事をした。

ガライ様が満足げに告げる。

「血を分けた兄妹が一緒なら心強いな。よし、会場に向かうぞ。向こうは一刻も早く、その切り札とやらの顔が見たいらしい。準備もある。最短でも三日はかかると思ったのだが、今日、今すぐに会わせろと言ってきたと宰相がぼやいていた。最初は会う必要がないと言っていたくせに、変わり身が早すぎる、とな」

「それだけ、彼らにとってイーオンが重要な人物ということだと思います。ガライ様、案内を宜しくお願いいたします」

軽く頭を下げる。

ガライ様は表情を引き締め、「私についてこい」と言った。

部屋を出る彼のあとを全員で追いかける。

めったなことでは訪れることもない海軍本部。その内部は、飾り気はほぼなく、建物も石造りだった。

壁には燭台が打ち付けてあったが、その燭台も装飾の類《たぐ》いはない。無駄なものは全て省いたという感じがひしひしと伝わってくる。

ガライ様は部屋の外に出ると、近くにあった階段を下り始めた。

そのあとをついていく。ガライ様は振り返り、私たちに説明した。

「海軍の港は崖下にあってな。内部が空洞になっているので、それを軍用の港として使っている。船を一隻を用意しているから、それに乗って合流場所に行ってもらいたい」

「分かりました」

下へ向かっている理由を説明され、兄が頷く。

石の階段を一番下まで降りると、そこには大空洞が広がっていた。

「わ……」

ガライ様が言った通り、大空洞は海へと繋がっていて、たくさんの船が係留されていた。

海軍兵とみられる人たちが大勢、バタバタと走り回っている。

彼らがアルカナム島の人たちと戦っているのだ。タリムやサハージャに向かった兵たちと同じく、自分の命を懸けて頑張っている。

「……」

じっと彼らを見ていると、私が何を見ているのか気づいたガライ様が言った。

「大丈夫だ。まだアルカナム島からの攻撃はない。宣戦布告があり、まさに攻撃を仕掛けてくるかという凄《すさ》まじいタイミングで宰相が連絡を入れてな。とりあえずは、話し合いが終わるまでは互いに攻撃をしないということを取り決めたんだ」

「そう、なんですか」

どうやら父は、話し合いの場を設けるだけでなく、話し合いが終わるまでという条件がありはしたものの停戦までをも承知させていたらしい。

「我が国の宰相は有能だからな。それくらいはしてみせるだろう」

はははと笑うガライ様。

そんな彼に、「自慢の父です」みたいな言葉を私と兄は異口同音に言った。

口にはしないけど、私も兄も父をすごい人だと尊敬しているのだ。絶対に言ってはあげないけど。

ガライ様が何やら優しい目でこちらを見ていたのが、心情を知られているようで少し恥ずかしかった。

◇◇◇

ガライ様が用意してくれた船は、小型の高速船だった。

小回りがきくし、大きな船で行くと、向こうの神経を逆撫でしてしまうかもしれない。一応、すぐ駆けつけられる場所に母艦は待機させておくとのことだった。

急ぎという話なので、慌ただしく用意された船に乗る。中には一応船室があったが、そこまで広くなかった。

イーオンとレヴィットは全力で遠慮してきたので、私と兄が船室を使わせてもらう。カインは入り口前に立って、見張りをしてくれるらしい。

海上で話し合いと聞いていたが、一時間ほど船を走らせた場所にある無人島を使うことになったらしい。

予定通り一時間後、船は無人島に辿りついた。

「ご正妃様、つきました」

「ありがとう」

「すみませんが、ここから島まではボートでお願いします。浅瀬になっていて、これ以上は近づけないんです」

申し訳なさそうに告げる海兵の言葉に頷く。

五人が余裕で乗れるボートを漕《こ》ぐのはレヴィットとイーオンだ。力があるから自分たちがすると申し出てくれた。

ふたりの力でボートが無人島に近づいていく。

浜辺が見えた。私たちと同じようなボートがあり、その側には三人の男性が立っている。おそらく、向こうの代表だろう。彼らもこちらに気づいた様子だった。

「うわ……父さん……」

ボートを漕いでいたイーオンが、嫌そうな声を出した。

私にはまだ顔は判別できないが、獣人は人より視力が良かったり、嗅覚が鋭かったりすることが多い。それでイーオンも分かったのだろう。

どうやらひとりは彼の父親だったようで、イーオンは心底嫌そうに顔を歪《ゆが》めていた。更にレヴィットまでもが「うわっ」と声を上げる。

「うちの親父もいる。嘘だろ、なんで来てんだよ」

「え、じゃあ、あとのひとりは？」

「あー……あれは、猫の族長ですね」

レヴィットが確認し、教えてくれる。猫——アウラの族長。ついこの間、国際会議に来ていたイリヤのお父さんだ。名前は確か——。

「クルウェルさん？」

「ああ、そうか。ご正妃様はアウラの族長と国際会議で会ったんでしたね」

イーオンに言われ、頷く。

話を聞いた兄が、「ラッキー」と言った。

「じゃ、三人とも関係者ってことだな。よーし、とりあえず身の安全は保障されたし、向こうもリディの顔を知っているから、こっちが王族を出して来たって理解するだろ。ひとりでも王族がいれば、適当な扱いをされているわけではないと思うだろうし、こちらの言うことも信じやすくなる。悪くないぞ！」

「そうだね」

確かに向こうに、私を知っている人がいるのは助かるかもしれない。

王太子妃ですと挨拶するより、実際に知っている人がいる方が信憑性《しんぴょうせい》は高くなるし、疑り深い人も信じてくれる。

そして私としても知らない人ばかりな状況よりも、知っている人がひとりでも多くいる方が気が楽だ。

私はホッとしたが、自分たちの父親が来ていると知ったふたりは、まるでお通夜のような顔をしながらボートを漕いでいた。気のせいか、速度が落ちているような気がする。

まあ、気持ちは分かる。私だってもし同じ立場に立たされたら頭を抱えたくなると思うから。年単位ぶりに知り合いに会ったと思ったら、自分を探していた父親が来ているとか……逃げ出したくなるな、うん。

とはいえ、向こうの気持ちも分かるのだ。長年見つからなかった我が子に会えるかもと思えば、普通の親なら出てくるだろう。だから私はその辺りを踏まえて言った。

「……気持ちは分かるけど……嫌がっても仕方ないんじゃない？　子供に会いたい気持ちは当然だと思うし、それに確認なら身内がするのが一番でしょ」

特に、ティティさんの話だとイーオンの父親は積極的に息子のことを探していたみたいだったから、自分が確認すると言い出しそうだ。

「うっ……それは、そう、ですけど」

へこむイーオン。すると今度はレヴィットが「うちの親父は来なくてもいいと思う」と梅干しでも食べたような顔をしながら言った。そんな彼に言う。

「え、でも確かレヴィットのお父さんって、イーオンの叔母さんと結婚したのよね？　つまり親戚関係があるんでしょ。確認要員のひとりとして駆り出されるのは妥当だと思うけど……」

私の話を聞き、レヴィットも項垂《うなだ》れた。

「……そうですね」

「というか、ふたりって従兄弟《いとこ》ってことになるのよね」

確認すると、ふたりとも頷いた。レヴィットが言う。

「まあ、身内というより悪友の感覚の方が強いので、普段はあまり気にしていないんですよ。でも今はものすごく実感してます。だってあそこに親父たちがいるんですから……」

大きなため息を吐くレヴィット。イーオンも「分かる」と渋い顔をしている。

すっかり大人しくなってしまったふたりだったが、きちんとオールは動かしてくれたので、無事、砂浜につくことができた。

向こうもイーオンたちのことを認識していたようで、信じられないという顔をしながら、こちらに駆け寄ってくる。

まずはイーオンの父親だと一目で分かる、彼と同じ黒と白の混じった髪をした大柄な男性が大音声《おんじょう》で叫んだ。

「イーオン!!　お前……本当にヴィルヘルムに保護されていたのか!!　サハージャに囚われていたんじゃなかったのか！」

イーオンは耳を押さえる真似をし、「うるさい」と言いながら、ボートから飛び降りた。

父親に近づき、言う。

「何、ガセ情報掴まされてるんだよ。誰がサハージャに捕まっているって？」

「だが、向こうはお前の名前や容姿の特徴も出していたし……」

まだ信じられないという顔をするイーオンの父親。

イーオンが父親に捕まっているうちに、私たちもボートを下りた。ボートが沖に流されないよう、レヴィットがテキパキと係留作業を始める。

問い詰められ、うんざりという顔をしたイーオンは、興奮のあまり激昂《げっこう》する父親に、自分のこれまでの遍歴を簡単に説明し始めた。サハージャの魔女に捕まり、そののちに狼として見世物小屋に出されていたと言うと、父親は鬼もかくやという顔をした。

己の息子がただの畜生として扱われていたなど到底許せることではないのだろう。

怒り狂う父親を宥《なだ》めつつ、更にイーオンが現在に至るまでの話を続ける。その間に、レヴィットも船を繋ぐ作業を終えたので、彼と一緒にイーオンたちの方へ歩いて行った。

「……」

レヴィットの父親とみられる人物が目を見開いている。当たり前だ。甥《おい》の無事を確かめにきたはずが、何故か長年会っていなかった息子が出てきたのだ。言い方は悪いが甥を気にしているどころではないのだろう。驚きのあまり、完全に固まっていた。

クルウェルさんが苦笑しつつも黙礼をしてくれたので、私も同じように返しておく。

レヴィットの父親はまだ衝撃から立ち直れないようだし、まずはイーオンの説明を聞いてもらうのが良いと思ったので、彼の話が終わるのを待つことにする。

イーオンは呪いから解放され、アルカナム島が攻めてきた話を聞いて一緒にやってきたところまで話を終えると、父親に言った。

「……父さん、分かってくれたか？　僕がここ数年、サハージャになんていなかったって。そして僕を解放して下さったのは、ここにいるヴィルヘルムの王太子妃リディアナ様であり、猫獣人のレナだって。僕が恩人だと思えるのはこのふたりだけだ。他にはいない」

「……恩人」

ちらりとイーオンの父親が私を見る。イーオンは力強く頷いた。

「ただの狼でしかなかった僕を鞭から助けるばかりか、見世物小屋から解放してくれ、なおかつ忌まわしい首輪だって外してくれた。これを恩に感じない獣人がいたら見てみたいって思うけど」

「それは……確かに、そう、だが……」

与えられた情報を処理しきれないのだろう。イーオンの父親は信じられないというように何度も首を横に振った。

ふたりの話が一段落したのを見計らい、今度はイリヤの父親――クルウェルさんが私に話し掛けてきた。

「リディアナ様、またお目に掛かりましたな」

「はい。お久しぶり……というのもおかしいですけど、まさかこちらにいらっしゃるとは思いませんでした」

正直に告げると、クルウェルさんも同意した。

「想像はついているかもしれませんが、このふたりに連れられてほぼ無理やり、ですね。ですが、結果として私が来て良かったのかもしれません。アーク、テリー。この方は、イーオンの言う通り、ヴィルヘルムの王太子妃殿下で間違いない。ついこの間、私が出席した国際会議でお会いした。……私の娘や同族の娘に良くして下さった方だ」

「……」

じっとイーオンの父親がこちらを見ている。多分、アークと呼ばれたのが彼なのだろう。特に恥じ入るところはないので、黙ってその目を見返していると、イーオンが声を上げた。

「父さん、絶対にご正妃様に失礼な真似はしないでくれよ。この方は僕を助けてくれた方だって言っただろ」

「分かっている。お前の恩人なら、同時に親である私の恩人でもあるということ。……息子から話は全て聞きました。私の息子を助けていただき、ありがとうございます。私はアーク。ここにいる馬鹿息子、イーオンの父親。狼獣人の部族ノヴァの族長を務めております」

態度と口調を改め、深々と頭を下げるイーオンの父親――アークさんを見る。

「ヴィルヘルム王国王太子、フリードリヒの妃、リディアナです。イーオンの件については偶然ですので、お気になさらないで下さい」

分かって助けたわけではないので、戸惑いつつもそう答える。

その隣では、ようやく再起動を果たしたレヴィットの父親であるテリーさんが、息子をギュウギュウに締め上げていた。

レヴィットはかなりの体格なのだが、テリーさんはその彼より更に大きい。

「レヴィット、この親不孝ものの大馬鹿たれ!! こんなところで船に乗って護衛然としているとはどういうことだ!!」

「護衛然ってなんだ! 俺は正真正銘《しょうしんしょうめい》護衛だっつーの!! 大体、俺は騎士になりたいってずっと言ってただろ! 夢を叶《かな》えたんだよ!!」

「夢だと!?」

「今の俺は、ヴィルヘルムのプリメーラ騎士団所属の騎士！　俺は、俺を引き立てて下さったガライ様とフリードリヒ殿下のために働くって決めてるんだ！」

「それならせめて、連絡のひとつくらいしてこい!!　アウラ経由でお前が生きていることを知って、私たちがどれほど驚いたと思っているんだ！」

「あいつから連絡が行ったんだからいいだろ！　それに連絡はしようと思っていたけど途中で面倒になったんだよ！　俺も暇じゃないんだ」

「面倒になったじゃない！　お前はどれだけ適当なんだ!!」

ものすごく怒られている。

しかしどうやらレヴィットは、島にもまだ何も連絡をつけていなかったみたいだ。

イリヤには連絡をつけられるようにしておくと言っていたのにとも思ったが、彼の言うとおり、正真正銘、面倒になっただけなのだろう。素のレヴィットは、かなり適当な性格のようだから。それはイーオンと話している彼を見ていても分かる。

でも、騎士としての彼はきちんとしているから……うーん、仕事と私生活のギャップが激しすぎるな。

そして一番可哀想《かわいそう》なのは、レヴィットのお父さんかもしれない。

イリヤからの連絡で息子が生存していることは知ったみたいだけれど、本当にそれだけのようだし。

きっとイリヤもどこまで話して良いのか分からなかったのだろう。詳しいことはきっと本人が別にすると思い、生きているとだけ伝えた……うん、そのあたりが正解だと思う。

それはさすがに気の毒だと思いながらレヴィットのお父さんを見ると、彼は腹立たしいというのを隠しもせず息子に言った。

「アウラが教えてくれたのは、お前が生きていること、そして近いうち自分から連絡を入れてくるだろうということ。私たちは期待して待っていたというのにお前は……！」

「……悪かったよ」

「なら、何故連絡を入れなかった!!」

「だから、面倒だったんだって。ほら……そのうちすれば良いかって」

「お前のそのうちは年単位だろう!!」

うちの父にも負けない怒号が響き渡った。だがレヴィットは全く気にせずツーンとしている。

兄が笑いながら言った。

「レヴィット、良い根性してるぜ」

「……兄さん。それ、ブーメランだからね。お父様にいっつも怒鳴られてるくせに、我関せずの兄さんにだけは言われたくないと、向こうも言うと思うからね」

「それ、お前もだろ」

「……」

まさに言葉通りブーメランが返ってきて、黙り込んだ。

否定したかったけど、父が怒鳴っているところを想像して……私も無視するなと納得してしまったからだ。

「……うちはうち、よそはよそだよね」

言い訳がましく言うと、兄は肩を揺らして笑った。そんな私たちをカインが少し離れたところから見ている。

何かあった時のためにと警戒してくれているのだろう。どんな時でも気を抜かないのが私の優秀な忍者なのだ。

ひとしきり叱《しか》りつけて気が済んだのか、レヴィットの頭を押さえつけながら、彼の父が私たちに向かって頭を下げる。

「申し訳ありません。……息子がヴィルヘルムでお世話になっているようで。父親のテリーです。……言いたくありませんが、息子はこの通り適当な性格。そちらで迷惑を掛けているのではありませんか？　息子の不始末は親の不始末も同然。息子に代わり、お詫《わ》びいたします」

「俺、ちゃんとやってるって……！」

頭を押さえつけられたレヴィットが反論するも、父親――テリーさんに睨み付けられる。

「うるさい、お前の適当過ぎる性格を知っていて、信じられるか！」

「……あの、レヴィットは騎士団でよくやってくれていると、夫からも聞いています。私も頼りにしていますので、問題を起こすとかはありません。ご安心下さい」

レヴィットのフォローが必要だろうと言葉を返すと、テリーさんは信じられないという顔をした。

「こいつが？　騎士として務まっているのですか？」

「はい。力が強いので重宝されていますし、団長の覚えもめでたいと聞いています。大丈夫ですよ」

「そう……ですか……」

まだ疑いは残しつつも、王太子妃として紹介された私が言うのならと思ったのだろう。

テリーさんは頷いた。

「息子がお役に立っているのなら何よりですが……」

「テリー、そのくらいにしておけ。アークも構わないな？　私たちは本題に入らなければならない」

まだ何か言おうとしていたテリーさんの言葉を遮ったのはクルウェルさんだ。

クルウェルさんの言葉に、息子に気を取られていたふたりがハッとする。

「そうだ……それどころではなかった。ヴィルヘルムの言う通り、息子はここにいて、リディアナ妃に助けられたと言っている。つまり、我々はサハージャに謀られたと、そういうことになる」

まずはイーオンの父親であるアークさんがそう言った。レヴィットの父親も同意する。

「その通りだ。サハージャは、イーオンが自分たちのもとにおり、自分たちの意思次第でどうにでもできると我々を脅してきた。だが、それは嘘だった。虚言だと分かった以上、サハージャに味方はできないし、イーオンの恩人であるリディアナ妃のいるヴィルヘルムを攻撃することは、獣人としての在《あ》り方に反する。少なくともヴィルヘルムに敵対など考えられない」

「敵対なんかしたら、僕は絶対に許さないからな、父さん」

イーオンが己の父親を睨む。彼は大きく頷いた。

「もちろんだ。真実を知った以上、我々が恩人の住むヴィルヘルムに攻撃するなどあり得ない。我々は人間が好きではないが、恩人だというのなら話は別。今すぐ兵を下げ、戦線から離脱する。それが一番良いだろう。――だが」

難しい顔をし、イーオンの父親が黙り込んだ。それを受けるようにクルウェルさんが言う。

「我々が人質に取られているのは、イーオンだけではありません。各地より集められた獣人奴隷五百の命もまた、盾に取られているのです。確かに最初は突っぱねました。五百名よりも島の平和を望み、結果イーオンの名前を出されたのが今の我々です。ですが、一度助けると決めて行動に移したのに、イーオンが見つかったから、やっぱり彼らは見捨てるとはさすがに……」

族長としてその判断はできない、と苦しそうにクルウェルさんは言った。

アークさんとテリーさんも同じ考えのようで、唇を噛みしめている。

イーオンの父親であるアークさんが言った。

「ここで軍を退けば、間違いなくサハージャは、五百の獣人奴隷を殺すでしょう。参戦する前の、脅されているだけの時とは状況が違う。『軍を退いたのなら、それはつまり五百の仲間の命は要らないということ。お前たちが捨てたのだから、処分する。悪いのはお前たちだ』それくらいはサハージャ国王なら言うと思います」

「……」

サハージャ国王マクシミリアンの顔を思い浮かべ、苦い顔になった。

確かにマクシミリアン国王はそれくらい言いそうだと思えたからだ。

「私たちがサハージャに味方している間は、彼らの命は保証されています。サハージャとはそう約束している。でも、逆に言えば、味方するのを止めれば保証はされないんです。彼らは笑いながら仲間たちに言うでしょう。島は、お前たちを見殺しにすると決めた、と。それを聞かされた五百名の絶望を考えると、分かりました、兵を退きますとは言えないのです」

アークさんの言葉に、その場にいた全員が苦い顔になった。

ただ、脅されていた時とは状況が違うというのは、まさにその通りだ。

一度条件として受け入れ、その上で破棄すれば、五百の獣人たちからしてみれば、助けてくれると言っていたのに結局裏切られたとしか思えないだろう。

期待させておいて裏切るなんてできないという彼らの意見は尤もだと思ったし、それを聞いた上で「軍を退いて欲しい」とは口が裂けても言えなかった。

それはつまり、五百を見捨てろと言うのと同じなのだから。

「……じゃあ、結局、父さんたちの行動は変わらないってことなのか？　恩人のいるヴィルヘルムに攻撃し続けるっていうのか。父さんたちの言うことも分かるけど、それは同時に僕に、恩人に恩を仇で返せと言っているのも同じだって分かってるんだよな？　なあ、父さんたちなら、どう思うんだ。同胞が、自分の恩人に、恩人と分かっているのに攻撃を仕掛けるなんて。黙って見ているなんてできるのかって言ってるんだよ!!」

イーオンが三人に食ってかかる。

何も答えない三人。

イーオンがただ彼らを睨むだけの時間が過ぎる。やがて、黙って話を聞いていた兄が言った。

「――軍を退かなくてもいい。現状の睨み合いの状態を続ける、ということはできませんか」

「え……」

兄に全員の注目が集まる。兄は皆を見回しながら口を開いた。

「そちらの状況は分かりましたし、それで軍を退いて欲しいとは私たちも言えません。ですから提案です。現在の互いに睨み合っている状況。それを続けることはできませんか。何か適当な理由を付けて、のらりくらりと」

「数日なら可能だろうが、それ以上は難しいぞ」

答えたのはレヴィットの父親だった。鋭い目を向けられた兄が即座に返す。

「十分です。最初は誤魔化せたとしても、攻撃していないのがすぐにサハージャにバレてしまうでしょうからね。長期間は無理だとこちらも承知しています」

「……その数日でどうすると言うんだ」

今度はイーオンの父親が兄を見た。

私やイーオン、レヴィットも兄が何を言い出すのかと彼を見る。

兄がにこりと笑う。その様は余裕に満ちており、彼が説得の成功を確信しているのが伝わってくる。

誰かと交渉する時の父みたいだと、兄を見て思った。

「何をするか。もちろんその数日の間に、あなたたちの懸念を払拭するのですよ。同胞である五百の人質。それがあなた方の抱えている問題。それがなくなればあなたたちは憂い無く軍を退くことができる。間違っていませんよね？」

兄に確認され、代表である三人がほぼ同時に頷く。

「あなたたちがうちの軍と睨み合っている間に、私たちが獣人たちをどうにかしましょう。もちろん、見捨てるのではありません。解放する方向に持っていきます。解放した暁にはそちらに引き渡すことも約束します。――そういう話では如何《いかが》ですか？」

「……願ってもない話だが、本当に可能なのか」

信じられないという顔でイーオンの父親が言う。兄は笑って言った。

「申し訳ありません。これは絶対のお約束ではないのです。ただ、こうすれば軍を退いてくれるのか、という条件の確認ですね。そしてその条件を達成するために、あなたたちは我々にどこまで協力してくれるのか。そういう話です」

「……先ほども言ったが、数日の間攻撃をしない、くらいなら可能だ。ヴィルヘルムに恩を受けたと言えば、皆もそれくらいは従ってくれるだろうし、積極的に戦いたい者はいないからな。だが――」

「数日以上は無理、ということですね。もちろん分かっています。その間に私たちが獣人たちを解放することができなければ、この話は忘れていただいて結構。残念ですが、敵と味方に戻りましょう」

「……敵と味方に戻る……期待させておいて落とすのか」

唸《うな》るように言われ、兄はわざとらしく目を丸くした。

「人聞きが悪いですね。正直なところを申し上げただけですのに。ただ、こちらとしてもアルカナム島と戦争などしたくないというのが本音ですので、できるだけのことはすると約束はしますよ」

「……息子の恩人の国に攻撃はしたくない。延ばせるギリギリまでは待つし、もし君たちが失敗しても、可能な限り攻撃を外すようにはする……」

イーオンの父親が出した案に、残りふたりの族長も頷いた。

四人中三人の族長が支持しているのだ。確実にこの案は島の方針として通るだろう。

兄もそれが分かったようで、笑顔になった。

「ありがとうございます。十分です」

兄が族長たちに握手を求める。兄の手を取りながら、彼らは首を傾げた。

「そういえば、聞いていなかった。君の名前は？」

クルウェルさんが尋ねる。国際会議でも彼は兄とは会っていなかったのだろう。兄は仕事に追われていたからそれも仕方ないけれど。

皆の視線を受けた兄は、優雅に礼をした。

「申し遅れました。私はここにいるリディアナの兄、アレクセイです。父はヴィヴォワール公爵家当主にして、ヴィルヘルムの宰相を務めさせていただいています。私自身は王太子フリードリヒの側近として仕えています」

自己紹介を聞いたイーオンの父親が納得したような顔をした。

「リディアナ妃の兄君か……。なるほど、息子の恩人の身内の言葉なら信じるに足るな」

レヴィットの父親も言った。

「確かに。先ほどの言葉、期待している。君の手腕を見せてもらおうではないか」

最後にクルウェルさんが口を開いた。

「私たちとしては、君の言う通りになってくれるのが一番有り難い。イーオンの恩人が住む国を攻撃したくないし、同胞が戻ってくるのならそれ以上の望みはないからだ。確約はできないとのことだが、期待させてもらう」

「……誠心誠意《せいしんせいい》、努めます」

兄が頭を下げる。

それで話し合いは終わり、後は、今後の連絡手段などを確認し合った。

兄が族長たちと話を詰めているのを少し離れた場所から見守る。

私が出しゃばっても仕方ないし、こういう仕切りは兄に任せるのが一番なのだ。

兄の言葉に族長たちが頷いている。

しかし、イーオンとレヴィットは彼らの父親たちが気難しい……みたいなことを言っていたが、実際に話した印象は普通に話が通じる人たちという感じだった。

こちらの話を頭ごなしに否定したりもしないし、話し合いだってスムーズに進んだ。

それをなんとなく近くにいたイーオンに言うと、彼は父親たちに目を向けながら言った。

「それはそうですよ。僕が最初にご正妃様は恩人だと言いましたからね。身内の恩人に失礼な態度を取るなどあり得ません。真摯《しんし》に話を聞く、以外の選択肢はありませんでしたよ」

レヴィットもイーオンに同意した。

「イーオンの言う通りです。恩人だと知らなかったら、間違いなく父たちの態度はもっと失礼なものだったと思いますから」

「そうなの？」

　兄と話し合う族長たちに視線を移す。

　彼らは穏やかな表情をしていて、特に揉めている様子もなさそうだ。

　それを私は当たり前だと思っていたけれど、違ったのか。

　驚いていると、イーオンが更に言った。

「獣人にとって恩人とは、それだけの重みを持つものなのですよ。もちろん、恩と言っても大小ありますし、その内容によって色々変わりますけど、ご正妃様は僕の命を助けてくれたのも同然の方ですから。失礼な態度を取るなど許されません」

　キッパリと告げるイーオンの言葉に目を瞬かせる。

　彼を助けたのは偶然で、お返しを期待していたわけではなかった。だけど、そう言ったところで彼らは頷かないのだろう。今のふたりの言葉からもそれが窺《うかが》えるし、そのお陰で今、楽に交渉が進んでいることを考えれば何も言えない。

「……」

「話は決まったぜ。ん？　どうした、リディ」

　軽い足取りで兄が戻ってきた。急いで首を横に振る。

「う、ううん。なんでもないの」

「それなら良いが。リディ、今から王都に急いで戻るぞ。決まった話を親父たちにしないといけないからな」

「分かった」

兄の言葉に頷く。見れば、族長たちも帰り支度を始めていた。私たちもそれに倣《なら》う。

去り際、イーオンの父親が言った。

「落ち着いたらでいい。一度帰ってこい」

レヴィットの父親も息子に告げる。

「お前もだ、レヴィット」

そんな父親たちにイーオンとレヴィットは顔を見合わせる。レヴィットが叫んだ。

「気が向いたら！」

「レヴィット！」

彼の父親が雷を落とす。イーオンはポリポリと頬《ほお》を掻いていた。

「いや、僕は帰ってもいいと言おうとしたんだけど」

「性格の差が見事に出ているわね」

しみじみと告げる。

それでもふたりの父親も彼らも笑っていて、久々に親子が再会できて良かったなと素直に思えた。

◇◇◇

「どうだった？」

待っていた軍艦に乗り込み、ダッカルトの軍港へ戻る。そのままヴィルヘルムの王都にとんぼ返りした私たちは、転移門の部屋でずっと待っていたらしい父に早速捕まった。

兄が決まったことを父に告げる。

父はしばらくの間はアルカナム島と戦闘する必要がないことにホッとした様子を見せたが、同時に渋い顔もした。

「……それでアレク。大見得《おおみえ》切ってきたは良いが、獣人奴隷五百名を解放する方策はあるのか？」

それに対し、兄は軽い口調で言った。

「いや、今のところは全然。だってそう言うしか、戦闘を停止してもらう方法はなかったしさ。うち的にも獣人たちを解放できた方が良いんだから、悪くはない収め方だろ？　でもまあ、獣人たちがどういう風に捕まっているのかとか、その辺りを調べないと方法もクソもないとは思うけど」

「まあ……そうだな」

兄の言葉に、不承不承《ふしょうぶしょう》ながらも父が頷く。

実際のところ、兄の言葉がなければ、妥協点を探すのにかなり苦労したはずだ。

それが分かっていたので私も、なんならイーオンやレヴィットも何も言わなかった。

物別れに終わってしまう方が問題なのだ。何かしら決めることができたのは兄の功績だと思う。

「しかし――獣人の奴隷たち、か」

父が己の顎《あご》を撫でながら、考える素振りをみせる。

そこに、ひとりの文官がやってきた。見たことのある顔だ。父が好んで使っている部下のひとり。

彼は父だけでなく私や兄がいることに気づくと、恐縮したように頭を下げた。

「失礼いたします」

「どうした、何かあったのか？」

父が鋭く部下に尋ねる。彼は頷き、頭を下げたまま報告した。

「申し上げます。サハージャ軍が動き始めましたので、詳細が分かりました。サハージャの兵はおよそ二万」

「二万、か。騎兵が殆《ほとん》どか？」

「騎兵と歩兵、あとは魔術師の姿も確認されました。それでその……歩兵、なのですが、正規兵ではなく、どうやら奴隷が使われているようです」

「奴隷？　珍しいな。サハージャは、前線に傭兵《ようへい》を使うことが多いだろう」

奴隷という言葉に父が首を傾げる。

当たり前だが、奴隷は士気が低い者が殆どだ。サハージャという国はそれを嫌がり、あまり奴隷を前線に持ってはこないのだ。それよりはお金で動き、士気も高い傭兵を雇うことが多かった。

私もそれは知っていたので「ふうん」と首を傾げたが、続けられた言葉を聞いて絶句した。

「——サハージャが使っているのは、獣人奴隷です。両手を拘束された獣人奴隷たちを前に出し、彼らは進軍しているのです。奴隷たちは誰も武器を持っていません。おそらくは、単なる肉の盾とするつもりで連れてきたのでしょう」

「……えっ……」

思わず声を上げてしまった。

だって、獣人奴隷。

彼らは、アルカナム島が参戦したことにより、その命を保証されているはずだ。

それなのに、肉の盾として使われている？

しかも両手を拘束されて、武器も持たされていないとか。

本当に、盾としてしか使うつもりがない様相を聞き、信じられなかった。

「嘘だろ……。アルカナム島の代表たちは、参戦している間はその命は保証されてるって言ってたぜ」

兄も目を見開き、かなり動揺している。

慌ててイーオンたちを見た。彼らも酷く狼狽《ろうばい》している様子だったが、唇を噛みしめるだけで何も言わない。発言する資格がないと分かっているからだ。

少なくとも騎士であるレヴィットはその辺りはよく理解しているようで、何か言いたげなイーオンを視線で抑えていた。

父は部下から一通り報告を受けると、彼を己の部署へ返した。そうして振り向く。

父の目は私と兄を見ていた。

「お前たちも聞いたな？　どうやらサハージャはアルカナム島との約束を守るつもりがないようだぞ」

兄が忌々《いまいま》しそうに舌打ちする。

「獣人との約束なんてどうでもいいってことかよ。サハージャの奴ら、脅しに使えるから使っただけで、最初から買った奴隷を助けるつもりなんてなかったんだ。肉の盾として使うだけ使って……全部終わったら、奴隷を殺したのはヴィルヘルムだって責任をなすりつけるつもりだったんじゃねえか？」

「……」

兄の言葉を否定したいのに否定できない。

何せ彼らはいないイーオンを交渉に使ってきた前科があるのだ。それを思えば、助けると言っていた獣人たちをあっさり処分するようなことも……十分にあり得る。

サハージャのあまりの所業にイーオンもレヴィットも顔を青ざめさせている。

父も胸くそ悪い話を聞いたという顔をしていた。そんな父が更に言う。

「今、部下に聞いたところ、獣人奴隷たちは皆、魔術が掛かった枷《かせ》を両手に嵌《は》められているようだ。それがあり、抗《あらが》えない。武器を持たされなかったのは、おそらくだが、万が一にも抵抗されないように、だろうな。ただ敵兵の前に立ち、盾として消費させられる。同じ人間が考えたとは思えない、反《へ》吐《ど》が出るやり方だ」

正面には敵兵。後ろにはサハージャの正規軍がいて、更には抵抗できないよう魔術の掛かった枷まで嵌められている。その状況で獣人奴隷たちが逃げられるはずもない。

戦闘になれば、真っ先に死ぬのは彼らだ。

ヴィルヘルム側だって、兵士でもなければ武器のひとつも持たない無抵抗の人たちを攻撃なんてしたくないけれど、敵として立たれれば剣を向けるほかはない。

「……なんて嫌な作戦」

無抵抗の獣人を前に出してくるサハージャのやり方に眉が寄る。

信じられないと首を横に振っていると、父が言った。

「私がいては話すにも話しにくいだろう。私は執務室に戻る。もし何か決まったら、アレク、お前が連絡をしてこい。分かったな」

「……ああ、了解だ」

「できれば我々も無抵抗の獣人を手に掛けたくはない。何か方策を見つけてくれることを祈っている」

やるせない顔をし、父が部屋を出て行った。

私たちもとりあえず、フリードの執務室に移動することにする。そこで一度情報を整理して、どうにか獣人たちを解放できないか考えてみるつもりだった。

——絶対に、獣人たちを解放してみせるんだから。

父からあんな話を聞いてしまったあとでは、なんとしても兄の言った『獣人解放』を成功させるしかない。だってそれ以外に彼らを助ける方法はないから。

失敗すれば、確実に彼らは死ぬ。

私は己の決意を告げるべく、兄に言った。

「兄さん」

「ん？」

「絶対に、獣人たちを助けよう。私、サハージャのやり方が許せない」

「……ああ、そうだな」

兄も力強く頷き、同意を返してくれる。

とにかく今できるのは頭を限界まで働かせ、彼らを何とかする手段を思いつくこと。

執務室につくまで私は、必死に何か方法はないかと考えていた。

◇◇◇

フリードの執務室に着いた私たちは、早速、獣人たち解放のための案を練ることにした。

皆、真剣だ。絶対に助けるのだという気迫が伝わってくる。

「解放……なんらかの交渉をする……いや、アルカナム島への脅し材料がなくなるから、そもそも交渉なんか受けつけねえか。でも……それ以上の何かを示せれば……」

兄がブツブツと独り言を言う。そんな兄に話し掛けた。

「ねえ、兄さん」

「ん？」

「ちょっと、良いかな。私の話を聞いてくれる？」

「え、ああ、それは構わないけど、何か案があるのか？」

「そういうわけでもないんだけど……」

まだぼんやりとした形なので、説明はしにくい。だけど思いついたことは話しておきたかった。

「思ったんだけど、彼らをごそっと奪取しちゃうっていうのはどうかな？」

「奪取？」

ん？　と兄が首を傾げる。

「そう。解放を考えるのではなく、いっそ奪っちゃおうって話なんだけど」

解放させるために働きかけるのは正直難しいだろう。

だから、奪う。そう言うと兄は腕を組み、天井を見上げた。

「うーん。確かにそれはそうだけどさー、じゃあ、どうやってそれをするのかって話なんだよな。獣人奴隷の数は五百。その五百をごそっと奪うわけだろう？　サハージャから当然邪魔だって入る。それをどうやって躱《かわ》して、こっちに連れてくるっていうんだ？」

「ええと、それなんだけど……カイン、アベルを呼んでくれる？」

扉に背を預け、目を瞑って腕組みをしていたカインに声を掛ける。

少し前、カインとアベルが念話契約をしたのは知っているのだ。だが、カインは首を横に振った。

「念話契約なら、今は解除しているから無理だ」

「え、そうなの？」

パチパチと目を瞬かせる。

念話契約は、双方の同意があれば解除することができるが（血縁関係がある場合は無理）、非常に便利なものなので、契約したらしっぱなしというのが殆どだ。

そもそも契約解除はイメージが悪いし。

契約解除はあなたのことを信用できないので、やっぱり止めますと言っているようなものなので、その後の相手との関係悪化を考えて、継続するのが当然と考えられていた。

だからてっきりアベルとの念話契約も継続中だと思っていたのだけれど。

「あいつは必要があれば契約するが、仕事が終わればきっちり契約解除してくるぜ。オレとも何度か念話契約してるけど、まさに都度契約って感じだな」

「へえ……そんな感じなんだ。アベルらしいといえば、アベルらしいけど。でもそれならフリードとも契約すれば良いのにね」

フリードの方から契約を申し出たことがあるのを知っていたのでそう言う。

アベルはフリードとの念話契約を断っているのだ。都度契約が可能なら、そうすれば良いのにと思いながら告げると、カインは「あー」と気まずそうに言った。

「あいつ、どうもオレより王族に不信感持ってるみたいだからさ。都度契約と言っても、まだ難しいんじゃね?」

「そっか……」

「でも姫さんたちには大人しく使われているんだ。その辺りがあいつの譲歩のラインだと思ってやってくれないかな」

同じ部族の出身だからか、カインはアベルに対して少し甘いところがある。でも、そういうのは悪くない。仲間を思う気持ちは尊いものだと思うからだ。

私は笑顔で頷いた。

「もちろん。しっかりお仕事してくれてるし、問題ないよ。でも、うーん、じゃあどうやってアベルと連絡を取ろうかな」

「？　それこそ、その鳩を使えばいいんじゃね？　そのために置いてったんだろう？」

カインが不思議そうに執務机の隣に設置してある鳥かごを指さす。

私はポンと手を打った。

「鳩！」

そうだ、そうだった。

フリードのところに来たアベルは、仕事を受けるにあたって、まずはと彼に鳩を渡したのだ。

イルヴァーンから連れてきた鳩らしく、アベルと連絡を取りたい時に使うといいと聞いている。

念話ができなくても大丈夫なように、彼はちゃんと代替案を出してくれているのだ。

鳩については、前にも一度使ってみたが結構楽しかったことを覚えているし、また機会があればと思っていたので、ちょうどいい。

フリードの執務机のところまで行き、兄に聞いた。

「ねえ、この机の上にあるメモ帳って私が勝手に使っても大丈夫？」

「ん？　ああ、構わないぞ。それは全員が使っている消耗品だからな」

「ありがと。……書けた！」

今すぐ執務室へ来て欲しいと書き、最後に私のサインをしてから、鳩の足に括《くく》り付ける。

窓を開けると、すぐに鳩は飛び立った。それを見送る。

「お願いね～」

どれくらいでアベルは来てくれるだろうか。

あまり時間はないので、すぐに来てくれると有り難いのだけれど。

「急ぎってなんの用だ？　依頼か？」

最低でも三十分は待たされるかと思ったが、ほんの十分ほどでアベルはやってきた。

兵士に案内されてきたのだが、正攻法でやってくるだけの気遣いを見せてくれたのが吃驚《びっくり》だ。てっきり秘術を使って、パッと現れるかと思ったのに。

「あのね――」

気持ちを切り替え、ふたりに話をする。

カインもアベルもヒユマ一族だ。私たちが使う魔法や魔術とは違う系統の力を使う彼らなら、何か方策があるのではと期待していた。

カインだけでなくアベルも呼んだのは、規模の大きな話だし、ひとりよりふたりに聞いた方が良い案も出るのではないかと思ったから。

五百人いる獣人たちを奪取したいという話をすると、彼らは眉を寄せ、話し合いを始めた。

こそこそとああでもない、こうでもないと言い合い、最終的にカインが言った。

「……結論だけ言えば、可能だ」

カインに続き、アベルも頷く。

どうやら彼らには獣人たちを奪取する方策があるようだ。

期待を込めて彼らを見ると、カインが「でも」と言った。

「ふたつほど問題がある。それがクリアになれば、っていう条件付きだな」

「問題って？」

アベルとカインの話を聞く。

作戦の概要とそれに伴う懸念。

ふたりが問題として挙げたことに、まずはイーオンが挙手した。

「ひとつめの問題は僕が同行すれば解消されると思います」

レヴィットも言い添える。

「私も行きます。こいつだけではなく私もいれば、信憑性も増すはずですから」

続いて、今度は私が手を挙げた。

「ふたつめは、私がやる。これでなんとかなるんじゃない？」

ふたつめの懸念は、私しかクリアできない。それが分かったからの挙手だった。

だが、兄が難しい顔をする。

「……リディが行くのか」

その表情には深い懊悩が刻まれていた。重苦しい声で私に告げる。

「お前、自分が王太子妃だっていう自覚はあるんだよな？　それでも行くっていうのか？　かなり危険だぞ」

責めるような目で見られたが、私は真っ直ぐに兄の目を見返した。

「もちろん。でも、この問題を解消できるのは私だけでしょう？　それとも兄さんなら私の代わりができる？　無理だと思うけど」

「……そう、なんだよな」

兄もそれしか方法はないと分かっているのだろう。

だが、行かせたくないという気持ちが強いようだ。

「うーん……でもなあ……お前はうちの王太子妃だし、お前になんかあったらそれこそうちの国は終わりそうだし……できれば行かせたくないんだよなあ」

「終わりって、そんな大層な」

「別に誇張表現じゃないんだよな。お前の旦那が怒り狂うだろ？」

「……」

さっと視線を逸《そ》らした。それは……その通りだ。

フリードにとっても愛されている自信はあるので、兄の言葉を否定できなかった。

でも――。

「やっぱり私が行くよ。私しかその問題は解決できないし、それを分かっているのに、ひとり安全な場所でぬくぬくしてはいられないから」

私が行かなければ、別に方策を考えなければならないだろう。そして多分だけれど、その作戦は今考えているものよりもっと危険なものになる。そんな気がする。

皆を危険に晒したくない。私が行くことで少しでも楽に作戦を遂行できるのなら、協力したいのだ。

「ぬくぬくしておくのが王太子妃の仕事なんだよなあ。お前の場合は特に。それでフリードの精神状態がガラッと変わっちまうんだから」

「分かってる。でも、私が行くのが最善だと思うから。それとも兄さん、私が行くともっと危険になる？　私は戦えないから邪魔？　役に立つより邪魔になるっていうのなら、大人しくしておくけど」

私が出る方が上手《うま》くいくと思うから手を挙げているのだ。

掛ける迷惑の方が大きいのなら、留守番することに反対はしない。

私は皆のお荷物になりたいわけじゃない。役に立ちたいのだ。

それが叶わないのなら、大人しく待っている。

「……姫さんが一緒に来てくれると、正直助かる。実際のところ、この問題に一番簡単に対処できるのは姫さんだと思うからな。作戦の難易度が格段に下がるのは間違いない」

兄ではなく、カインが答えた。兄が彼を睨み付ける。

「カイン、お前なあ」

「嘘は言ってない。それに、危険なんてないだろ。むしろ姫さんをここにひとり残していった方が危なくないか？　アレク、姫さんがサハージャのマクシミリアン国王に狙われていること、もう忘れたのか？　あの男は暗殺ギルドを従えている。もし、オレの留守中にシェアトが――黒の背教者が派遣されたらどうするんだ。あいつは城の兵士たちで対抗できるような奴じゃないぞ」

「……それは」

「実際、国際会議にもマクシミリアン国王はシェアトを連れてきていたし、姫さんを狙っていた。これだけの前科があって、姫さんをひとり城に残す？　あり得ないってオレは思うけどな」

「……西の砦《とりで》の方が、よりサハージャに近いだろ。向こうに連れて行く方が危険じゃないか」

「オレがいるのに？」

「……」

「答えろよ、アレク。オレが一緒にいて、姫さんを危険に晒すと本気で思うのか？」

カインが鋭い視線を兄に向ける。兄は両手で頭を掻きむしると、降参したように言った。

「……ああもう……！　そうだな！　お前がいて、リディが危険なはずねえよな！」

些《いささ》か投げやりではあったが、兄はカインの言葉を認めた。

「残念だけど、俺はそんなに剣技に自信がある方でもねえし、フリードがいない今、暗殺ギルドの面々に来られて、完璧《かんぺき》に対応できると断言もできねえ。……はあ。結局、お前と一緒にリディを行かせるのが一番安全ってことなんだよな」

「ああ、任せとけ。主《あるじ》の身は絶対にオレが守る。ヒユマの名に賭けてな」

「……分かった」

大分悩んだようだが、兄も結局頷いた。

「リディだけを行かせられねえだろ。こうなったら俺も行く。……はあ、フリードにバレたらどやされるだろうなあ」

「フリードは怒らないよ。説明すれば分かってくれると思う」

想像し、うんざりという顔をした兄に言う。

兄の言うとおり、フリードは嫌な顔はするだろうが、きちんと説明すれば理解してくれる。私の旦那様はそういう人なのである。だが兄は「そうかなあ」と懐疑的だ。

「あいつ、リディが絡むと途端、正論や理屈が通らなくなるからなあ……」

「うーん。じゃあ、フリードに説明する時は私も一緒にいてあげる。私の話ならちゃんと聞いてくれるでしょ」

「……頼む」

特大のため息を吐き、兄は何度も首を縦に振った。

「じゃ、作戦に参加するのは、結局ここにいる全員ってことだな」

話がまとまるのを待っていたアベルが確認する。その言葉に全員が頷いた。

兄がぼやくように言う。

「……仕方ないこととはいえ、頭が痛え」

それが私を心配してのことだと分かっていただけに、私には何も言えなかった。

4・兄と交渉（アレク視点・書き下ろし）

「――っつーわけで、作戦の目処《めど》は立った」

念話で構わないと言われていたが、直接顔を見て話した方が良いだろう。

そう思い、城内にある、父の執務室へとやってきた。

侍従たちを下がらせ、俺《おれ》の話を聞いた父は、苦悶に満ちた表情をしている。

「……リディを行かせるのか」

「仕方ねえだろ。むしろ本作戦のメインだぜ」

「……だが」

むう、と唸《うな》り声を上げる父。

父も俺と同じで、できればリディを行かせたくないのだ。その気持ちはよく分かる。

「リディは今や正式なヴィルヘルム王家の一員なのだぞ。しかもフリードリヒ殿下の正妃。リディがいなくなれば、ヴィルヘルム王家は断絶する。そこまで分かっての決断なのだろうな？」

「……断絶ねえ。フリードがキレて、国が滅びるからか？」

軽い冗談のつもりで言ったのだが睨《にら》まれた。その表情は本気だ。

「馬鹿なことを。そうではない。いや、それもあるかもしれないが、それ以前の問題だ。ヴィルヘルムの次代の王を産めるのはリディだけなのだぞ」

「……リディだけって……ん？　おかしくねえか、それ。たとえばだし、フリードに限ってありえねえとは思うけどさ、愛妾が次世代の王を産むって可能性もなくはないんじゃ？」

でなければ、愛妾という存在が認められるはずがない。

そう思ったのだが、父は苦い顔で首を横に振った。

「そうではない。そうではないのだ、アレク。リディは王華《おうか》を変化させた。リディは殿下の唯一無二《ゆいいつむに》のつがいなのだ。つがいを見つけた王族はその瞬間から、つがい以外を抱くことができなくなる。殿下がリディを見つけ、己のつがいと認定してしまった以上、最早《もはや》リディ以外に次世代の王を産むことは不可能なのだ」

「……は？　つがい？　なんだ、それ」

初めて聞いた話に目を見開く。

ヴィルヘルム王家には多くの秘密があり、俺が知らないこともまだまだある。父が口にしたのがそのうちのひとつだということは理解できたが、それでも意味が分からなかった。

「小さな青薔薇《あおばら》だったリディの王華が大きく変化したことはお前も知っているだろう。あれこそが、リディが殿下のつがいであるという証。つがいでなければあのような変化は起こらない。あの瞬間、リディは殿下にとって本当の意味での唯一無二の存在になったのだ。リディがいなくなったところで、その事実は変わらない。つまりはそういうことだ」

「……は？　はああ？　え、つまり、フリードがよくリディ以外には勃《た》たないとか言ってた話……あれ、マジだったって……そういうこと？」

フリードが真顔で言うたび、「また言ってる」と軽い気持ちで流していた。

嘘《うそ》だと思っていたわけではないが、『たとえ』だと思っていたのだ。まさか本当の意味で『無理』だなんて誰が想像できただろう。父が渋い顔で頷《うなず》く。

「そうだ。リディが殿下のつがいである以上、リディ以外に殿下の御子は望めない。リディの存在にヴィルヘルムの未来が掛かっていると言っても過言ではないのだ」

「……うー、わ……」

今まで冗談半分で聞いていた話が本当だったと知り、眩暈《めまい》がしそうだ。

つがいというのは、まだいまいちピンと来ないが、父の話が嘘ではないことは理解できる。

「ええと、それじゃ、マジでリディ以外無理って話で……リディに万が一のことがあった場合、本当に次世代が絶望的になるって……そういうこと？」

「そうだ」

遺憾だという顔で告げる父。だが俺も大いに遺憾である。

なんだ、それ。そんなこと有り得るのか。

だが、ヴィルヘルム王家の人間は色んな意味で規格外だ。その力もそうだし在《あ》り方も。

それを思えば、こういうこともあるのかもしれないと思えてくる。

「はあああああ……マジか、マジでリディがこの国の未来を握ってるって話？　うっそだろ、あいつ。ついに国の存亡にまで関わってきたわけ？」

妹が色々やらかす奴《やつ》だとはよく分かっていたし、フリードの妃《きさき》になり更にその規模が大きくなっていることに乾いた笑いを零《こぼ》していたが、ここまでだとは思わなかった。

フリードに見初《みそ》められ、彼に嫁いだ妹。

本人も夫にベタ惚れで、毎日幸せそうで良かったなと思っていたが、抱えているものが大きすぎて吃驚《びっくり》だ。

驚き過ぎて、開いた口が塞《ふさ》がらない。そんな俺を父が睨み付けてきた。

「分かったか。リディは今や、我が国にとって、絶対に欠かせない人物となっているのだ。そのリディを危険と分かっている場所に連れていく？　何かあったらお前の首ひとつだけでは済ませられないのだぞ」

「……」

「あれは最早、私の娘、お前の妹というだけの存在ではない。我らヴィルヘルムの国民が全《すべ》てを引き換えにしても守らなければならない。そういう存在なのだ」

「……吃驚するくらい大物になってるし」

父の言うことはその通りなのだろうが、いつもやりたい放題、自由に生きている妹について聞いているのだと思うと、本当にそれ同一人物か？　と言いたくなる。

でも――。

「リディがいなければ、この作戦は失敗する。親父《おやじ》も知ってるだろ。リディの力のことをさ」

「……それは」

「あいつが作戦の肝なんだ。俺も悩んだけど、連れて行かないって選択肢はねえよ。それに、リディはサハージャの国王に狙《ねら》われてる。そういう意味でも護衛のカインと一緒にいた方がいい」

「……」

言い返せないのか、父が黙り込む。そんな父に言った。

「安心しろよ。リディのことは俺が盾になってでも守るから。万が一の時は、最悪、あいつだけでもヴィルヘルムに帰す」

「……信じていいのだろうな？」

「当たり前だろ。あいつはさ、王太子妃かもしんねえけど、それ以前に俺の妹でもあるんだ。妹を守れない兄なんて兄失格。絶対に、フリードのもとに帰してみせるさ」

父からリディがどういう存在になっているのか説明をされはしたが、俺にとってはそんなことより、あいつが俺の妹であるということの方が大事だ。

小さい頃《ころ》から破天荒で目が離せなかった妹。きっと妹がいなければ、俺の人生はもっと面白くなかったと思う。

妹の存在があったから俺がこんなのでも許された。

あの兄妹は似たもの同士だとため息を吐《つ》かれはしたが、二人ともなら、もう仕方ないと自由にさせてもらえた。

俺ひとりだけなら多分、こうはならなかっただろう。

公爵家の継嗣としてもっと厳しくしつけられただろうし、目溢《めこぼ》しなどしてもらえなかったと思う。

いくら言っても笑って躱《かわ》している妹が一緒にいたからこそ、今の俺はこう在れるのだ。

あの面白おかしい妹を失ってたまるか。

「……分かった」

じっと俺の顔を見ていた父が、渋い顔をしつつも口を開いた。

「お前を信じよう、アレク。リディを頼む」

絞り出した声にはまだ迷いがあったが、それには気づかない振りをする。

どうしたって結論は変わらないのだ。あとは父が時間を掛けて、己を納得させるしかない。

「……私がお前たちにしてやれることは、何かあるか」

「そう、だな。なら、念のため、ひとつ頼みがあるんだけど」

「言ってみろ」

俺の頼みを聞いた父が頷く。

「分かった。出発までに用意しよう」

「助かる。——じゃ、俺、リディたちのところへ戻るから」

父に背を向ける。扉に手を掛けた俺に、父が言った。

「分かっているだろうが、当然お前も無事で戻ってくるのだぞ。……私はどちらも失いたくないのだ。大事な子供たちなのだからな」

無言で片手を上げる。

俺たちを惜しんでくれる父の言葉が嬉《うれ》しかった。

「よし、親父《おやじ》からＯＫが出たぞ。作戦を実行する」

父に了承をもらってくると言っていた兄が執務室に戻ってきた。

無事、ゴーサインが出たことにホッとする。

「ええと、じゃあ移動ってことで良いのかな」

獣人を解放するのなら、まずは彼らがいるところに行かなければならない。

具体的にはサハージャ軍の近くまで移動しなければならないのだ。

「その辺りも全部許可をもらってきた。転移門の使用許可が出たから、それで移動する。名目は、陣中見舞いだ」

「陣中見舞い？」

「ああ、フリードはタリムに行っていて、今、サハージャを抑えているのは実質セグンダ騎士団だけだろ？　王族、しかもあいつらの上司であるフリードの妃《きさき》であるお前が『頑張っていますね』みたいな顔をして行けば、士気も上がる。分かるか？」

「ん、分かる」

セグンダ騎士団のトップはフリードである。

その彼の妻である私が顔を見せることは、士気向上に繋《つな》がると言われ、頷《うなず》いた。

士気を維持するのは大事なことなのだ。

それくらいは戦争に行ったことのない私にだって分かる。

「そういうわけだから、俺《おれ》たちは陣中見舞いという名目で向こうに行く。もちろん、その役目もお前にはこなしてもらうが、俺たちの目的はその後だな。そこの騎士団長と話をして、獣人を奪取するつもりだという俺たちの計画を伝える。いいな？」

「うん」

兄の言葉に頷いた。

「少しでも早い方が良い。さすがにもう夜になっちまったから無理だが、明日、早朝に移動する。大丈夫だな？」

「大丈夫。いつでもいけるよ」

朝にイーオンの話を聞き、宣戦布告を受け、昼過ぎにフリードと別れて、ダッカルトに移動してアルカナム島の代表たちと話して戻って来た。

そのあと、獣人奪還の作戦を練り、今に至るわけだから、もう夜も遅い。

だけど、疲れたなんて言えなかった。

だって、今頃《ごろ》フリードはタリムで戦っているのだ。

アルカナム島と海軍は睨《にら》み合っているだろうし、サハージャと相対しているセグンダ騎士団だって、きっと皆、頑張っている。

私だけ弱音を吐くなどできるはずがないし、私たちのすることで犠牲《ぎせい》が少しでも減らせるのなら、踏ん張る意味は十分すぎるほどあると思うのだ。

「今からだっていける」

むん、と力こぶを作ってみせると、兄はポンポンと私の頭をはたいた。

「ばーか」

「兄さん？」

兄の声が妙に優しくて戸惑う。ポンポンと再度私の頭をはたいた兄は、言い聞かせるように言った。

「しなくていい無茶はやめとけ。今日は寝て、少しでも英気を養っておくこと。明日はきっと大変になるんだ。万全の調子を整えておくのも大事なことだぜ」

「……うん」

「お前たちも、一旦《いったん》解散だ。イーオンには客室を用意させたから、そっちで休むように。明日、早朝、ここに集合だ。いいな？」

兄の言葉に全員が返事をする。

肉の盾とされた獣人たちを解放するための作戦。

上手《うま》くいくかどうか不安がないと言えば嘘《うそ》になるけど、やるしかないと分かっているから、後は野となれ山となれの気持ちで挑むしかなかった。

◇◇◇

次の日の朝早く、私は自室で、陣中見舞いに行く準備をしていた。

カーラたちが用意したドレスに袖《そで》を通す。

如何《いか》にも王族らしい豪奢《ごうしゃ》な装いは、戦場に行くのに適しているのか謎だったが、カーラは至極真面《まじ》目《め》に諭してきた。

「皆、ご正妃様を見て、頑張ろうと思うのです。象徴となるあなた様が美しく着飾るのは当然のこと。全《すべ》てが見た目で決まるとは申しませんが、自分たちが主君と仰ぐ人物にはそれ相応の装いをして欲しいと思うものなのですよ」

「……そうね。その通りだわ」

「美しく装うこともご正妃様の立派なお仕事です」

「ええ」

カーラの言葉に頷く。

彼女が用意してくれたドレスは、王華《おうか》がよく映える、かなり細身のものだった。

とはいえ、裾《すそ》がヒラヒラしているので、わりと動きやすい。

髪は一部を編み上げ、あとは垂らしている。

装飾品の類《たぐ》いを身につけ、化粧も全て終わらせると、カーラと女官たちは私に向かって深々と頭を下げた。

「行ってらっしゃいませ、ご正妃様。お仕事を無事果たされることを祈っております」

「ええ、行ってくるわね」

彼女たちに言葉を返し、座っていた椅子《いす》から立ち上がる。待ち合わせ場所である執務室に向かい、廊下に出ると、タイミングを見計らったかのようにカインが天井から降ってきた。

「おはよう、姫さん。昨日は眠れたか？」

並んで歩くカインに正直に告げる。

「おはよう、カイン。……実はあんまり。でも頑張って寝ようとはしたよ」

フリードのいないベッドは、覚悟していた以上に寂しくて、なかなか寝付くことができなかったのだ。

隣を見ても、フリードがいない。

いつも抱きしめてもらって寝ていたので、久しぶりの独《ひと》り寝《ね》がひどく応《こた》えた。

昨日までは側《そば》にいて、私を愛してくれたのに。優しい声で「リディ」と私を呼んでくれたのに。

分かっていても寂しくて、泣きそうになってしまった。

「大丈夫かよ、姫さん」

寝不足を告白すると、カインが心配そうな顔で見てきたが、頷いた。

「大丈夫。デリスさんの薬も持ってきたし。いざという時はこれを飲んで回復させるから」

「気をつけてくれよ……全く」

「ごめんね」

心配してくれるカインに謝ると、彼は小さく息を吐《つ》いた。

「謝る必要はないって。姫さんが決めたことならオレは従うだけだし。オレも獣人たちは助けてやりたいって思うしな」

「そうなの？」

獣人とは何の関係もないカインがそんなことを言うとは思わなかった。彼を見る。

カインは少し考える素振りを見せながらも言った。

「だって、なんていうかさ。あいつら、オレたちと在《あ》り方が似てるなって思って」

「似てる？」

どういう意味だろう。分からず首を傾《かし》げると、カインは説明してくれた。

「オレの一族に、受けた恩は返さなければならないという掟《おきて》があるという話はしたことあるだろ」

「うん」

カインと出会った最初の頃に聞いた。頷くと、彼は続ける。

「それってオレたちにとってはすごく大事なことでさ。そのオレたちと同じようなことを言っていた獣人たちに共感したっていうか……ほら、言ってただろ。恩人に背くことはできない、みたいな」

「言ってたね」

レナもイーオンも、レヴィットも、彼らの父親たちも言っていた。

「ヒユマの在り方と似てるなーって、そう思ったんだ」

「そうだね」

確かにカインの言う通りだ。

ヒユマ一族も、獣人たちも、恩というものを大切にしていて、恩を受けた人物に何かしらで返そうとしている。それは一歩間違えれば、利用されかねない考え方だけれど、彼らの生き方を否定できるものではないのだ。

獣人たちもカインも、それをよしとしている。

そう生きることが魂に根付いているのだ。

カインが頭を掻《か》きながら告げる。

「だからなんというかさ、ある意味同類な獣人たちを助けてやりたいなって思ってしまったんだよ」

「そっか」

「お互い面倒臭いものに縛られてるけど、でも決して嫌じゃないんだよ。その感覚を知ってる同類を助けたいって……おかしいと思うか？　オレは獣人じゃないのに」

「ううん。良いんじゃないかな。動機なんて人それぞれだし、それにカインにはどのみち協力してもらわなくちゃならないんだもの。積極的に協力してもらえた方が私としては嬉《うれ》しいよ」

命令だから従う、ではなく、自分の意思も入っているなら、その方が嬉しい。

そう言うと、カインは笑って言った。

「そう、だな。ま、オレの最優先事項は姫さんのやりたいことを叶《かな》える、なんだけど。ま、ついでにオレの願いも叶うんなら、しめたものだよな」

「うん。作戦、頑張ろうね！」

「ああ、そうだな」

カインと拳《こぶし》を突き合わせ、急ぎ足で執務室へと向かう。

執務室にはすでに全員が揃《そろ》っていた。私を見た兄が、「用意は良いな？」と鋭く問いかける。

「うん、いつでも」

「よし。転移門のある部屋に行くぞ」

兄の言葉に頷き、全員で移動する。

転移門のある部屋に行くと、私たちの姿を見た兵士たちが扉を開けてくれた。

中には父がいて、厳《いか》めしい顔をしている。

「お父様」

「……お前が行かねばならないというのは理解している。殿下のためにも無事に戻るように」

「はい」

父の言葉に頷く。

「獣人たちを解放できれば、アルカナム島は退《ひ》く。絶対に成し遂げたいところだ。リディ、行くと言ったからには責任を果たせ。分かったな？」

「はい！」

もう一度頷く。

もちろんだ。もちろん獣人たちは絶対に解放してみせる。

改めて決意を固め、皆で転移門の魔術陣の上に乗る。魔術師団の団員が転移門を起動させながら告げた。

「セグンダ騎士団本部、西の砦《とりで》に転移します。３、２、１――転移開始」

すでにお馴染《なじ》みとなった白い光が私たちを包む。眩《まぶ》しさに目を瞑《つむ》った。

しばらくして目を開けると、見慣れない光景が広がっていた。

「ご正妃様、サリアーダ砦にようこそ」

転移門の前で待っていたのは、マントを羽織った騎士だった。

私の父と同じくらいの年齢だろうか。片膝《かたひざ》をつき、頭を下げている。

「セグンダ騎士団で団長職を務めさせていただいております。リヒトと申します。姓はシュレイン。シュレイン伯爵家の出身です」

シュレイン伯爵家は有名な武人を何人も輩出している家だ。確か、兄がプリメーラ騎士団に所属していて、現伯爵は彼だったはず。リヒトではないのだ。

家を継げない次男以下は、基本的に自分で生きる道を見つけなくてはならない。セグンダ騎士団は民間出身の騎士が多く、実力主義だと聞いているし、きっとリヒトはその実力で団長の座まで登り詰めたのだろう。

「そう、シュレイン伯爵家の。確か現伯爵の兄君がプリメーラ騎士団に所属していたわね」

「はい、その通りです」

頷きながら、転移門から一歩踏み出す。ぐるりと周囲を見回した。

迎えに来ていたのは、当然ながら彼だけではなかった。

選抜されたであろう十人ほどの騎士たちが、同じように頭を下げている。皆、帯剣しているし、雰囲気もピリッとしている。

サハージャに宣戦布告された直後だということを考えれば当たり前だろう。

砦の内部は石造りで、ダッカルトの海軍本部と雰囲気が似ていると思った。こちらは潮の香りなどはしないのだけれど。

山の中腹部に立っているこの砦には、サリアーダ砦という名前がついているが、西の砦と呼ぶ人が殆《ほとん》どだ。

セグンダ騎士団は、サハージャに対する牽制《けんせい》として、この西の砦に本部を構えているのである。

ずらりと並ぶ騎士たちを見下ろし、小さく息を吸う。フリードの妃としてのイメージを下げないようにピンと背筋を伸ばした。

「顔を上げて」

リヒトたちに命じる。

顔を上げ、立ち上がったリヒトは他《ほか》の団員たちよりも背が高かった。騎士なだけあり、身体《からだ》つきもしっかりしている。

「ご正妃様が陣中見舞いに来て下さると聞いて、皆、喜んでおります。宜《よろ》しければ早速彼らと会っていただきたいのですが」

「もちろんよ。そのために来たのだから。案内してちょうだい」

「ありがとうございます」

恭しく頭を下げたリヒトたちが、それではと転移門がある部屋から出る。その後を私たちはぞろぞろとついていった。

西の砦は思ったよりも広く、そして頑丈に造られていた。砦の内側には騎士たちの訓練場があり、そこでは彼らが鍛錬を重ねている。

それを見ながらリヒトに尋ねた。

「サハージャとの戦闘はもう始まっているのかしら」

「はい。ですが、やはり難しいです。向こうの最前線に配置されている獣人たちがどうしても……」

「……獣人。話では、彼らは武器も持たされていないと聞いているけれど」

情報が欲しいと思い、更に尋ねる。リヒトは頷き、詳細を説明してくれた。

「武器、あと防具の類いも一切持たされていないようです。しかも両手は魔術で施錠された手錠が嵌《は》められている状態。無理やり最前線を歩かされているのは一目瞭然です。サハージャはその後ろから魔術や弓で攻撃を仕掛けてきている、そんな状況です」

「酷《ひど》い……本当に肉の盾じゃない」

思わず眉《まゆ》を寄せてしまう。

「その通りです。せめて武器を持ち、戦いを挑んでくるのなら我らも心を鬼にして攻撃することができます。ですが素手の、しかも両手を施錠された、抵抗すら碌《ろく》にできない相手を甚振《いたぶ》るような真似《まね》は……」

苦悶《くもん》に満ちた表情を見せるリヒト。他の騎士たちも似たような顔をしている。

騎士たちには騎士道というものがあるから、それにもとるような行為はできない、したくないということなのだろう。

その気持ちは分かるし、そういう、明らかに捨て駒として使われている人たちを攻撃できないというのだって理解できる。

「戦線はじりじりと後退しています。このままでは駄目だと分かっています。ですが――」

「よく分かったわ。ありがとう」

グッと何かに耐えるような顔をしたリヒトに、これ以上は要らないと首を横に振る。

欲しい情報は手に入れた。

まだもう少し聞かなければならないことはあるけれど、それはその話をした時でいい。

「とにかく、騎士たちを勇気づけなければならないわね」

まずは今、私が求められていることをしよう。

力強く告げると、リヒトは眩しいものを見たような顔をして頭《こうべ》を垂れ、「ありがとうございます」と告げた。

◇◇◇

訓練場に姿を見せると、私が来たことに気づいた騎士たちは一斉に歓声を上げた。

中には感極まりすぎて、泣き出した者もいたくらいだから、まさかここまで歓迎されるとは思わず、正直驚きを隠せなかった。

「ご正妃様……本当に来て下さったのですか。ありがとうございます」

「殿下がこちらに来るまで、きっと耐えきってみせます」

縋《すが》るように言われ、「ヴィルヘルムのために頑張ってちょうだい」と精一杯王族らしく告げてきたが、これで良かったのだろうか。

今はリヒトに案内された客室で休憩させてもらっているが、ここまで歓迎されると思っていなかったので、今も困惑を隠せない。

「……陣中見舞いって、完全にただの名目だったんだけど、マジで来て良かったかもしれないな」

壁際に設置されたロングソファにどさりと腰掛けた兄が、冷や汗を垂らしながら言う。

それに私は「そうだね」と頷いた。兄の隣に腰掛ける。

「思った以上に歓迎されて吃驚《びっくり》したもん」

「ああ、本当にな。戦いが始まったばかりだから必要ないかと思っていたけど、予想より騎士たちは精神を削られていたみたいだな。抵抗すらできない者が自分たちの前にいて、それでも戦わなければならない。騎士にとっては、想像以上のキツさがあるんだろうさ」

「うん……」

「しかも、本来なら自分たちを率いてくれるはずのフリードは、北へ行っていてここにはいない。中には見捨てられたと感じてしまった騎士たちもいただろうな。そこに、そのフリードが溺愛するお前が陣中見舞いに来た。見捨てられていない。大丈夫だって思ったんだろう。大の大人《おとな》が涙を流して……どうしようかと思ったぜ」

「それだけ精神的に追い詰められていたってことなんだろうね。私が役に立てたのなら良かったけど」

「役に立ったなんてものじゃなかったって、アレ。行ってなかったら逆にヤバかったと思う」

「うん。それだけフリードの存在が大きいってことなんだよね」

いつもはいてくれるはずの人がいない。

しかもフリードは彼らにとっては主君であると同時に、絶対的な力で彼らを鼓舞してくれる人物なのだ。

最前線に立ち、勝利を約束してくれる人。

彼さえいれば勝てると誰もが思っている。

その人がいないことが、予想以上に大きく皆の心に影響を与えていた。そういうことなのだ。

兄がクラヴァットを抜き取り、いつものように首元を寛《くつろ》がせながら言った。

「ま、とりあえず騎士たちは大丈夫だろ。あとはなんとかフリードが来るまで耐えてくれれば」

「うん。でもそれには、獣人たちを奪取する必要があるよね。でなければ、まともに戦うこともできないもの。彼らが精神的に酷くやられているのって、無抵抗の獣人たちを相手にしなければならないことが原因で間違いないし」

私の言葉に兄も同意する。

「これ、アルカナム島のためだけじゃなくて、結果としてうちのためにもやらないといけない仕事だったよな。セグンダ騎士団が普通に戦えるようにするためにも、獣人たちを奪取する。はあ、本気で失敗とか許されない雰囲気になってきたよな」

「失敗が許されないのは元からだよ」

「違いない」

「……ねえ、兄さん」

「ん？」

兄を呼ぶ。私はここにきてずっと思っていたことを兄に告げた。

「私、獣人奪還作戦に同行するから。まさかとは思うけど、ここまで連れてきて、砦で待っていろなんて言わないよね？」

「は？　何言ってんだ、お前。連れて行くはずねえだろ」

兄が真顔で言う。

「ここまで連れてきたことだって本当はしたくなかったんだ。だが、作戦のためにはお前は必要だし、城にひとりで残しておくのはカインが言う通り不安が残る。だから連れてきた。でも、お前が現場に直接行く必要はねえだろ。ここで俺たちが作戦を遂行するのを待っていればいい。お前にしかできないことは、この場所でもできる。お前だってそれは分かってんだろ？」

「できないよ」

「は？」

兄の目を見て言い返す。

そもそも兄は私を西の砦に連れてくることすら反対していた。だからここで待っていろと言われるだろうなと予想していたのだが、大正解だったようだ。

「兄さんの言うことは分かる。でも、無理だよ。だって――」

もう一度告げ、自分の考えを話す。

理解してもらわなければ連れて行ってはもらえない。だから私も必死だった。

「……」

私の話を聞くにつれ、兄の顔色が変わっていく。そうして最後まで聞き終わると、髪を掻き上げ天を仰いだ。

「くっそ。完全にその考えは抜けてたぜ……」

「兄さん」

判断を仰ぐように兄を見る。兄は大仰にため息を吐くと、私に向き直った。

「……分かってる。確かにその可能性は十分すぎるほどあると俺も思う。そしてその場合、お前が現場にいないと、奪取作戦自体が失敗になってしまう。その通りだ」

「うん」

「……最悪だ。フリードにどやされる案件が増えた」

兄が頭を抱える。

それについては本当に申し訳ない。だけどこの作戦はなんとしても成功させなければならないのだ。そのためには私が現場に出向く必要がある。

「……フリードには私からも説明するから」

「頼むぜ、本当」

「任せて」

さすがに今回の件で兄がフリードに怒られるのは可哀想《かわいそう》すぎるので頷いた。

怒られるとするのなら、行くと言い出した私であるべきだ。むしろ兄は止めようとしたのだから、兄が怒られるのは道理に合わない。

「ちゃんと立候補したって説明するね。怒るのは私にしてって言うよ」

「いやまあ、俺も最終的に許可したわけだから全部お前のせいってわけでは……はあ、仕方ねえ。一緒に怒られるか」

本当に仕方ないという顔をして兄が言った。兄のせいではないのに、一緒にと言ってくれたのが嬉しくて頷く。

「うん、一緒に怒られよう」

「しゃーねーな。兄として妹ひとり悪者にはできないだろ。そんなの格好悪すぎるからな」

「ん」

わしゃわしゃと髪を掻《か》き混ぜられ、笑う。

カインがそんな私たちを見て言った。

「ほんっと、アレクと姫さんって仲が良いよな」

「そうか？」

「そう？」

ほぼ同時に同じことを言うと、アベルも笑った。

「確かに。仲が良いし、似たもの兄妹だよな」

「な」

カインが同意する。私は首を傾げながら言った。

「普通だと思うし、そもそも似てないと思うんだけど」

「だよなあ」

兄も首を傾げ、同意する。

それを見た皆が、ほぼ同時に笑った。カインが言う。

「ほら、そういうところ」

「……」

「……」

ふたりで黙り込む。

ちょっと言い返せないなと思った。

◇◇◇

「……失礼いたします」

話も決まり、のんびりと寛いでいると、扉がノックされる音がした。

声の主は、セグンダ騎士団の団長であるリヒトだ。

陣中見舞いを終えたあと、彼には話があるから、あとで来るようにと申しつけていたのだ。

入室を許可すると、リヒトは恐縮した様子で部屋の中に入ってきた。その場で片膝をつく。

「セグンダ騎士団、団長シュレイン。お呼びと伺い、まかり越しました」

「顔を上げて」

リヒトに声を掛ける。この場では私の身分が一番高いので、私が許可するしかないのだ。

彼が顔を上げたのを確認し、兄を呼ぶ。

「兄さん」

「——ああ。シュレイン団長、今から俺たちが来た本当の理由を話す。よく聞いて欲しい」

いつもの猫を被《かぶ》った兄ではない。すっかり皮を放り投げている。

きっと、それどころではないからだろう。

兄の言葉を聞いたリヒトが目を瞬かせた。

「本当の理由、ですか？　陣中見舞いに来て下さったわけではない……と？」

「いや、その側面も確かにあったが、一番の理由はそれではない。俺たちは親父《おやじ》——宰相の命を受けてここに来ている。目的は肉の盾として使われている獣人たちの解放だ」

「……獣人たちの解放？」

「ま、俺たちは解放ではなく、奪取と考えているんだがな」

兄の言葉を聞きながら私も頷く。だが、リヒトは眉を寄せ、「申し訳ありませんが——」と疑わしげに言った。

「獣人を解放するというお話、叶うのであれば、確かにこちらとしても大変有り難い限りではありますが、さすがに不可能ではないでしょうか。そもそも獣人は五百名という少なくない数がおります。それを解放するには、こちらもある程度の兵力を割かねばなりませんが……兵をお連れになってはいませんよね？」

「連れてきていない。必要ないからな。ここにいる面々だけで全てを行うつもりだ」

兄が皆を見回し、告げる。

わずか六名で作戦を行うと告げた兄に、リヒトが顔色を変えた。

「ま、待って下さい。ここにいる面々とは、もしかしてご正妃様も？」

「ああ、むしろ作戦の要になるのはこいつだ。こいつを連れて行くか行かないかで、作戦の成功率は著しく変わるだろうな」

兄の言葉を聞いたリヒトが、とんでもないと声を上げた。

「いけません！　殿下の溺愛する尊いお方を戦場に連れて行くなど、正気の沙汰《さた》とも思えません！　それともご正妃様には戦いの心得でもあるのでしょうか。そのようなお話は聞いたことがありませんが――」

頼むからそうであってくれと縋るような目で見つめてくるリヒトに、申し訳ないと思いつつも、嘘を吐いても仕方ないのでここはあえて正直なところを口にする。

「残念ながら、私に戦いの心得はないわ。運動能力だって一般的な女性程度と考えてもらって間違いないわよ」

「そんな……」

リヒトが愕然《がくぜん》とする。そうして私ではなく兄に猛然と抗議した。

「いけません！　あり得ません！　いくらご正妃様の兄君であろうと、やって良いことと悪いことがあります。殿下は決してお許しにならないでしょう。おやめ下さい。ご正妃様をお連れするなど、行っていいことではありません！」

強い口調で責め立てられた兄は、ポリポリと頬《ほお》を掻きながら言った。

「フリードに怒られるのはまあ、覚悟の上なんだが……。親父も許可を出してるし、何よりこいつがやる気だからなあ」

「宰相が？　そんな馬鹿な……」

信じられないという顔をするリヒトを見ていると、申し訳ない気持ちになってくる。

彼が、私のためを思って兄に抗議してくれているのは十分過ぎるほど伝わっていた。

その気持ちは有り難いと思うし、それだけフリードが慕われているからこその言葉なのだろうけれど、彼に同意するわけにはいかないのだ。

私は私にできることをすると決めたから。

私が出るのが一番いいと分かっているのに、行かないなんて選択肢はどこにもない。

「ありがとう、シュレイン団長。でも、本当にこの作戦を実行するには私が行かなくてはいけないの。あなただって、どれだけ危険でも、国のため、皆のために戦いに赴くのでしょう？　私もそれは同じ。危険があるからと居竦《いすく》んではいられないわ」

「ご正妃様……！　ですが！」

「この作戦が成功すれば、多くの人が無意味に傷つくことはなくなるわ。そのために動くの。大丈夫。皆もいるんだもの。何事もなく帰ってくるわよ」

「……」

黙り込んでしまったリヒトを真っ直ぐに見つめる。

「心配してくれたのにごめんなさい。でもね、これは私が決めたことなの。国のために、そして今、北で戦っている夫のために。ここで獣人を解放することができれば、後でこちらにやってくる夫の力になることができる。ねえ、私がそうしたいの。彼の、フリードのために働きたいのよ」

自分の想いを正直に告げる。リヒトは驚いたように私を見つめていたが、やがて諦めたのか小声で告げた。

「分かり……ました」

「っ！」

「ご正妃様が戦場に向かわれるなど、本来なら到底容認できることではありませんが、宰相が許可していて、ご正妃様もそこまで決意していらっしゃるのなら、私があれこれ言うべき話ではありません。本当に作戦が成功するのなら、私共も助かりますので」

「ええ、必ず成功させてみせるわ！」

「宜しくお願いいたします」

リヒトが深々と頭を下げる。

さっと兄に目を向けた。兄は私の視線の意味を正確に理解し、「それじゃあ」と詳しい作戦内容を話し始める。

最初は、複雑そうな顔をしながら聞いていたリヒトだったが、話が終わる頃には納得した表情に変わっていた。

「——なるほど。それでしたら確かになんとかなりそうですね」

「あなたにして欲しいのは、奪取した獣人たちを保護して、ヴィルヘルムに送ること。お父様たちには話を通してあるから、転移門はいつでも起動できるようになっているはずよ」

「……分かりました。不安は残りますが、その作戦に我々は同行できないようですし、成功をお祈りしつつ、やれることをやるとしましょう」

気持ちを切り替え頷くリヒトに、私たちも頷きを返す。

「で、そのためにも獣人たちの詳しい情報が欲しいのだけど」

作戦成功の鍵《かぎ》を握るのは情報をどれだけ多く集めているか、だ。

特に、昼間ではなく夜の情報が欲しいと告げると、リヒトは考える素振りを見せた。

「そう、ですね。今朝方、斥候から帰ってきた者の話でよければ」

「是非、聞かせて」

聞きたいのはそこだとばかりに彼を見る。リヒトはすぐにその人物を呼び出してくれた。

情報収集をしてきたという小柄な男は、呼び出された部屋に私たちがいたことに驚いた様子だったが、話を聞かせて欲しいと告げると、すぐに自分が見てきたものを教えてくれた。

彼によると、昼間に最前線を歩かされた獣人たちは、夜はサハージャ軍とは少し離れた場所で野営を強《し》いられているという話だった。おそらく見張りは数人程度。

それなら逃げ放題ではないかと思うのだが、そういうわけにもいかないらしい。

なんと獣人たちに掛けられている魔術による手錠は、術者から設定された距離以上離れると、魔法の電流のようなものが流され、問答無用で殺される仕掛けになっているようで、見張りが少なくても逃げることができないのだとか。

「……やっぱり」

ちらりと兄に目を向ける。兄も私の視線の意味を正しく把握したようで頷いていた。

だが、夜はサハージャ軍から離れた場所にいるというのは良い話を聞いた。

獣人たちを奪取するために、多少は戦いも覚悟していたが、これなら上手く行けば、戦うことなく全てを済ませることができるかもしれない。

「兄さん」

もう一度、今度は違う意味で兄に目を向ける。兄はにやりと笑い「いけそうだな」と言った。

「犠牲が出る前に動いた方が良い。——今夜、作戦を決行する」

◇◇◇

「……」

木々や岩に身を隠し、様子を窺《うかが》う。

時間は、そろそろ真夜中に差し掛かろうかというところ。私は沈痛な面持《おもも》ちで雑魚寝する獣人たちをこっそりと見ていた。

彼らは疲れたように地面に身体を横たえている。男性だけだと勝手に思っていたが、中には女性や子供と呼べるような年齢の獣人もいて、胸が締め付けられるように苦しくなった。

彼らが皆、肉の盾として此度《こたび》の戦争では使われているのだ。

こんなの絶対に許されることではない。私の隣で同じように身を潜めていた兄も、同様の気持ちなのか、ギリッと唇を噛《か》みしめていた。

「……女子供まで連れてくるとか、正気の沙汰じゃねえだろ」

「私もそう思う」

望んで戦いに来たのならまだしも、彼らはそうではないのだ。

武器すら持つことを許されず、ただ最前線を歩かされる。

ああ、これはヴィルヘルムの兵たちが心を折られるわけだ。丸腰の女性や子供に迷いなく剣を向けられる騎士がいたら、そんなのは騎士ではない。

しかも彼らは望んでこの場にいるわけではない。厳密には、彼らは敵ではないのだ。

彼らを目の前にする騎士たちの心情を思えば、今朝の彼らの喜びようも分かると思った。

精神的に追い詰められている状況の中、主君の妻が陣中見舞いに来たのだ。縋りたくもなるというものだろう。

こんな極限状態の中、我らがヴィルヘルムの兵たちは、必要以上に彼らを攻撃することなく、かといって、撤退することもなく耐え凌《しの》いでいるのだ。賞賛に値すると思うし、彼らをこれ以上苦しめないためにもこの作戦は絶対に成功させなくてはならないと思った。

「畜生……僕のせいでこんな……」

呻《うめ》くような声を出したのは、私の側に移動してきたイーオンだった。彼と一緒にいたレヴィットも顔を真っ赤にして怒っている。

彼らは獣人だ。同胞が酷い目に遭っている様を目の前にして我慢できないのだろう。

その気持ちはよく分かるし私も同意見だけれど、まだ、動くには早いのでもう少し耐えて欲しい。

「イーオン、レヴィット」

名前を呼ぶと、彼らはハッとしたように怒気を収めた。とはいえ隠しきれてはいないようで、表情から色々と漏れてはいるけど、それはもう仕方ない。

「怒りたくなる気持ちは分かるけど、今は堪《こら》えて。まだ、その時ではないから」

「分かっています。……申し訳ありません。つい、カッとなってしまって」

レヴィットが謝罪する。イーオンも「すみません」と謝った。そんな彼らに首を横に振って「謝る必要はないわ」と告げる。

「私も同じ気持ちだもの。こんなの絶対に許されることじゃない」

再び獣人たちを見る。彼らは疲れきった様子で、生気が感じられなかった。

まるで全てを諦《あきら》めているようにも見え、辛《つら》くなってくる。

——ごめんね。もうすぐ助けるから、もう少しだけ待っていて。

心の中で語りかけ、気合いを入れる。

獣人たちの野営地は斥候から聞いた通り、サハージャ軍とは離れた場所で展開されていた。

逃げる心配がないのと、奴隷である彼らを近くに置きたくないという気持ちから、こんな場所になったらしいというのは、夕方、先行して様子を見に行ってくれたカインとアベルから聞いた話だ。

敵に気づかれることなく、情報収集の役目を見事果たしてきた彼らを見て、改めて腹に一物ある人たちが召し抱えたくなるのも分かるなと思ってしまった。

だからこそ、彼らは自身で己の主《あるじ》を選ぶのだろうけど。

私もカインにがっかりされない主であるよう、頑張ろうと思う。

「——姫さん」

全く気配のなかったところから、声が聞こえた。一瞬驚き息を呑《の》んだが、すぐにカインだと気がつく。

作戦を決行するために彼は、今度は獣人たちの見張りの様子を見に行ってくれたのだ。カインの隣にはアベルもいた。彼の方はサハージャ本営側の様子を見てきてくれている。

「お帰りなさい。どうだった？」

声を潜め、カインたちに聞く。カインは獣人たちがいる方角を見ながら言った。

「こっちの野営だが、獣人たちの見張りに立っているのは十人だな。あと三時間ほどで交代って話をさっきしていたのを聞いたから、今の内に行動を起こすのがいいと思うぜ」

「そう……数人って聞いていたけど、思っていたより多いんだね」

「ま、素人が遠目から確認した程度じゃ、正確な数を把握するのは難しいからな。これくらいなら誤差の内だろ」

アベルも言った。

「こっちもざっくり確認してきたけど、サハージャ本営には動きらしい動きはなかった。静かなもんだよ。最低限の見張りを残して、皆、眠っているみたいだ。多分、日中、ヴィルヘルム側が碌に戦わなかったことで、気が緩んでいるんだろうな。あの調子なら、数日あれば砦を落とせる、なんて見張りが言っていたからさ」

「……ありがとう」

腹立たしい話ではあったが、サハージャが油断してくれていることは、私たちにとっては朗報だ。

兄を見る。兄が頷いたのを確認し、皆に言った。

「それじゃあ、作戦を決行しましょう。——まずはカイン、お願い」

「おう、任せとけ。アベル、オレが留守の間、姫さんの守りは頼んだからな」

カインに視線を向けられたアベルがにやりと笑う。

「了解。依頼は確実にこなすのが、オレのポリシーだからな。殺す方向では役に立てないが、守りなら引き受けるぜ」

「ああ、そっちはオレが本職だ。任せとけ」

カインが頷き、姿を消す。

私たちの考えた計画はとても単純なものだ。

まずはカインが誰にも気づかれないように見張りの兵を倒す。そのあとは私たちが野営に侵入し、彼らを説得するというもの。

言葉だけ見ればとても簡単そうに思えるが、全然簡単なんかじゃない。

ヒユマの秘術が使えるアベルとカインがいるから楽に思えるだけの話だ。

普通なら、誰にも気づかれず見張りのところまで行って、倒して――の辺りで詰む。

見張りだって素人ではないのだ。当然、警戒はしているだろう。

普通に行っただけではほぼ確実に失敗する。

だが、うちにはカインがいる。

元暗殺者、しかも赤の死神と呼ばれた彼は、気配を完璧《かんぺき》に消すことが可能だ。

闇《やみ》に乗じて、敵を倒すのもお手の物。

そして情報収集となれば、今度は情報屋として名を馳《は》せたアベルがカインと一緒に活躍してくれるというわけ。戦場で常に最新の情報を得られるというのは、とても大きなアドバンテージだ。

このふたりがいるからこそ雑な作戦でもなんとかなっているのである。

だが、ここから先が問題なのだ。獣人たちを助けるために、おそらく起こり得るであろう大きな問題がふたつ。

それはカインとアベルでは払拭《ふっしょく》できない。だからこそ、私たちが手を挙げた。

私とイーオン。私たちがそれぞれ役目を果たすことさえできれば、作戦は間違いなく成功する。

じっとカインからの合図を待つ。

野営地は少し小高い場所にあり、夜ともなればかなり冷える。吐く息は白く、寒さを感じたが、今は我慢だ。

――カイン。

今頃活躍してくれているであろう、カインを思う。

見張りの兵士を倒してくれるようお願いした時、我《わ》が儘《まま》だと分かっていたが可能なら殺さないで欲しいとも同時に言った。

綺麗事《きれいごと》だと分かっていても、人の命を奪いたくなかったのだ。

だけど無理はしなくて良いとも告げている。

殺さずというのはあくまで私の希望。現場にいるカインの判断を最優先にして欲しい。

カインが危険な目に遭ってまで、私の望みを叶えて欲しいとは思わないのだ。

そしてもしそうなった時、見て見ぬ振りはしないと決めている。

責を負うのは主である私の役目だし、その覚悟は彼と契約した時から持っている。

少し前、シオンにも言った。

綺麗事だけでは生きていけない、と。

そうできれば幸せだと思うけど、私はそれが許される立場にいない。

清濁併せ呑む必要があると分かっていた。

それが、フリードの隣に立つということだから。

彼と共に歩くと決めたのだから、どんなに辛くとも真《ま》っ直《す》ぐ前を向こうと思っていた。

きっと、フリードと一緒なら乗り越えられる。そう、信じられるから。

「リディ、カインから合図が来たぞ。野営地に侵入する。良いな」

じっとカインの連絡を待っていると、いち早く合図に気づいたらしい兄が、私の肩を軽く叩《たた》いた。

頷きを返し、皆に言う。

「移動するわよ」

一応警戒は怠らないようにしながらも、野営地に近づいて行く。兄が小声で言った。

「リディ、約束を忘れるなよ」

「……うん」

返事をする。

不測の事態が起こった時は、アベルと騎士であるレヴィットが対処することになっていて、それこそ万が一の際は、私だけでも逃げるようにと兄からは言い含められていたのだ。

作戦決行前、兄は厳しい顔をして私に言った。

『いいな？　もし何かあった時は、俺が死んでも守ってやるから、その隙にお前は何としても逃げるんだ。お前はもう王太子妃なんだ。誰が死んだとしてもお前だけは生き残る必要がある。見捨てろ。全部見捨てて、己の身を守ることだけ考えろ。もし俺の話が分からないというのなら、お前は連れて行けない。いいな、絶対に生き残れ。何があってもだ』

そう強い言葉で告げられ、首肯した。

戦争をしている危険な場所に行くというのはそういうこと。

私は国のためにも、何が何でも生き残らなければならない。たとえば実の兄を犠牲にしたとしても、それを見過ごし、逃げなければならないのだ。

それができないのなら連れて行けないと告げた兄の顔は本気だったし、その場にいた他の面々にもその通りだと頷かれた。

皆、それぞれ覚悟してここに来ているのだ。

私にも、皆とは違う覚悟を求められている。

誰を見捨てても生き残る覚悟。つまりはそういうことなのだと言われれば、了承するしかなかった。

『分かった。絶対に生き延びてフリードのところに帰る』

決意も新たに告げた私の頭を兄は撫《な》で、改めて全員の覚悟が決まったところで作戦決行となったのだけれど、今のところ、幸いにも不測の事態とやらは起こらなさそうだ。

カインが見張りを片付けてくれたからだろう、野営地は静かなものだった。私たちを見咎《みとが》める者は誰もいない。

「……カインの奴《やつ》が上手くやってくれたみたいだな」

兄が警戒しつつも、若干安堵《あんど》を滲《にじ》ませながら言う。

カインとアベルの報告を信じてはいただろうが、それでも隠れていた兵士が現れでもしたらと考えていたのだろう。

兄は全身黒尽《ず》くめの服装をしていた。黒いタートルネックのようなインナーに黒いパンツ。寒いからだろう。上着を着ていたがその上着も真っ黒で、しゃれっ気は全くといっていいほどなかった。ただ、珍しく腰に剣を提げていたけれども。イーオンやレヴィット、アベルも似たような格好で、皆、上手く闇に紛れることができていた。

もちろん私も目立たない格好をしている。一見、喪服のようにも見える黒いワンピースだ。ドレス姿では支障がありすぎるのであらかじめ持ち込んでいたのだが、正解だった。

あと全員、フード付きのマントを被り、顔が見えないようにしている。

足音をできるだけ立てないように、だけど急いで獣人たちが集まっている場所を目指す。

邪魔が入らなかったお陰か、ほどなくして目的地にたどり着いた。

獣人たちが身体を休めているそこへ踏み入ると、見張りが様子を見に来たのだと勘違いした獣人のひとりが、身体を起こし、吠えるように言った。

「なんだ。これ以上俺たちに何を求める気だ。お前たちの言う通り、最前線に立ち、肉の盾となっている俺たちにこれ以上何を求める！」

手錠を掛けられたままなので殴りかかってきたりこそしなかったが、敵意ある言葉と視線に一瞬凍りつく。だが、すぐに恐怖を振り払い、皆に向かって言った。

「私たちはサハージャの人間ではありません。攻撃の意思もありません。ヴィルヘルムの者です」

「は？　ヴィルヘルムの？」

敵ではないと伝えたはずなのに、何故《なぜ》かより警戒されてしまった。

身体を横にしていた獣人たちがひとり、またひとりと起き上がる。誰かがボソリと言った。

「ヴィルヘルムが一体私たちになんの用だと言うんだ。邪魔な私たちを闇に乗じて殺しにでも来たのか？　はっ、その方がいっそ楽かもな」

　手錠が擦《こす》れる音がする。また別のひとりが言った。

「殺すならさっさと殺してくれ。戦場に立たされ、いつ死ぬか分からぬ恐怖を味わい続ける方が嫌だ。それくらいなら今殺された方がマシ。抵抗なんてどうせできないが、する気もない。さっさとやってくれ」

「ああ、その通りだな」

「私もその方がずっといい」

　ざわざわと皆が話し出す。その殆どの内容が「殺しに来たのならさっさとしてくれ」で、泣きそうだった。涙を堪え、被っていたフードを外して皆に言う。

「違います。私たちはあなた方を解放しに来たんです。申し遅れましたが、私はヴィルヘルム王国王太子フリードリヒの妃リディアナ。あなたたちの安全は王族である私が保障します。ヴィルヘルムへ共に行きましょう。アルカナム島と話はついています。故郷に戻ることができるんですよ」

　これ以上誤解されるのが嫌で、私たちの目的を話す。

　名乗ったのはもちろん、私たちが怪しい者ではないと納得してもらいたかったからだ。

　特に、彼らにとっては己の身の安全を保障してくれる者の存在は大きいだろう。そしてその存在の身分が高ければ高いほど安心できるはずだ。

　だから兄ではなく私がこうして交渉の席に立ち、己の正体を話したのだが――それでも彼らは納得しなかった。

「……ヴィルヘルムの王太子妃がこんなところに来ているはずないだろ」

「そうだ。俺たちをわざと油断させて騙《だま》すつもりじゃないのか？」

「女なら俺たちが警戒しないとでも思ったか。騙されないぞ」

「……ま、そうなるよなあ」

いつの間にか隣に立っていた兄が訳知り顔で言う。ため息を吐きながら私の肩をポンと叩いた。

「普通、王太子妃がこんな戦場のど真ん中にのこのこやってくるとは思わねえからな。信じるはずないって」

「……で、でも、兄さんだって、私の身分を公にすることに賛成したじゃない」

じとっと兄を見る。兄は肩を竦めた。

「それはそうだけど、信じる信じないは別の話だしな。……じゃ、あとは俺に任せとけ。皆、俺はこいつの兄のアレクセイ。ヴィルヘルム王国ヴィヴォワール宰相の息子だ。こいつが本物のヴィルヘルム王太子妃であることは兄であり、王太子側近でもある俺が保証する。お前たちのことはすでに父に話を通し、了承を得ている。だから安心して保護されるといい」

被っていたフードを取り、堂々と告げる兄。その手には見慣れない書簡があった。

書簡を広げ、皆に示す。そこには父のサインと印章があった。

「それ、お父様の……」

暗がりの中ではあったが、それでも皆の視線が兄の掲げた書簡にいったのが分かった。

兄が自信たっぷりに告げる。

「ここに、お前たちを保護する旨が書かれてある。疑うならこれを見れば良い」

ざわりと場が揺れる。

未《いま》だ疑わしいという顔をする者もいたが、ヴィルヘルム宰相の正式な印が捺《お》された書簡に、多くの者は何も言えないようだった。それも当たり前だろう。公的文書偽造は重罪だし、父の印には分かりやすく魔力が残されている。

間違いなく本人がサインをした証拠《しょうこ》のようなものだ。

「兄さん、そんなの持ってきていたの」

私はといえば、準備の良い兄に驚いていた。思わず尋ねると、兄はニヤリと笑う。

「出発前に親父に言って、急ぎで作ってもらったんだ。いざという時は使うぞって言ってある」

「おお……」

「たかが書簡だと侮るなよ？　これひとつあるかないかで、全然変わってくるんだからな。目に見える証拠は大切だ。印章付きの書簡があることで、俺やお前の身分も信じられやすくなる」

「……うん」

こういう根回しはやはり兄は上手い。

これでも信じられないと言われたらどうしようかと思ったが、書簡が威力を示したのか、私たちがヴィルヘルムの正式な使者であり、彼らを解放しようとしていることは分かってくれたようだ。

だが、信じることと、従うことは違う。

彼らのひとりが代表して告げた。

「僕たちを解放してくれるという話は正直有り難いし、お前たちがヴィルヘルムの者だということも理解した。だがそもそも僕たちが逃げるというのは無理な相談なんだ。ここにはいないが、僕たちも人質を取られている。その人物は族長の息子で、到底見捨てることなんてできない。僕たちが逃げてしまえば、間違いなく彼は殺される。だから、無理なんだ」

代表の男性が肩を落とし、首を横に振る。その言葉に全員が頷いた。

「ここにいる皆、幼少の頃を含めれば各族長に何らかの恩がある。その族長の息子が僕たちの人質としてサハージャの城に囚《とら》われていると聞いているんだ。どんなに嫌でも僕たちは逃げることはできない。逃げれば彼を殺す、と言われているから」

逃げたい気持ちはあるが、人質を取られているから無理。

どうやらサハージャは彼らにも『イーオン』という人質がいると嘘を吐いたようだ。

とはいえ、その辺りは私たちも予想済みだ。

これまでのサハージャのやり口を知っているからこそ、可能性は十分にあると推測していた。

私はにっこりと笑い、彼らに聞いた。

「……それって、狼《おおかみ》獣人族長の息子、イーオンのことですか？」

「……は？　どうしてイーオンの名前を？」

獣人たちが驚いたように目を見張る。そんな彼らに私は言った。

「イーオンを知っているのは、私たちが彼を保護しているからです。……それと、とても残念な話なのですけど、イーオンについてはアルカナム島側も同じような脅しを受けているんですよ。今回の戦争にアルカナム島が協力しなければ、こちらで預かっているイーオンを殺すって。実際には彼は囚われてもいないのに。あと、信じたくないでしょうが、あなたたちもイーオンと同じく人質として使われています。そのために、アルカナム島はしたくもない戦争に参加。現在我がヴィルヘルムはタリムも合わせて三方向から攻められている状況です」

「えっ……島が戦争!?　どういうことだ、聞いていないぞ!?」

「私たちも人質に？　は？　こんな最前線に立たされているのに？」

私の話を聞き、皆に動揺が広がっていく。どうやら彼らはアルカナム島が参戦したことも、自分たちが人質として使われていたことも知らされていなかったようだ。

ちなみに私がイーオンを保護していると言ったところは見事にスルーされている。

たぶん、それよりアルカナム島が戦争に参加していることや自分たちが人質となっていたことの方が衝撃的だったからなのだろう。

彼らが悔しげに言う。

「やっぱり……大陸の奴らの言うことなんぞ嘘ばっかりなんだ」

「助けに来たとか言って、実はヴィルヘルムだって俺たちを利用する気かもしれないぜ」

――そうなるよね。

目を伏せる。分かってはいたけれど、嫌な方向に話が傾きかけていた。

ヴィルヘルムという国を彼らが信じてくれるのか。

これは、出発前にカインとアベルが指摘していたことだ。

『サハージャにいいように利用された彼らが、俺たちの話を素直に聞き入れると思うか？　最悪、更に騙されるのではと警戒するぜ。オレたちがまず越えなければならない問題は、獣人たちに信用してもらえるか。ここだと思う』

懸念のひとつめとして、彼らはこれを挙げ、私たちは否定できなかった。

だってふたりの言うことは尤《もっと》もだと思ったから。

サハージャに徹底的に利用された彼らがヴィルヘルムを無条件で信じてくれるだろうか。さんざん他国というものに騙されたあとで、別の国に助けてあげると言われたところで素直にその手を取れるかと聞かれたら、答えはノーだ。

それに対し、手を挙げてくれたのが今、背後で皆に見えないように立っているイーオンとレヴィットだった。

ヴィルヘルムが本気で助けようとしているのだと同族が保証してくれるのなら、彼らも少しはこちらを見てくれるだろう。そう考えての起用だったのだけれど、結果としてふたりを連れてきて良かったと思う。

何せ、予想通り彼らはイーオンがサハージャに囚われていると信じ込まされていたので。間違いだと訴えるためにも本人登場は効果的だと思うのだ。

論より証拠。

私は出番だという意味を込めて、後ろを向き、イーオンとレヴィットのふたりを見た。

彼らも分かっていたようで、力強く頷き、私に代わり、前に出る。

イーオンがフードを脱ぎ、顔を露《あら》わにして口を開く。

「――悪かったな。僕が捕まったなんて話になったことで、お前たちに迷惑を掛けた。僕はこの通り元気にしている。サハージャに囚われてなどいない。先ほどご正妃様がおっしゃった通り、僕は今、ヴィルヘルムに保護されているんだ」

「えっ……イーオン様？」

先ほど、逃げるのは無理だと告げた男性が目を見開いた。『様』とわざわざ呼ぶところを見るに、多分、彼は狼獣人なのだろう。どうやらイーオンの顔も知っているようだし。

「えっ」

「あ、イーオンだ……嘘」

「間違いないよ。私、島で何度もイーオン様の顔を見たことあるもん」

「俺も族長会議についていくイーオンを見たことがある」

「ああ、確かいつもレヴィットと一緒にいた――」

驚きの声を上げた男の他にもイーオンを知っていた者がいたらしく、次々と声が上がっていく。だけどそこで不安の声が混じった。

「でも……本物？　魔術でそう見せかけただけの偽者とか……」

疑わしいという気持ちから出た言葉なのだろう。それを聞いた皆も、「確かにその可能性は否定できない」と掌《てのひら》を返したように話し始めた。

――まずいな。

そうなる可能性もあるだろうなと思っていたけれど、やはりか。

奴隷に落とされ、戦争に無理やり連れて来られた彼らは疑心暗鬼に陥っている。先ほど、ヴィルヘルムを疑い出したのと同じで、ほんの少しの不安がすぐに増大してしまうのだ。

だが――。

「こいつが偽者のはずないだろう。俺が保証する」

レヴィットがフードを脱ぎ、こちらも顔を露わにしながら告げた。

レヴィットの顔を見た獣人たちが「今度はレヴィット様!?」「嘘だろう?」「いや、でもあの顔は見たことが――」などとまた騒ぎ始める。

ひとりならなかなか信じられなくても、ふたりいれば話も変わってくる。動揺する彼らに、レヴィットが堂々と告げた。

「俺は虎《とら》獣人のレヴィットだ。今俺は自分の意思でヴィルヘルムに騎士として仕えている。その俺が保証する。ご正妃様たちが先ほどおっしゃられたことは真実だし、このイーオンは本物だ。こいつは今自分自身が告げた通り、ヴィルヘルムに保護されており、サハージャのもとにいるという話こそがデマだ」

「そうだ。僕は確かにサハージャにいたこともあるが、少なくともサハージャ軍に囚われていたことは一度もない。お前たちは嘘を吐かれていたんだ。ありもしない人質のために言いなりになる必要はないんだ！」

レヴィットに続き、イーオンも彼らに訴える。

それを私は兄と並んで少し後ろから見ていた。ホッと息を吐く。

「……良かった。上手く説得できそうだね」

「ああ、しっかしサハージャの奴ら、よくやるぜ。あっちでもこっちでも嘘を吐いて騙してさ」

「うん。でも、実際、すごく効果的だったよね」

アルカナム島は戦いに参戦せざるを得なくなったし、獣人奴隷たちも逆らえなくなった。

「やっぱり、サハージャの魔女がイーオンのことをマクシミリアン国王に教えたんだろうね。こういう風に使えば、彼らは逆らえなくなる、なんて言って」

「ま、そうだろうな。向こうでイーオンの存在を知っていたのが魔女だけだって言うんなら、間違いないだろ」

「だよね。……魔女にも色んな人がいるんだなあ」

幸いにも私はデリスさんやメイサさん、アマツキさんというような、優しい魔女しか知らないけれど、中にはそうではない魔女もいる。

サハージャの魔女、ギルティアはまさにその代表格で、他の魔女たちからギルティアが今までやらかしてきた話を聞いたことがある身としては、関わりたくないなとしか思えなかった。

イーオンを貶《おとし》め、いなくなってからもその存在を平然と利用する。

それはある意味、とても魔女らしいのかもしれないけれど、私には理解できないし、理解したいとも思わない。

「ヴィルヘルムの魔女は優しい人で良かった……」

小さく呟《つぶや》く。なんだかすごくデリスさんの顔が見たくなった。兄とふたり、イーオンたちが皆を説得するのを待つ。

イーオンだけでなくレヴィットも出てきたのが功を奏したのだろう。やがて皆は躊躇《ためら》いがちにではあるが、ヴィルヘルムに保護されることを同意した。

とはいえ、彼らが一番納得した理由は、『イーオン様やレヴィット様の恩人がいる国ならまあ信用できるだろう』だったのだけれど。

改めて獣人たちが恩に生きる種族であることを実感した瞬間だった。

「――姫さん」

声が聞こえたので、そちらを向く。いつの間にか、別行動していたカインが戻って来ていた。

「お帰りなさい。大丈夫だった？　怪我《けが》はない？」

カインに限ってそんなことはないと思ったが、やはり本人の口から直接聞かなければ心配だ。

怪我の有無を尋ねると、カインは当然のように言った。

「あるわけないだろ。見張りは全員倒したぜ。――姫さんの願い通り、兵士たちは殺してはいないから安心しろよな」

「……ありがとう」

カインの言葉を聞いてホッとした。覚悟したとは言っても、やはり怖い気持ちはあったのだ。

小さく息を吐き出す。カインを見ると、彼は任せろという感じでウィンクしてきた。

うん。私の忍者は頼もしい。

「あー……と、続きな。一応サハージャ本陣も見てきた。こっちはちょっと邪魔が入ったけど、まあ、問題なしだ。起きていた兵士たちもこっちの動きに気づいた様子はなかったしな。あ、せっかくだから、ヒユマ特製の眠りを深くする香の薬を思いきり焚《た》いておいた。寝ずの番をしていた奴らも寝たのを確認したから、移動させるなら今の内だと思う」

「そんな薬あるんだ……」

「朝までぐっすり。すぐ隣で、大音声《おんじょう》で叫ばれても起きない優れものだぜ。ま、『赤』のギルドにも似たようなものはあったんだけどな。ヒユマ特製のものは、それとは違って、一切副作用がないんだ」

「へえ……ちなみに『赤』のギルドで使っていた薬の副作用ってどんなものなの？」

興味本位で聞いてみると、カインはケロッとした顔で言った。

「ん？　まあ、こっちも香なんだけどな。麻薬の一種で、中毒性が異常に高いんだ」

「中毒……」

「ま、大体その香を焚く時は、殺しをする時だからあんまり関係ないんだけど。どうせ死ぬんだから中毒になる心配とかする必要ないだろ」

「そ、そうだね……」

カインが暗殺者ギルドに所属していたということを久々に思い知らされたなあと思いながらも頷く。

一緒に話を聞いていた兄が嫌な顔をして言った。

「それ、今は使ってねえんだろうな」

「使わないって。大体『赤』に所属していたのだって、オレの意思ってわけでもなかったんだから。どちらかというと、黒歴史だぜ。あの時代を思い出すようなものは極力使いたくないというのが本音だな……」

「まあ、それならいいけどさ」

心底嫌そうに言うカインを見て、本音だと理解したのか、兄がホッとしたような顔をした。

もしまだ使っているようなら止めなくてはと思ったのだろう。

兄はカインをことのほか気に入っているから、暗殺者時代の話を聞くと、不安になるのだと思う。

「大丈夫だよ。カインはもう、私の忍者だもん」

「出た、姫さんのニンジャ」

「ん？　ニンジャってなんだ？　なんか、前にもそんなこと言ってたよな」

兄が意味が分からないという顔をする。答えようとしたが、それより早くカインが口を開いた。

「オレにも分からない。なんか、護衛的な意味合いっぽいんだけど……」

「まあ、そんな感じかな」

「ニンジャ、ねえ。本当、リディって時々、意味の分からないことを言い出すよな」

呆《あき》れたような顔で見られ、ふいっと兄たちから視線を逸《そ》らした。

これは単なる私の拘《こだわ》りなので、そもそも分かってもらおうとは思っていない。

「——ご正妃様」

「ん？」

イーオンから呼びかけられ、返事をした。彼が獣人たちを見回しながら言う。

「全員の同意を得ました。その……あとは手錠の話、なのですが」

「分かったわ」

彼の言葉に頷き、前に出る。

私が絶対に一緒に行くと言って譲らなかったのは、彼らに掛けられた手錠をどうにかする手段を持つのが私だけだったからだ。

中和魔法。

とても珍しいとされるその魔法を何故か私は保有している。

魔力を中和させる中和魔法は時折ピンポイントで役に立ってくれるのだけれど、今回もカインたちから『懸念』として『あの手錠をどうするか』が出た時に、ここは出番だと、迷わず手を挙げたというわけだった。

しかし、最初は『魔術が掛かっている』とだけ聞いていたが、実際の手錠はもっとエグかった。何せ、術者から離れることができないのだから。定められた距離以上に離れれば、殺されてしまうとかあり得ない。

これがある限り、彼らはイーオンの問題が解消されても逃げることはできなかっただろう。

獣人たちが万が一にも逃げ出さないように色々な方向からガチガチに縛り付けているサハージャのやり口が恐ろしい。

「こうなると、お前を連れてきて正解だったって話になるよな」

兄がぼやくように言う。それにカインが同意した。

「いや、本当そうだと思う。おそらく術者はサハージャの本営にいるだろうし、そもそも誰が術者なのかオレたちには分からないからな。探すのも一苦労だし、皆殺しってのも現実的じゃない。かといって手錠を外せなければ、助けたとは言い難いしなあ。設定されている距離がどれくらいか分からない以上、まず、この場所から連れ出せない。その時点で詰んでる」

「本当にお前の懸念通りだったって話だよな」

兄が私を見る。

兄が言っているのは、私を砦に置いていこうとしていた時に、説得した話のことだろう。

あの時、私はこう告げたのだ。

『私が気にしているのは、彼らが掛けられているっていう手錠のこと。だって、不思議だと思わない？　獣人男性は好戦的なことで知られている。そんな彼らが手枷《てかせ》を嵌められただけで大人《おとな》しく従う？　きっとその魔術の掛かった枷には他にも何か秘密がある。彼らが逃げられないような恐ろしい仕掛けが。そしてその仕掛けのせいで、彼らを野営地から連れ出せなかったら？　作戦は間違いなく失敗するよね』

だから、中和魔法を使える私を現地まで連れて行け。

私はそう主張したのだ。

その話を聞いた兄はすっごく嫌な顔をしつつも『その可能性は十分あり得る』と納得し、私を連れて行くことを了承したのだが、まさかの大正解だったというわけだ。

イーオンとレヴィットに頼み、獣人たちを私の前に並ばせる。

彼らの手錠に触れていき、中和魔法を使って、掛けられた魔術を中和していった。

魔術で施錠されていた手錠は、私が魔法を発動させると、ガチャンという音を立て、外れる。

地面に落ちたそれを見た皆がどよめいたが、私は気にせず「次」と言った。

「五百人いるんだから急がないと。兄さん、ここは私が引き受けるから、兄さんとレヴィット、あとアベルは、先に解放した人たちを西の砦まで連れて行って」

「こんなところにお前を置いていけるかよ。俺の話、覚えてるよな？」

「兄さんを見捨てて逃げろってやつ？　もちろん覚えてるよ。でも、それは何か起こった時の話だし、今は一分一秒でも早く全てを終わらせなければならないのは兄さんも分かってるよね？　そのためには分担した方が良い」

「ちっ……。正論だな。リディ、レヴィットとアベルを連れて行って本当に大丈夫なんだろうな？」

兄が鋭く尋ねてくる。それに答えた。

「大丈夫。イーオンとカインに残ってもらうから。そっちもとりあえずレヴィットが一緒にいれば、彼らも兄さんの言うことを聞いてくれるだろうし、護衛はそれこそ騎士のレヴィットとアベルがいるからなんとかなるでしょ。アベル、依頼料は弾むから、兄さんを宜しくね」

「任せとけ。地獄の沙汰も金次第ってね。きっちり守ってやるぜ！」

「お願い」

どうしてアベルが日本の諺《ことわざ》（この諺は確かヴィルヘルムにはなかったと思う）を知っているんだと思ったが、今は気にするところではない。こういうことは急いだ方が良いのだ。

手錠を外された獣人たちが、兄たちに従い、ぞろぞろと歩いて行く。その歩みが止まった。

彼らは私を振り返ると、泣きそうな顔で礼を言った。

「手錠を外してくれてありがとう、ヴィルヘルムの王太子妃。きっとこの恩は返します」

「無事、祖国に帰り着けたらきっと。私たちはあなたたちへの恩を忘れません」

「そんなのは良いから、早く行って。兄さん！」

「ああ、お前ら、行くぞ」

なかなか歩き始めようとしない彼らを兄が促す。彼らが再び歩き出したのを確認し、私も中和魔法を使うのを再開させた。外しては次、外しては次と、間を置かず魔法を使っていく。

――キツイ。

連続して魔法を使い続けていると、頭がクラクラしてきた。急激に魔力を消費しているからだろう。

それでも必死に踏ん張る。カインが心配そうな顔で聞いてきた。

「姫さん、大丈夫か？」

「……もちろん」

五百人分の手錠を外さなければならないのだ。楽勝とは言えなかったが、やると決めたのは私。

絶対に全員の手錠を外すのだと決意していたし、やり遂げてみせる。

私の前に並ぶ獣人たちを見る。彼らは同胞の手錠が外れた様子を見て、期待に目を輝かせていた。

こんな顔を見てしまったあとで、もう店じまいだなんて言えるはずがない。私はひたすら根性で、中和魔法を発動させ続けた。

◇◇◇

「――はい、終わり」

大きく息を吐きつつも告げる。

時間は掛かったが、ついに最後のひとりの手錠を外し終わった。お陰で魔力はすっからかんだけど、やり遂げたという気持ちでいっぱいだった。

――魔力が空になるってこんな感じなんだ。

体力とはまた別の力が空っぽになる感覚。別に動くことに支障はないけれど、とてもではないが、平気だとは言えなかった。それと同時に、フリードのことを思い出す。

――フリード。

今は遠い北の大地にいる夫に思いを馳せる。

こんな感覚を抱えたまま、彼はタリムとの戦いに行ったのだ。

万全とは口が裂けても言えないような状態で、軍勢の先頭に立ち、戦っているのだ。

――ああ駄目、今は考えない。

ぐらりと揺れそうになる己の心を叱咤《しった》する。フリードのことは心配だが、今考えることではない。

それこそ彼のために、今私ができることを全力でやるだけだと気持ちを入れ直した。

「イーオン。悪いけど他に残っている人がいないか確認して」

「はい」

たとえひとりだって、取りこぼしは許されない。人より五感の優れたイーオンに確認を頼むと、彼はすぐに走っていった。

「大丈夫です。誰もいません」

兄と一緒に行かず、まだこの場に残っていた獣人たちを集めている間に、野営地を一周してきたイーオンが戻ってきた。彼の言葉に頷き、告げる。

「撤退するわよ。カイン、案内をお願い」

「ああ、オレが砦まで先導する。姫さん、帰り着くまで絶対にオレから離れるなよ」

「うん」

何かあった時、その方が守りやすいからだろう。

迷惑を掛ける気はないので、素直にカインの指示に従う。皆と一緒にその場を後にした。

想定よりも時間が掛かってしまったが、カインがサハージャ本営に香を仕掛けておいてくれたお陰か、サハージャ側からの邪魔は一切入らなかった。

戦いには慣れていないので、目の前で諍《いさか》いが起きなかったことにホッとする。

「良かった」

そのまま問題なくサハージャ陣営を遠く離れ、ヴィルヘルムの西の砦に戻ってきた。

西の砦は夜中だというのに煌々《こうこう》と明かりが灯っており、遠目から見てもざわついているのが分かる。

兄が大勢の獣人を連れてきたことで、ばたついているのだろう。

あらかじめシュレイン団長には作戦の内容を話しておいたから問題はないと思うが、成功するかそもそも分からない話なのだ。一般兵には知らせていなかった可能性は十分にあるし、それなら彼らが驚くのも無理はない。

「リディ！」

西の砦に近づくと、入り口に兄たちの姿が見えた。私たちの帰りを待っていてくれたのだろう。砦の跳ね橋は降りており、兄は私たちに向かって大きく手を振っている。私も応えるように振り返した。

跳ね橋を渡り、砦の中に入る。そこには団長であるリヒトもいて、驚愕《きょうがく》の顔をして立っていた。

信じられないと、彼の顔にはそう書いてある。

兄がポンと私の肩を労《ねぎら》うように叩く。

「お疲れ。お前たちで最後だ。保護した獣人たちは全員、無事。明日の午前中、親父に連絡を取って、転移門で向こうに送る予定だ」

「そう、良かった」

「そっちは？　残った獣人はいなかったか？」

「大丈夫だよ。イーオンに確認してもらったから。全員連れてきたと思う」

「そうか、なら大丈夫だな」

「うん。予定通り獣人たちは奪取することができたし、作戦成功だよね」

「ああ。大成功だ」

「やった！」

いえい、と兄とハイタッチを交わす。私たちを驚きの顔で見ていたリヒトに声を掛けた。

「シュレイン団長」

「は、はいっ！」

ハッとしたように姿勢を正し、リヒトが私を見る。私は彼の目を見つめ、告げた。

「私たちのするべきことは終わったわ。次はあなたたちの番よ。どうかフリードがこちらに来るまで頑張って」

「……はい」

ぱちり、と目を瞬かせ、リヒトが頷く。そうして「申し訳ありません」と言った。

「どうして謝るの？」

「その……実のところ、本当に獣人を全員連れてくるなんて、できるとは思っておりませんでしたので……。アレクセイ様が彼らと一緒に砦に戻ってきたのを見た時は、正直我が目を疑いました」

恥ずかしそうに告げるリヒトを見る。彼は私たちを信じきれていなかった己を恥じているようだった。でも、それは当然だと思う。普通なら成功するとは思えないからだ。

私たちがすんなりと作戦を遂行できたのはアベルやカイン、イーオンやレヴィット、更には兄がいたから。ついでに言うなら、魔力を中和できる私もいて、それぞれが己の役割をきちんと果たすことができたからだ。

そしてそのそれぞれの役割は、他の人物では代わりがきかないものばかりで。誰かひとり欠けていても、作戦は成功しなかっただろう。そんな風に思う。

「運が良かったのよ。気にしないで」

「しかし……」

「本当に気にしなくていいわよ。それに、信じていなくても兄さんたちが戻って来た時、ちゃんとあなたは受け入れてくれたのでしょう？　して欲しい役割をあなたはきちんとこなしてくれた。それで十分よ」

「ああ。驚いてはいたが、すぐに門を開けて、獣人たちを受け入れてくれたぜ」

リヒトの代わりに、兄が私の言葉に返事をする。それに頷いた。

「ほら。何も問題ないわ」

「……ご正妃様」

「明日には彼らと一緒に私たちも帰るけど、大丈夫よね？」

リヒトの目を見つめ、確認する。彼は力強く頷いた。

「もちろんです。私たちが戦えなかったのは、無抵抗の獣人たちが前線にいたから。その問題をご正妃様たちに排除していただけたのに、戦えないなどと言うはずがありません。必ずや、殿下がこちらに来られるまで、戦線を維持してみせます」

「その言葉が聞きたかったの。期待しているわ」

「はい。皆様、本当にありがとうございました」

私たちに向かい、深々と頭を下げるリヒトを見る。

顔を上げた彼は力の籠《こ》もった目をしていた。なんとしてもフリードが来るまで持ちこたえてみせるという表情に、安堵する。

――うん、良かった。これで大丈夫かな。

最初ここに来た時には、フリードがいないことで皆の士気がかなり低くなり、正直これでやっていけるのかと不安だった。私が来て、少し持ち直したようには見えたけれど、一時的なものだと分かっていたし、フリードがここに来るまで彼らの気持ちが砕けてしまわないか怖かった。

でも、今のリヒトを見れば、きっと大丈夫なのだろうと思える。

彼らと別れ、それぞれ割り当てられた自室に戻る。

明日には獣人たちと共にヴィルヘルムに戻ることになる。もうすぐ夜明けだが、少しでも眠っておかなければならないだろう。

「なあ」

自室に戻る途中、兄が話し掛けてきた。顔を向けると、兄と目が合う。

「何？」

「いや、お前、知らないうちに、ずいぶん王太子妃らしくなってきたよなって思って。ちゃんとフリードの妃やってんだな」

「当たり前でしょ」

感心したように言う兄に、眉を寄せて答える。

「私、フリードに恥を掻かせるような真似、したくないもん。そりゃあ、私はまだまだ新米妃だけれど、でも、私にできることはなんでもやろうと思ってるよ。それがフリードのためになるなら、やらないって選択肢はないもの」

「ふうん」

「何よ」

面白そうな顔で兄が私を見る。ムッとしながら見返すと兄は言った。

「いいや。意外とお前、良い妃になるんじゃねえかって思っただけ。でも頼むから、これ以上やらかしの規模を大きくするのだけはやめてくれよ。俺と親父の胃がもたないからな」

「やらかしなんてしてませーん」

いつだって私は真面目に頑張っているのだ。だが兄は信じられないという顔で言ってくる。

「自覚のない奴って怖いよな」

「……兄さん」

ムカついた。にっこりと笑い、兄を見る。私の表情に何かを察したのか、兄が狼狽《ろうばい》したように一歩下がる。

「えっ、ちょ、待て、リディ！　いってえええええ!!」

「天誅《てんちゅう》!!　兄さんの馬鹿！」

腹が立ったし、とりあえず大事な用事は一通り終わったあとなので、私は兄の足を思いきり踏んでおくことにした。

6・白百合の王妃と支え合う心（王妃エリザベート視点・書き下ろし）

「えっ、リディがサリアーダ砦《とりで》に？」

夫から告げられた言葉を聞き、息を呑《の》んだ。

昨日、私の義娘《むすめ》であるリディは、アルカナム島との話し合いに行くという大任を立派に果たし、帰ってきたばかりだ。

息子と結婚してまだ一年も経《た》っていないというのに、義娘は妃《きさき》として立派に活動している。

特に外交において手腕を発揮する義娘は、イルヴァーンでも代えのきかない働きをしたと聞いている。それは今回のアルカナム島の話においてもそうだ。

彼女の兄であるアレクセイと共に話し合いの場へと向かった義娘は、考えうる限り最上の結果を持ち帰ってきた。

これほどの活躍ぶり。きっと疲れているだろうし、息子が出陣して気落ちしているであろうと思った私は、義娘をお茶にでも誘おうと考えたのだが、廊下を歩いている私を呼び止めた夫に言われたのだ。

リディはサリアーダ砦に行っていて、ここにはいない、と。

「サリアーダ砦……」

通称西の砦とも言われる、ヴィルヘルムの要のひとつ。

セグンダ騎士団が守りを固めており、今はサハージャ軍と戦争をしている。

息子が総指揮として立つ軍のひとつで、守りの戦が得意。今回も、息子がタリムから戻ってくるまで耐え忍ぶ戦いをしていると聞いていたのだけれど。

その、現在戦争をしている場所に義娘が行った？

あり得ない話に心臓が凍るかと思った。信じられない気持ちで、教えてくれたヨハネス様を見る。

彼は静かに首を左右に振った。

「残念ながら本当のことだ。今朝方、姫の兄と共に転移門より出立した」

「……どう、して」

掠《かす》れた声が出る。

何故リディが、現在戦いが行われている場所へ行かねばならないのか。理由が知りたくて縋《すが》るようにヨハネス様に聞いた。

「何故、リディが」

「――アルカナム島から告げられた戦線離脱の条件を満たすためだ。姫は、サハージャ軍に肉の盾として使われている獣人奴隷を奪取しに行った。名目上は陣中見舞いということにしているがな。本来の目的はそちらだ」

ヨハネス様から聞かされたリディの目的に眩暈《めまい》がするかと思った。

陣中見舞いと称して出向き、獣人奴隷を奪取する？

未知の言葉を聞いた心地だ。

「……奪取って……え……リディは戦場へ行くのですか？」

「それはさすがにないと思ってはいるのだがな。フリードも許さぬだろうし。だが、場合によっては在り得るかもしれぬ。獣人奴隷を解放するためには姫の力が必要なのだと宰相からは報告を受けているし、それには私も同意見だからな」

「……同意見、って」

義娘の父親である宰相やヨハネス様までもが了承している話だと聞き、気分が悪くなってきた。

思わず、ヨハネス様に取りすがる。

「あの子は……まだ十八歳なのですよ……。戦いの心得など持っていない女の身で戦場になんて……」

「一応言っておくが、私たちが喜んで賛成したとは思ってくれるな、エリザベート。私たちは反対したのだ。フリードも嫌がるだろうし、そもそも陣中見舞いはまだ良いとしても、奴隷の奪取など、本来妃の仕事ではないと」

「そう、そうですよね……」

それは兵士たちのやるべきことで、リディのような身分ある女性がするべきことではない。

「だが、他《ほか》ならぬ姫が連れて行けと言ったのだ。自分にしかできないからと。全員が反対する中、それを押し退《の》けて、な」

「……」

「まだ十八歳だというのに、姫は肝が据わっている。イルヴァーンやアルカナム島の面々とも堂々と渡り合っていたようだし、先が楽しみだ」

「楽しみだ、なんて」

そんなこと言わないで欲しい。

ふるふると身体《からだ》を震わせていると、ヨハネス様が私の肩にそっと手を置いた。

「ヨハネス様……？」

「大丈夫だ、エリザベート。姫には頼りになる護衛もついておる。きっと役割を果たし、笑顔で帰ってくるはずだ」

「……ですが」

「私たちにできることは、帰ってきた姫を労《ねぎら》ってやることだとは思わないか？　もう行ってしまったのだ。今更何を言ったところで変わらない」

「……」

それはその通りだ。

リディはすでにサリアーダ砦に行ってしまっている。

「……」

それでも苦しい。

まだ新婚の義娘が、どうしてこんな大変なことに巻き込まれなければならないのか。

私が嫁いで二十年以上が経つが、一度だってこんなことはなかったのに。

私は自室に引き籠《こ》もっていただけだ。

引き籠もり、時々妃の義務として夜会や会議に出席していただけ。その数少ない義務だって、夫と関係が拗《こじ》れてからは殆《ほとん》ど参加していない。

何もせず、ただぬくぬくと王城内にいるだけだった私。

今、積極的に前に出る義娘を見て、思うところがないとは言えない。

危険だ、やめて欲しいと願うと同時に、私には決してできないことをしているリディを眩《まぶ》しく思う自分がいることにも気づいていた。

「リディは……強いですね」

小さく告げると、ヨハネス様は「そうだな」と同意した。

「確かに姫は強い。普通の妃とは全く違うな。まあ、フリードはそれが嬉《うれ》しいようだが」

「私もあの子があの子だから好きなのです。私は、リディに救われましたから」

リディが手を差し伸べてくれたから、私は今、こうしてヨハネス様と普通に会話することができている。息子にだって避けられることはなくなったし、親子らしい会話だってできるようになった。

それは、ただ城の奥に引き籠もっているだけの令嬢には決してできないことだ。

リディがリディだったからこそ、私は救われた。そして私と同じように今、彼女の救いの手を待っている者がいる。

だから義娘は行ったのだ。自分なら助けられる。そう確信していたから。

——なんて、眩しい。

前を見据え、進んでいく義娘は、きっとこれからも色んな人たちを助けていくのだろう。

息子の隣に立って。

それは私とは全く違う在《あ》り方だ。

子を産み、そのあとは奥に引き籠もっているだけの妃である私とは正反対の在り方。

改めて理解し、自分が恥ずかしくなってくる。

私は王妃として長年ありながら、何もしてこなかった。積極的に外国と交流しようとも思わなかったし、深く他人に立ち入ろうとも思えなかった。ただ、自分の殻に閉じこもっていただけ。

リディのようにヴィルヘルムのためになることなど何一つしてこなかった。

今更ながら、そんな自分が酷《ひど》く恥ずかしく思えた。

「すごいですね、リディは。あの子に比べ、私はなんて不甲斐《ふがい》ない。二十年以上も王妃としてありながら、何もしてこなかったのですから。今だって、私には何もできない……」

己の両手を見る。

白く細い手。女官たちが丁寧に手入れをしてくれているから、綺麗《きれい》に整えられている。だがこの手で掴《つか》むことができたものはあったのか。今になってそんなことを思ってしまう。

同じ妃という立場でも違う生き方ができると義娘が教えてくれたから、知ってしまったからこそ嘆いてしまう。

「エリザベート」

じっと自らの手を見つめていると、ヨハネス様が名前を呼んだ。顔を上げる。

「はい」

「違う、そなたのせいではない。私が愚かだったからだ」

「……えっ」

まさかそんな答えが返ってくるとは思わなかった。

「私が愚かだったから、そなたに機会を与えることすらできなかった。そなたが気に病む必要はないのだ」

「で、ですが――」

何とか反論しようとするも、ヨハネス様は更に言った。

「それに、そもそも私はそなたにそんな役割を求めてはいなかった。私は、ただそなたが側《そば》にいてくれればそれだけで良かったのだ。そなたがいてくれればどんなことでもできる。そう思っていたし、今でもそう思っている」

「……ヨハネス様」

小さく目を見開く。

「城の奥にはそなたがいる。そなたがいてくれる。それは私を何倍にも強くさせたぞ。だから、頼むから何もできなかったなどと言ってくれるな。私にとっては十分過ぎるほど力になっていたのだから」

「っ」

優しく微笑《ほほえ》まれ、言葉に詰まった。

初めて知ったヨハネス様の心に、戸惑いを隠せない。

そんな風に思っていてくれたのか。城の奥でただ腐っていただけの私を、そんな風に――。

「……」

何故《なぜ》か涙が出そうになり、必死に耐えた。

今、泣いては駄目だ。泣くのは何かが違うと思う。

「……そんな風に思って下さっていたのですね。全く存じませんでした」

「言わなかったからな。だが、フリードや姫から、言わなくては伝わらないと学んだ。ならば、こういうことも言っておいた方が良いかと思ったのだ」

「そう、ですか」

「私はそなたを愛している。ひと目見た時から今もずっと。それはそなたが役に立つ妃だからではない。そなたがそなただから愛したのだ。だから、悩まないでくれ。そして、何もできなかったと悩むのなら、何もさせなかった私をどうか恨んで欲しい」

真摯《しんし》に告げられた言葉には心が籠もっていた。本心から言っているのが伝わってくる。

私はずっとヨハネス様が分からなかった。

何も言わないこの人が理解できず、だけど一度も本気で向き合おうとはしなかった。

そうして拗れに拗れて、つい最近までは修復はもう不可能だろうと本気で思っていた。

だけど人は変わるのだ。

私も、ヨハネス様もリディと会って確かに変わった。少しずつだけれど、お互い思うところを正直に告げられるようになってきている。

亀の歩みだけれど、確実に距離が縮まっているのを感じている。

彼が、本気で私を想っていることが——ああ、今なら理解できるのだ。

そしてそれを私が嬉しいと思っていることも。

「ヨハネス様」

「うん？」

名前を呼ぶと、優しく目を細めた彼から返事が返ってくる。

そろそろ私も認めなければならないのかもしれない。彼が私に心を尽くしてくれることを喜んでいることを。私もまた、同じように前に進みたいと願い始めていることを。

手は繋《つな》いだ。額にキスだってした。

では、その次は？

じっとヨハネス様を見つめる。その唇に自然と目がいった。

「どうした？　エリザベート」

「な、なんでもありません」

不思議そうな顔をするヨハネス様に、心の奥を覗《のぞ》き見られた気がして慌てて誤魔化す。

まだ、無理だ。

でも、ヨハネス様から来てくれたら、その時は——。

——な、何を考えているのかしら、私。

キスして欲しいなんて、今まで一度も考えたことがなかったのに。まだ無理だって、ずっと思っていたはずで、今でもそう思っているのは間違いないのに。

して欲しい、だなんて。

不埒《ふらち》な考えを振り払う。そうして平静を装い、彼に言った。

「それでは私は、リディが無事に戻るよう、部屋で祈っていることにしましょう。私にもあの子のために何かできることがあればいいのですけど、残念ながら思いつきませんから」

「ふむ、エリザベートは何かしたいのだな。それならひとつ名案がある」

「まあ、私にもできることがありますか？」

リディのためになるのなら、私も何かしたい。

遠いサリアーダ砦まで行き頑張っているだろう義娘にしてやれることがあるのなら。そう思いヨハネス様を見た。

髭《ひげ》に手を当て、ヨハネス様が頷《うなず》く。

「うむ。エリザベートにしかできないことだ」

「なんでしょう」

期待を込めてヨハネス様を見る。彼はニコニコと微笑み、私に言った。

「簡単だ。常に私の側にいて、私のやる気を上げてくれるという仕事をだな——」

「は？」

ジロリと睨《にら》む。私は真面目に聞いたのに、そうやってすぐ茶化すところが嫌なのだ。

私が睨み付けると、ヨハネス様は焦ったように言った。

「べ、別に嘘《うそ》を吐《つ》いたわけでも、冗談で言ったわけでもないぞ。先ほども言った通りだな、そなたがいてくれれば百人力だという、そういう話を——」

「私はリディのために何かしたいと言ったのですが？」

「ひ、姫のためにもなるとも。何せ私は国王だからな。姫のサポートになる仕事を頑張れば……ほら」

苦しい言い訳だ。私はため息を吐き、ヨハネス様に言った。

「どうやら私が思っていた仕事とは違うようです、陛下。お仕事の邪魔でしょうから、私は部屋に戻りますね。陛下もどうかサボらずお仕事をなさって下さいませ」

くるりとヨハネス様から背を向ける。

嘘ではないのだろうけど、今、そういうのは求めていない。

——ヨハネス様ってば、空気を読むのが壊滅的に下手《へた》なんだから。

もっと違うタイミングで言ってくれれば、私だって歩み寄れたかもしれないのに。

空気の読めない夫に心の中で駄目出しをする。

ヨハネス様にはこういうところが多くあるのだ。

タイミングを外すというか、ここで来て欲しいという時に来てくれないというか……逆に今みたいにここは違うだろうというところで来るというか。とにかく間が悪い。

——息子は上手《うま》くやっているのに。

リディに対する息子の対応を思い出す。息子フリードリヒは、リディに対しては抜群に空気を読むのが上手いのだ。そのせいか、ふたりはいつも仲が良くて正直羨《うらや》ましい。

　本当に少しで良いから、フリードリヒを見習ってはくれないだろうか。

「エ、エリザベート」

「知りません。陛下もどうぞお戻りを」

「うぐ。エリザベート、頼む。な、名前で呼んでくれ……。距離ができた心地になるのだ」

「距離ができた？　何をおっしゃっているのか理解できません。だって今までと同じではありませんか」

　正直な気持ちを告げ、歩き出す。後ろから情けない声が聞こえて来た。

「うわあああ」

「それでは失礼いたしますわ」

「待ってくれ、待ってくれ、エリザベート！　頼む!!」

　夫が追い縋ってきたが、義娘や息子が戦地で頑張っているというのに仕事をしない男は要らないので、一度も振り向くことはしなかった。

　だけど、少しだけ夫が可愛《かわい》いと思ってしまったことも事実で、確実に自分の心が前に進んでいるのだと実感していた。

7・銀灰の国王と更なる執着（マクシミリアン視点・書き下ろし）

「しかし、イルヴァーンがヴィルヘルムの味方についたのは痛かった。せっかくなら四方向から攻撃と行きたかったのだが、そう上手《うま》くはいかないか」

早朝。食堂にて朝食をとりながら呟《つぶや》く。

給仕をする使用人たちは何も言わず、黙って控えていた。余計なことを言えば私の不興を買うと理解している様子は好ましく、少し機嫌が上昇する。

ギルティアの合図で、ヴィルヘルムに三方向からの攻撃を仕掛けた日から数日が経過していた。

今のところ、首尾は上々といったところだろうか。

タリムを抑えに行ったフリードリヒは苦戦を強《し》いられていると聞いているし、悪くない出だしである。

ただ、先ほども考えていたことだがイルヴァーンを味方につけられなかったのは痛かった。

南方から、かの国を攻めさせる、もしくは流通を止めさせるなど、いくらでも使いようがあっただけに惜しまれる。

こちらにつくよう色々条件を積んだのだが、最後の最後で断られた。ヴィルヘルムと手を組む発表があり、舌打ちをした記憶は新しい。

一応、二国間会議の場でもヘンドリック王子に協力を打診してみたが、けんもほろろな態度だった。

「僕は友人を裏切ったりしないんだ。彼らは恩人でもあるしね。オフィリアだって許しはしないだろう。僕らが存命の内はイルヴァーンがサハージャにつくとは思わない方がいいと思うよ」

そう告げた王子の目は本気だった。

これは使えないと思い退《ひ》いたが、使えないどころか、今回の戦いではヴィルヘルムの味方として出てきている。

海と陸の両方に軍を出し、こちらを睨《にら》んでいるのだ。

イルヴァーンの北西部にはサハージャとの国境線がある。もし味方になれば回り込ませてもらい、南から攻撃……というのも考えていたが、見事にそちらに兵を配置された。

通り道として使うことも許さないという意思表示だろう。

全くもって厄介な国だ。そして、その厄介な国を味方につけたヴィルヘルムが腹立たしい。

とはいえ、南を捨ててしまえば良いだけの話だし、向こうから攻撃してくるわけでもないから、そこまで気にする必要もない。

今は、南以外をきちんと見るのが肝要。

東のアルカナム島と北のタリム。そして西から攻めている我が軍。

他《ほか》の二ヶ国がヴィルヘルムを削り、疲弊したところを我が軍が機を逃さず攻める。

タリムが味方につくとは思わなかったが、そこはギルティアを褒めるところだろう。あれの進言通りつつけば、面白いくらい簡単に承諾を取りつけることができた。

人それぞれ大事なものは違うと言うが、まさかあの男があんなものに固執しているとは知らなかった。あとのことなどどうでもいい。利用できるだけ利用させてもらおうと思う。

どうせタリムにくれてやる取り分などないのだから。

「申し上げます！　ヴィルヘルムと交戦中の部隊から連絡が入りました！　肉の盾として使っていた獣人たちが全員、昨夜の内に野営地から消えたとのこと！　現在、全力で捜索中です!!」

考え事をしながら朝食を食べ進めていると、突然連絡が入った。

食事の手を一旦《いったん》止め、伝令の兵を見る。頭を下げる男に私は静かに告げた。

「消えたとはどういうことだ」

「わ、分かりません。野営地はもぬけの殻で……おそらくは逃げたのかと」

「逃げた？」

片眉《かたまゆ》を上げる。あり得ないことを聞かされた心地だった。淡々と兵に言う。

「奴隷共は族長の息子の命と、魔術を付与した手枷《てかせ》で脅しておいたはずだろう。死ぬと分かっているのに逃げるはずがない」

特に手枷は、ギルティアが用意した特別製だ。魔術を付与したのもギルティアで、昼は軍から見えなくなるところまで離れれば、そして夜は野営地から出ればその瞬間死ぬようになっている。

そういう風にしたとギルティア自身が楽しげに言っていた。

奴隷共や部下たちには『術者から一定距離以上離れれば死ぬ』と言っているが、実際はこれが正解。真実を馬鹿正直に話す必要はない。情報は嘘を混ぜておくくらいで丁度良いのだ。現場にいない術者を探す馬鹿がいれば、それはそれで面白い。

そう思い、それなりに楽しんで状況を注視してきたのだけれど。

伝令兵が震えながら私に言う。

「そ、そう言われましても……獣人奴隷たちが消えた野営地には、外された手枷が落ちておりまして……おそらく、何らかの手段で外し、逃げたのだと……そうとしか考えようがなく……」

「手枷を外した？」

「はい」

「……」

ふむ、と腕を組み、考える。

前線で使っていた獣人奴隷は、ヴィルヘルムの騎士用に配置した者たちだ。

ヴィルヘルムの騎士たちは騎士道を重要視しており、だからこそたとえ獣人といえども抵抗できない者を嬲《なぶ》ることなどできはしないだろうと考えた。実際その考えは当たり、ヴィルヘルムの騎士たちは肉の盾相手に何もできずジワジワと後退していて、悪くない結果を出していたのだが——。

「申し上げます！」

考えている途中で、今度は別の伝令が入ってきた。そうして告げる。

「獣人たちは何故かヴィルヘルムにて保護されているようです。斥候が、西の砦《とりで》に獣人たちがいるのを目撃したそうで」

「ほう？　ヴィルヘルムに、か」

「は、はい。あと、どうやらヴィルヘルムの王太子妃が陣中見舞いに砦を訪れているようだとか。そのせいもあり、ヴィルヘルムの騎士たちの士気はかなり上がっている様子だと……」

「姫が？　ああ……なるほどな」

姫がヴィルヘルムの西の砦に来ていると聞き、腑《ふ》に落ちた。念のため確認する。

「獣人奴隷たちを見張っていた者たちはどうした？　死んだのか？」

「いえ、今朝方、木に括《くく》り付けられていたのを発見しています」

「なんだ。殺していないのか。意外だな」

なんというか、拍子抜けだ。

見つかり、騒ぎでもされたら困るのだ。万が一のこともないように殺してしまうのが確実なのに。

正直、甘いとしか言いようがないが――。

「その者たちから何か証言は取れたのか」

「いえ、証言というほどのものは何も。皆、気づいた時には朝で、木に縛り付けられていたと。何故自分がそういう状態になったのかも分かっていないようでした」

「ほう？　では、本陣にいた者たちはどうなのだ。本陣と奴隷の野営地は離れてはいるが、それでもそれだけ大きな動きがあれば気づくのが普通だろう。それなのに本陣の人間は朝まで気づかなかったのか？　誰ひとり？」

「も、申し訳ありません。それが不思議なことに、寝ずの番をしていた者も全員が眠りこけておりまして……目が覚めたのも日が昇ってずいぶん経《た》ってからで……」

言い訳するように目を伏せる伝令の兵士。

叱咤《しった》されると思ったのだろう。心なしか身体《からだ》が震えていた。

だが別に怒ってなどいない。ただ、確認することが増えただけだ。

私は軽く頷き、兵士に言った。

「なるほど。敵がすぐ側《そば》まで来ていたことにも気づかなかったか。奪われたのが奴隷だけで良かったな。私ならついでに本陣の兵たちも殺すところだぞ。――シェアト」

「なあに」

シェアトの名を呼ぶ。すぐに応じる声があり、彼が姿を見せた。

「どうしたの、王様。何か用？」

「いや、確認したいことがあるだけだ。シェアト、ヴィルヘルムへの戦に『黒』のメンバーを同行させていたな？」

「うん。君がそうしろって言ったからね。十人ほど出てもらったよ」

「その者たちからの連絡は？」

ヴィルヘルムとの戦。

夜襲の可能性も考え、シェアトに『黒』の暗殺者たちを出すように命じていたのだ。

奴隷たちのところには配置していないだろうが、本陣に彼らはいたはず。そしていたなら奴隷たちが動く気配にも気づいただろうし、ましてや本陣への侵入など決して許さなかったはずなのだが。

私の質問にシェアトが困ったような顔をして言う。

「それがさ、実は昨夜から連絡が途絶えているんだよね。しかも全員。……多分、死んじゃったんじゃないかな。それ以外、連絡してこない理由なんて考えられないし」

「死んだ？　『黒』の暗殺者たちはそんなにレベルが低いのか？」

「そういうわけじゃないけど、連絡がないんだからそうとしか考えられないでしょ。でも、普通に考えればおかしいよね。うちの『黒』十人を相手取れるような人間なんてそうそういないし。僕が知っているところで言えば、ヴィルヘルムの王子様か、あとは……カイン、かな。うん、彼なら余裕で片付けられると思うよ」

「――なるほど。やはり赤の死神か」

シエアトの言葉を聞き、自らの推論が実証されたと納得した。

おそらくだが、此度《こたび》の話、全ては姫が成したことだろう。

姫には赤の死神がついている。彼の力があれば、本陣にいる者たちを全員眠らせることも、見張りを倒すことも余裕だし、『黒』の暗殺者がいたところで物の数にもならない。

アレは特別すぎる存在だ。アレには勝てない。死神の名を冠する彼に唯一、対抗できるとすればそれは、今ここにいるシエアトだけだと知っている。

そうだ。きっと姫は赤の死神を使って、獣人たちを逃がす時間を作ったのだ。

あとは獣人たちの枷の問題があるが、そもそも姫には中和魔法という特別すぎる力が備わっている。

魔力を中和させることができる魔法。

それを使えば、奴隷たちの枷など簡単に外せるだろう。魔女の用意したものでも関係ない。姫は魔力であれば、全てを中和させてしまうのだから。

西の砦に姫がいるというのなら間違いない。

――此度の仕業は全て姫がしたことだ。

「くくっ……」

自然と笑い声が零《こぼ》れた。

やってくれる。

まさか姫に直接こちらの計画の邪魔をされるとは思わなかったが、その意外性が堪《たま》らない。

ゾクゾクする。こういうところが、姫が他の女共とは違うところなのだ。

ただ守られているだけの存在ではない。あの姫は、きちんとフリードリヒの妃《きさき》としてその隣に立っている。

騎士たちの士気を上げ、邪魔になる奴隷の問題すら片付けた。

肉の盾がいなくなれば、ヴィルヘルムとは戦いにくくなるだろう。あの男がこちらに来るまで、持ち堪《こた》えてくる可能性は十分ある。

「それまでに西の砦くらいは落としてしまいたかったのだがな」

肉の盾がいればそれも可能かと思っていたが、考え直さなければならないだろう。

私の考えをあっさりとひっくり返してくる姫。

少し前、国際会議で見た彼女の姿を思い出す。

フリードリヒの妃となった姫は、見違えるほどに美しくなっていた。日々、あの男に愛されているのだろう。蕾《つぼみ》だった花が満開になったかのようだった。

その変化を側で見ることができなかった悔しさはあるが、より王の妻として相応《ふさわ》しく成長したことには喜びを禁じ得なかった。

そして今も。

私の考えを見事ひっくり返した姫には満足感しかない。

「さすが、私の姫だ。ますます欲しい」

フリードリヒの妃にしておくのが惜しい。

一刻も早く私の妃として迎え入れなければ。今回の大規模作戦もそのためのものなのだから、失敗は許されない。

獣人奴隷については放置するしかないだろう。どうせ使い道がなくなれば殺す予定だった者たちだ。惜しいとも思わない。

「ねえ、もういい？」

考えていると、シェアトが話し掛けてきた。鷹揚《おうよう》に頷く。

「構わん。ああ、お前には近々出てもらうからそのつもりでいろ」

「お姫様でしょ？　分かってるって」

じゃあね、と言い、シェアトが姿を消す。それとほぼ同時に文官が食堂に駆け込んで来た。

「陛下！」

文官の顔色は蒼白だ。何か良くないことが起こったのは彼の態度からも明白だった。

「なんだ」

「畏れながら申し上げます！　たった今、アルカナム島より連絡が入りました。『例の話が虚偽だと判明した今、我々がヴィルヘルムに対し、戦いを仕掛ける理由はない』とのこと。この通信後、アルカナム島は部隊を完全に撤退させました！」

「何？」

予想しなかった離脱に眉を顰《ひそ》めた。

アルカナム島には、獣人奴隷と族長の息子の命を盾に取り、戦争へ参加させていたのだが、どうやらこちらが吐《つ》いていた嘘《うそ》がバレてしまったようだ。

五百人の奴隷たちもだが、特に彼らを動かすことに強い効力を発揮したのが、族長の息子の存在だった。族長の息子は、こちらにはいない。だが、絶対に見つからないというギルティアの言葉を受け、それならと利用することにしたのだ。

その命が惜しければ、サハージャのために働け――と。

実際彼らはこちらを射殺《いころ》しそうな目で見つつも頷いたのだが――そうか、嘘がバレてしまったのか。

「まあ、こちらも姫だろうな」

獣人奴隷を全て姫に奪取されたタイミングでのアルカナム島からの通信。

姫の行動と無関係だとは思えなかった。きっと姫がこちらの吐いた嘘を何らかの方法で見破ったのだろう。

なるほど。奴隷たちがこぞって姫に従い、逃げ出すわけだ。

族長の息子の話が嘘だと分かり、枷まで外してもらえれば、逃げない理由はどこにもない。

アルカナム島も同じだ。彼らにとってネックとなっている獣人奴隷が解放され、更には族長の息子の問題についても解決されればこちらの言うことを聞く道理はなくなる。撤退も当然のことだ。どうして姫が族長の息子についての問題を解決できたのかまでは分からないが、常に予想の斜め上を行く彼女に笑いが込み上げる。

——ああ、だから私は姫のことが好きなのだ。全く、彼女は私を退屈させない。こんな女、他にはいない。

「くくっ、くくくくっ」

「陛下?」

怒ると思った私が笑い出したのが怖かったのだろう。報告を伝えにきた者たちは恐怖で顔を引き攣《つ》らせていた。

確かに普段なら使えない者は必要ないと処断してしまうところだが、あの姫にやられたのなら仕方ない。これだけ愉快な気持ちにさせてくれたのだから、彼らを処刑するのはやめておくかと思った。

「——一度、立て直しを計らなければならないな」

呟き、立ち上がる。そうして命令を下した。

「サハージャ軍は、一度自陣まで完全に撤退させろ。増援を送る。それまで待機だ」

「はっ!」

「アルカナム島の方は放置すれば良い。使えればしめたものと思っていたものが使えなくなっただけのことだ。元々そう期待してはいない」

「放置、で構わないのですか？　報復などは」

「要らぬ。――二度は言わせるな」

「はっ……！」

せっかく良い気分なのに台無しにさせないで欲しい。そう思いつつ眉を寄せると、彼らは慌ててその場に平伏した。

「その、増援の大将にはどなたを指名されるおつもりでしょうか」

「ああ、私が出る」

そういえば言っていなかったなと思い、告げると彼らは戦《おのの》いた様子で私を見た。

「陛下、御自《おんみずか》らご出陣ですか!?」

「そうだ。どうせフリードリヒは近々タリムを片付け、こちらにやってくるだろう。あれは今、力を失っているとギルティアから聞いているが、それでもタリム風情に止められるような男ではない。あの男は、私自らが相手をする」

姫を妃としているフリードリヒを思い出す。

私の姫を預けておいた相手。姫を取り返すのであれば、まずは彼を倒さなければならない。

だが、彼を倒すのは容易ではない。何せ、人が持つとは思えない力を有する男だ。

相手をするのならこちらも全力以上の力が要る。ギルティアによれば、しばらくあの厄介な魔法剣は使えないという話だから、今こそ彼を仕留める絶好の機会だと言えた。

今を逃せば、きっとフリードリヒを殺せない。必殺技が封じられている今だからこそ、その前に立てるのだ。

ギルティアに話を聞いてから、このタイミングをずっと待っていた。

惜しまず、持てる力全てを投入する。

そうしてあの男を殺すのだ。私、自らの手で。

そして姫を迎えに行く。絶望にまみれた姫はきっと私を恨むだろうが、構わない。

あの強い目で睨まれるのは悪くないと思うからだ。

「部屋に戻る」

朝食の途中ではあったが、食事を続ける気にはならず、執務室へと向かうことにする。

「ギルティアを呼び出せ」

短く、近くにいた文官のひとりに命じる。

さて、あの魔女になんと文句を言ってやろうか。

あの魔女が『決してイーオンのことがヴィルヘルムに漏れることはない』と言っていたからアルカナム島や奴隷どもに対する手段として使ったのだが、見事に化けの皮が剥《は》がれてしまったようだとでもイヤミを告げてやろうか。

ああ、あと、枷の話もしてやらなければ。

自信満々に用意した枷が外されたという話をすれば、きっとギルティアも驚くだろう。

いや、自身の魔力が中和されたのだ。既に知っているかもしれない。

「まあ、それはそれでいい」

正直、かなり気分は良かった。大体、あの女はサハージャ国王である私に対して非常に偉そうで高圧的な態度を取ってくるのが、常々気に入らないと思っていたのだ。

役に立つから我慢していたが、姫にやり込められたと思えば楽しいし、笑えてくる。

「くくっ……堪らないな」

——ああ、愛《いと》しい姫に早く会いたい。

気持ちは急《せ》くが、急いては事をし損じる。

この戦争を勝利で終えることができれば、姫は私のものになる。

そのためには負けられない。入念に準備を整え挑んだ戦。

フリードリヒが力を失っている、最初にして最後のチャンス。

絶対に、今回の戦いだけは負けられないのだ。

8・彼女と解放（書き下ろし）

「お前たち、よくやった！」

次の日、昼前にヴィルヘルムへと帰ってきた私たちは、大喜びの父に出迎えられた。

すでに獣人たちは別の転移門を使って、ヴィルヘルムに来ている。

全員が転移したことを確認してから私たちも帰ってきたのだけれど、父の喜びようは半端ではなく、私と兄は一緒くたに抱きしめられた。

「本当によくやってくれた……！　さすが私の子供たちだ!!」

珍しくも手放しで褒める父に驚き、私と兄は顔を見合わせた。

どうやら獣人たちを奪取してきたことが相当嬉《うれ》しかったらしい。私たちを放すと、父は上機嫌で言った。

「獣人たちを無事保護したとアルカナム島に連絡を入れたところ、彼らは約束通り兵を退《ひ》くと返してきてな。先ほど、完全に撤退したことが確認された。無益な戦いは避けられたのだ。本当によくやってくれたな」

「え、もう軍勢を退いてくれたのですか？」

さすがに驚いた。嘘《うそ》を吐《つ》かれるとは思っていなかったが、最低でも獣人たちの解放を自分たちの目で確認してからでないと、軍を退かないだろうと考えていたからだ。

父が莞爾《かんじ》と頷《うなず》く。

「ああ。向こうはこちらの——私の言葉を疑わなかった。恩人の父親が言うのならそうなのだろうと、一も二もなく頷き、軍の撤退を実行してくれたのだ」

「……」

獣人たちの中で『恩人』というものがどれだけ大きな割合を占めるのか、よく分かる話だった。

多分だけど、彼らはたとえそれで嘘を吐かれようと構わないのだ。

恩人に背く真似《まね》をする方が自分たちの中ではあり得ない話で、彼らは信念に従って動いている。

それが何より大事なのだ。

父が嬉しそうに口を開く。

「撤退後に連絡が来て、仲間を迎えるための船を出すからダッカルトの港に入らせて欲しいと言われ、許可を出した。こちらとしても助かるからな。獣人たちは転移門にて、順次ダッカルトに転移予定だ。今日中には全《すべ》て終わるだろう」

「早い……」

凄《すさ》まじい展開の早さだ。

目を丸くしていると、父が私を見て言った。

「そういえば、アルカナム島からお前たちに言づてを預かっている。『族長の息子であるイーオンと仲間たちを助けてくれたリディアナ妃たちに感謝を。今後、仲間を助けてもらった我らがヴィルヘルムに敵対することはないが、特にイーオンの直接の恩人であるリディアナ妃のためなら、狼《おおかみ》の部族、虎《とら》の部族、猫の部族はどんな協力でも受け入れる』とのこと。リディ、アルカナム島が完全にこちらの味方となったのは大きい。よくやったぞ」

「……」

「……四つの部族のうち、三つを公的にも完全に味方につけたって話かよ。すげえな」

兄が呆《あき》れたように言った。

イーオンの所属する狼の部族。そしてイーオンの叔母がいる虎の部族。更にはイリヤの両親がいる猫の部族。そのそれぞれが味方になると言ってくれたのだ。それはとても有り難いことだけれど、恩に着せているようで嫌だなと少しだけ思った。

だってそんなつもりはないのに。

だけど王太子妃としては、このもらった言葉を大切に持っておかなくてはならないのだ。

未来に何が起こるか分からないから。ヴィルヘルムを守るために、彼らの今の言葉を利用しなければならない日が来るかもしれない。

そんなこと本当はしたくないけれど、フリードの妃《きさき》として頑張ると決めた以上、切り札として抱えておかなければならないと分かっていた。

「リディ、よく頑張りましたね」

優しい笑顔で話し掛けてくれたのは義母だ。どうやら出迎えには国王と義母も来ていたようで、気づいた兄は慌てて姿勢を正していた。

「お義母《かあ》様」

応《こた》えると、義母は側《そば》へとやってきて、ぎゅっと私を抱きしめた。

「あなたが西の砦《とりで》に獣人たちを解放しにいったと聞かされた時は生きた心地もしませんでしたが、本当に無事で良かった」

「お義母様。その、ご心配掛けて申し訳ありません」

すごく良い匂《にお》いがする。

義母に抱きしめられた私はほうと息を吐いた。義母はよしよしと私の頭を撫《な》でてくる。

「怪我《けが》はありませんか？　怖い思いはしませんでしたか？　あなたが活躍したことは聞いていますが、戦いの心得もない女の身で戦場に出向くのは辛《つら》かったでしょう。もう大丈夫ですからね」

どうやら義母は西の砦に行った私をとても心配してくれていたらしい。

私をギュウギュウに抱きしめ、離す気配が全くなかった。

国王が苦笑しながら言う。

「姫が西の砦に行ったと聞いてから、エリザベートはずっと姫を心配していてな。すまぬが、気が済むまで好きにさせてやってくれ」

「は、はい。それはもちろん構いませんが」

「私としてはよくやったと言わせてもらいたい。獣人たちの解放、無事やり遂げてくれて感謝している。さすがはフリードの妃だ」

穏やかな笑顔で告げられ、「とんでもありません」と答えようとしたが、その前に義母が言った。

「ヨハネス様、それは違います。フリードリヒの妃だからさすが、ではなく、リディ自身を褒めてやって下さいませ」

強い声で告げる義母。国王は驚いたように目を瞬かせたが、すぐに頷いた。

「そうだな。言い方が悪かったようだ。姫、よくやってくれた。姫の成してくれたことで、多くの民が救われたのだ。とても感謝している」

「いえ、そんな。私はただ、皆を助けたかっただけで」

「それでも、だ。結果として我々は非常に助かったのだから。そうだな、ルーカス」

「はい、その通りです、陛下」

父までもが同意し、何も言えなくなってしまった。

義母はしばらく私を抱きしめ続けていたが、やがて気が済んだのか、名残惜《なごり》しそうにではあるが解放してくれた。

そのあとは、用事があるという国王と義母を残し、獣人たちのところへ向かう。一般人も使える転移門のある部屋に行くと、皆がずらりと並んでいた。すでに転移は始まっているようだ。

「リディアナ様！」

どんな感じかと様子を窺《うかが》っていると、私に気づいた獣人たちが顔を明るくし、話し掛けてきた。

「ありがとうございます。お陰で島に帰れます」

「もう二度と島へは帰れないと思っていました。このまま奴隷として朽ちていくだけなのかと。本当に感謝しています」

「あの忌々《いまいま》しい枷《かせ》を外していただけて、本当にありがとうございました。あれがある限り、逃げることも逆らうこともできないと諦《あきら》めていたんです。あれを外していただいて、どれだけ心が軽くなったことか。感謝してもしきれません」

次々に感謝の言葉を告げられ、そのひとつひとつに答えていく。

故郷に帰れると分かった彼らの表情は明るかった。

お礼とお別れを言った彼らは私たちに頭を下げ、イーオンやレヴィットにも声を掛けると転移門へと消えていった。

「……ご正妃様」

笑顔で転移門に入っていく彼らを眺めていると、イーオンが声を掛けてきた。その声に応える。

「どうしたの？」

「その、僕も一度島へ戻っても構わないでしょうか？」

「島……アルカナム島へ？」

イーオンの言葉を聞き、何故《なぜ》かレヴィットが驚いた顔をした。

「おい、イーオン、お前――」

「一度、皆に顔を見せておきたいんです。島には僕のことで大分迷惑を掛けてしまいましたし、今回の件について、僕から直接話しておきたいなって」

そう告げるイーオンの顔は真剣だった。イーオンは真面目《まじめ》な性格をしているといっていたティティさんを思い出す。

きっと彼なりのケジメなのだろう。そう思ったから頷いた。

「ええ、いってらっしゃい」

「……話をしたらすぐに戻って来ます。その……レナにも言っておいてもらえますか？　顔を見せに行くだけだからすぐに戻る、と」

レナのことを気に掛けるイーオンを嬉しく思いながら口を開いた。

「もちろん。でも、そのまま島に残らなくてもいいの？　アルカナム島はあなたの故郷なのだからそのまま帰ってしまっても――」

「僕はまだ、何もあなたに返せていませんから」

私の言葉を遮るようにイーオンが言った。

「僕がただの狼に成り下がり、見世物として扱われていた時、あなたが手を差し伸べ、助けてくれたことは忘れていません。命には命をもって。僕は恩知らずにはなりたくない。だから、あなたさえ良ければですが、近くで仕えさせて欲しいとそう思います」

「あなたは狼であった時も、私やヴィルヘルムのためにできることをしてくれたわ。これ以上は要らないのよ」

王都の外で、悪人を追い払い、私が迎えに来たあとは、用心棒のような存在として存ってくれた。十分過ぎるほど彼は私に返してくれていると思うのだけれど。

「ご冗談を。そんなことでこの大恩を返しきれるはずがありません。獣人たちを助けてくれたこともそうだ。あなたがいなければ、あの手枷は外せなかった。あなたは僕たち皆の恩人なのです。だから僕は戻ります。きっと父や皆も、戻って恩人のために働けと言うでしょう」

きっぱりと告げられ、目を見開いた。

イーオンの隣で話を聞いていたレヴィットが小さく笑う。

「そうだな。受けた恩を返さないなんて、獣人の名折れだ。ご正妃様、こいつは本当に融通のきかない、すごく真面目な奴なんです。お側に置いていただければきっとお役に立つはずです。ですからどうか、戻ることを許してやって下さい」

「……」

イーオンが沙汰《さた》を待つように私を見てくる。その目が縋《すが》るように見えて、諦めた。

「分かったわ。イーオンがそうしたいというのなら止めない。……レナもあなたがいてくれれば嬉しいだろうし。もしあなたが故郷に帰って、それでもここに戻りたいと思ってくれるのならその時はぜひ来てちょうだい。歓迎するわ」

「ご正妃様！」

「ちゃんとご両親や他《ほか》の族長たちの許可をもらってきてね」

「もちろんです！」

ぱあっと顔を輝かせるイーオンを見ていると、あの大きな狼を思い出す。

グラウは消えてしまったわけではないのだと、ちゃんとここにイーオンとして存在しているのだと改めて思った。

話がついたところでレヴィットが言う。

「お前、本当に真面目だよな。俺《おれ》だったら絶対に戻るなんて言わねえ」

嫌そうな顔をするレヴィットにイーオンが言い返した。

「お前はそうだろう。だが僕は違う。皆に迷惑を掛けたんだ。謝罪もしたいし、きちんと許しを得てから改めて戻って来たいんだ」

「そういうところが真面目だって言ってんだよ」

「お前は不真面目過ぎる。何だったらお前も僕と一緒に一度島に戻るか？」

「は？　俺はヴィルヘルムの騎士ですけど？　殿下にご正妃様を守れという命令を受けているのに離れるとかあり得ませんけど？」

心底嫌そうに言うレヴィット。イーオンと話していると、地が出てしまうのだろうが、本当に騎士としてある時とのギャップが激しすぎる。

最初はレヴィットの方こそ真面目な人なのだと思っていたのに、分からないものである。

イーオンが真面目というのは分かるけども。

だって彼はグラウであった時から、とても律儀《りちぎ》だったから。女性である私に必要以上に近づこうとしなかったこともそうだ。紳士で、真面目なのである。

もしかすると、騎士としての真面目なレヴィットは、幼馴染《おさななじ》みかつ従兄弟《いとこ》のイーオンをお手本にしていたのかもしれないと思ったが、指摘してもきっと否定されるだけだと分かっているので何も言わないことにする。

イーオンはしきりにレヴィットを誘っていたが、レヴィットは頑として頷かず、結局イーオンひとりでアルカナム島に戻ることとなった。

「お前、本当にどこかで一度島に戻れよ」

「気が向いたらな～」

ついっと視線を逸《そ》らしながら告げたレヴィットを見た全員が、絶対に行かないなと察した。

付き合いの長いイーオンも当然分かっているのだろう。ため息を吐いていたが、気を取り直し私の方に身体《からだ》を向け、頭を下げた。

「それでは、いってきます」

「ええ、いってらっしゃい」

簡単に挨拶《あいさつ》を済ませたイーオンは、最後に残った獣人たちと一緒に転移門の魔術陣に入っていった。

魔術師団の団員が疲れた顔で転移門を起動させる。

五百名の獣人たちを十数人ずつ何度も転移させたのだ。かなりの魔力を消耗しているだろうし、それは疲れもするだろう。

転移門が白く光る。

獣人たちが私たちに向かって何度も頭を下げた。イーオンもぺこりと私に向かって頭を下げる。

魔術陣の光が一際輝き、そして消えた。

転移門にはもう誰《だれ》の姿もない。

無事にイーオンが旅立ったことを確認してから、私は小さく「待ってるね」と呟《つぶや》いた。

9・彼と苦戦

「殿下、お待ちしておりましたぞ！」

転移門を使い、北へと到着した私は、迎えに来ていたシャルム辺境伯と合流した。

クラート・フォン・シャルム辺境伯。

初老のこの男はヴィルヘルムの北部地方の領主で、毎年タリム戦で活躍している勇ましい騎士だ。

去年の冬の南下でも共に戦った。早く帰りたいとぼやく私に彼は豪快に笑い、たくさんの書類を押しつけていったことを思い出す。あれからまだ一年と経《た》っていないのに再び顔を合わせることになった事実に、互いに苦笑した。

「クラート、戦況はどうなっている」

すでに戦いは始まっているのだろう。彼の纏《まと》う鎧《よろい》には返り血がついていた。尋ねると、クラートは厳しい表情で首を振る。

「よくありませんな。今回のタリムはずいぶんと硬い。少し突ついただけで逃げ惑っていた以前までとは違います」

「硬い？」

どういう意味かと尋ねると、彼は考える仕草を見せた。

「そう……ですな。今までのタリムの兵は有象無象の、碌《ろく》に戦闘訓練も受けていないような者が多かった。ですが、今回は違う。……どうやら今回の南下、タリムは正規兵を使っているようでして」

「正規兵を？　珍しいな」

シオンも言っていたし、ハロルドも認めていたが、タリムの南下には罪人が兵として使われている。

毎年の風物詩のように南下してくるくせに、タリムは本気でヴィルヘルムと事を構える気がないようで、統率の取れていない兵たちを送り込んでくるのが常だった。

それなのに、そのタリムが正規兵を使っている？

普段とは明らかに違う攻め方に自然と眉《まゆ》が中央に寄った。

難しい顔をする私とは逆に、クラートは軽い口調で言う。

「まあ、殿下がいらして下さったのです。たとえ正規兵といえども、雑兵《ぞうひょう》となんら変わらないでしょう。我々の役目は殿下が来られるまでの時間稼ぎのようなものですからな。殿下、今年も期待しておりますぞ！」

「……そのことだが」

期待してくれているクラートには悪いと思いながらも正直に告げた。

「私は今、魔力が枯渇している状態なんだ。回復には二週間ほど掛かると言われている。悪いが、いつもの魔法剣のような大技は使えない」

「なんと……」

大きく目を見張るクラート。そんな彼に頷《うなず》いてみせた。

出発前、リディを抱くことができたお陰か、魔力は少しばかり戻ってきている。

簡単な生活魔法くらいなら使えるだろう。ほぼゼロだったことを思えばかなりの回復だし、協力してくれたリディにはとても感謝しているが、魔法剣を使うには全く足りなかった。

何せ、一撃で大勢をなぎ払う大技なのだ。魔力使用量は相当なもの。今の私には使えない。

「悪いな。だが、私には剣があるから。それに魔術師団がいるんだ。たとえタリムが正規兵を連れてきているといえど、互角以上に渡り合うことができるだろう」

私の隣に控えていたウィルが頷く。それを見て、クラートも表情を引き締めた。

「そう……ですな。無い物ねだりをしても始まりませんし、殿下がおっしゃられるように、我が国には優秀な魔術師団がおりますから」

「ああ。クラート、タリムを追い払うぞ。南下など許すものか」

「御意」

「早速出る。案内しろ」

「はっ！　者共！　殿下と共に出陣だ‼」

クラートが叫ぶと、周囲にいたシャルム家の兵士と思われる者たちが呼応した。

皆を率い、戦場へ向かう。思うのは、王都に残してきた妻のことだ。

――リディ、すぐに片付けて帰るから。

万全とはとても言えない状態だと理解してはいたが、心は逸《はや》る。

王都で待っているリディ。私を送り出してくれた彼女のもとに早く帰りたい。

そのためには勝たなければならないのだ。

「ウィル、勝つぞ」

「もちろんです」

声を掛けると頼もしい答えが返ってきた。それに満足し、前を見据える。

魔力が十分に回復していないのだ。いつもと戦い方は変わるだろうが、それでも。

一刻も早く、己の責務を片付け、愛《いと》しい妃のもとへ帰りたかった。

◇◇◇

「朝か……」

小さくため息を吐《つ》く。

ヴィルヘルムの本陣。外では皆が忙しげに動き回っている気配がする。

私は大将用の天幕、その中に設《しつら》えられた簡易ベッドから身体《からだ》を起こした。

手伝いは呼ばず、手早く軍装を身につけていく。

今日も午後から戦いがあるのだ。だが、身体が重い。思った以上に長引いている戦いに疲れが溜《た》まっているのは事実だった。

何せタリム軍との戦いは、今日で五日が経過していて、かなりの苦戦を強《し》いられていたから。

向こうの正規兵が予想以上にしっかりと統率されているのが原因だ。普段ならそんなこと気にせず、大技一発で終わらせてしまうのだけれど、今回に限っては、それはできない。剣を合わせ、魔術で対抗するというある意味当たり前の戦い方。

更に、向こうは思っていたよりも多くの兵を連れてきているようで、数の差というのも侮れない。

結果、一進一退の状況が続き、改めてどれだけ自分が己の力に頼っていたかを思い知らされた心地だった。

「リディ……」

長く顔を見ていない妻を思い出す。彼女は今頃《ごろ》どうしているだろうか。

アルカナム島との話し合いに行くと聞いてはいたが、その結果はどうなったのか。

気にはなるけれど、ずっと戦場に身を置いていては知りようもない。

アレクやカインが側《そば》にいるから無事だとは信じている。でも、どうしたって不安になってしまうのだ。ままならない気持ちを抱え息を吐いていると、クラートが天幕の中に入ってきた。

「殿下、おはようございます」

「ああ、おはよう。クラート」

「陛下から書簡が届いておりますよ」

「父上から？」

彼の手には、王都から物質転送用の転移門を通じて送られてきた手紙があった。

それを差し出され、受け取る。封を切って中を確認すると、現在のヴィルヘルムの現状が書かれてあった。私が今、魔力不足だと知っているからこその手紙での連絡。

そこには、アルカナム島との話し合いの結果や、その後、サハージャの肉の盾として使われていた獣人たちをリディたちが奪取し、それによりアルカナム島が撤退したことなどが書かれていた。

「リディ……」

手紙を握りしめる。

私が戦っている間、リディも同じように戦っていたのだと知り、歯がゆかった。

仕方ないこととはいえ側にいてやれない自分の立場が恨めしい。

リディは獣人解放のために西の砦《とりで》に行った際、陣中見舞いとして、騎士たちの士気も上げてきたようだ。

アルカナム島との話し合い、そして撤退もリディがいたからこそなし得たと手紙には書かれていた。

リディが失敗するとは思っていなかったが、それでも予想以上の活躍ぶりだ。

「殿下のお妃《きさき》様は、ずいぶんとご活躍のようですなあ」

手紙の内容をクラートに知らせると、彼は感心したように目を見張った。

「確か、殿下が一目惚《ひとめぼ》れしたとおっしゃっていたお方でしたな。結婚式には私も参列させていただきましたが、高位の令嬢らしい美しい方だったと記憶しております。まさかあの方が、西の砦まで行かれたとは」

「リディは行動力の固まりのような女性だからね。しかも味方を作るのが抜群に上手い。今回のこともなるべくしてなったとしか言いようがないな」

当然だと告げると、クラートはまだ信じられないようでしきりに首を振っていた。

「そうですか。しかし……西の砦ですよ？　サハージャ軍と戦う前線基地。そんな場所に戦いを知らない方が赴かれるとは思いもしませんでした。てっきり城の安全な場所で殿下の帰りを待っているものだとばかり」

「普通の令嬢ならそうなのだろうし、私もそうして欲しいと思っているけどね。リディはそれでは嫌なのだそうだ。私の隣で一緒に頑張りたいと言ってくれるんだよ。そんなリディだから、西の砦にだって行けたのだろうね。彼女が顔を見せたことで騎士たちの士気はかなり上がったと書かれてある。彼女はお飾りの妻ではないよ」

西の砦に出向いただけではなく、敵陣にまで忍び込み、獣人を奪取してきた。

とても危うい行動だ。私の妃である彼女がやっていい行いではない。だが、そのお陰で皆が助かったのも事実なのだ。

手紙には、彼女の中和魔法があったから、獣人たちを奪取できたのだとあった。そのお陰で全《すべ》ては上手《うま》く運んだのだから、どうか怒ってやってくれるなと父は書いていたが、怒れるものか。

私がいないことで士気を落としていたセグンダ騎士団をリディが代わりに勇気づけてくれたのだ。

本音では危ないことをしないでくれと言いたかったが、彼女が今の私にはできないことをしてくれたのは事実。

帰ったら怒るのではなく礼を言わなければ。

戦争において、士気とは勝敗を決す原因にもなり得るのだから。

「殿下の大切になさっているお妃様が危険を冒してまで陣中見舞いに来て下さる。それは士気も上がるでしょうな」

「ああ。本当にリディは私の妃として十分過ぎるほどよくやってくれているよ。そんなことをして欲しくて結婚したわけではないんだけどな」

ただ彼女が愛おしくて、好きで、欲しくて、その思いだけで結婚したのだ。

だけど娶《めと》ってみれば彼女は驚くほど有能で、特に対人関係にその力を発揮した。

彼女がいなければイルヴァーンとの話し合いはもっと難航していただろうし、今回のアルカナム島の件もそう。更に言うのなら、魔女と知り合えたのだってリディのお陰だ。

彼女の交友関係の広さは尋常ではない。今やリディは、私にとってだけではなく、ヴィルヘルムという国としても欠かせない人物となっている。

そんなこと、望んでいなかったのに。ただ、私の側にいてくれればそれで良かったのに。

「妃が思っていた以上に優秀だったお陰で、閉じ込めてしまえなくなった。城の奥深くに仕舞い込んでおきたいのが本音なんだけど」

ため息を吐きながら言うと、クラートは楽しげに笑った。

「これだけ有能な方を何もさせず城の奥に、というわけにはいきませんな。ヴィルヘルムの国民としては、優秀な方を殿下のお妃様に迎えることができて喜ばしい限りですが」

「生粋《きっすい》の人たらしなんだよ、リディは。母上もリディにメロメロだし、父上だってリディのことを気に入っている。他《ほか》にもリディを可愛《かわい》がっている者はいくらでもいるから……多分、今、城で一番人望があるのがリディで間違いないと思うよ」

城で働いている使用人たちもリディのことを好意的に見ているし、料理人たちは言わずもがなだ。

「なるほど。それは素晴らしい。ぜひ一度、じっくりお話をさせていただきたいものですな」

「この戦争が終わったら、皆で茶会でもするか」

「ええ、是非お誘い下さい。このクラート、満を持して参加させていただきます」

嬉《うれ》しげに頷くクラートから視線を外し、もう一度手紙を広げる。

書かれてあった文字を頭に焼き付けるように何度も読み返した。

——リディ。

彼女の活躍を聞き、私も負けていられないと思った。

苦戦している場合ではない。さっさとタリムの兵を片付け、リディが士気を上げてくれた西へ向かわなければ。

「——クラート。さっさとケリを付けるぞ」

気合いが籠《こ》もった言葉を告げると、クラートも顔を引き締め「我々も負けてはいられませんからな！」と応じた。

◇◇◇

その日の午後、今日こそ決着をつけると戦いに身を投じていると、ウィルが馬を駆け、私の横についた。

「報告します。向こうの大将が判明しました。ハロルド王子。タリムの第八王子です」

「ハロルドが？」

まさかの名前に驚いた。

てっきり何十人もいる適当な王子のひとりくらいだろうと思っていたのだ。

ハロルドは、国際会議で代表を任せられるくらいにはタリムの中では力をつけている王子で、こんな毎年恒例の南下作戦に将として来ているとは考えてもいなかった。

「何かの間違いではないのか？」

「いえ、先ほどハロルド王子が戦場に出ているのを確認しました。間違いありません」

ウィルが断言するのならそうなのだろう。だが、私には信じられなかった。

タリムはサハージャほどではないが、それでも戦争をよく起こす国で、ハロルド自身も大将として何度も戦場に出ていることは知っている。

でも、まさか私が出る戦に来るとは思わなかったのだ。

彼とはそれなりに交流をし、なんとなくだけれど相手のことだって分かっている。彼は私と直接戦うことを嫌がっていたし、私も好印象とは言わないまでも、嫌いではない相手と戦うのはできれば避けたいと思っていたから、ウィルの報告は本当に意外だった。

「そうか、ハロルドが来ているのか。まだ、戦場にいるのか？」

「はい」

「分かった。私もそちらに行こう」

彼が出ているのなら、一度話しておきたい。ハロルドは話が通じる相手だ。

大きな被害が出る前に、対話でなんとかできるのならその方が良い。そう思った。

「僕が案内します」

ウィルも私の考えが分かったのか、反対しなかった。

ヴェンティスカをハロルドがいる方向へと向かわせる。その間も敵兵からの攻撃はあったが、全てウィルが魔術で防いでいた。

「殿下は本調子ではありません。僕がお守りします」

「すまない」

「いいえ。殿下は殿下にしかできないことをなさって下さい。敵兵のことはお気になさらず。全て僕が片付けますから」

言葉と同時に、ウィルの背後に魔術陣が複数現れる。

敵の攻撃を防ぐものと、こちらから攻撃を仕掛けるものだ。

敵兵はウィルに任せておけば問題ないだろう。頼もしい味方に感謝しながらハロルドを探していると、大きな声で名前を呼ばれた。

「フリード!!」

「っ！　ハロルドか」

声をした方角を見ると、そこには茶色い馬に乗ったハロルドがいて、こちらを鋭い視線で睨《にら》み付けていた。

銀の甲冑《かっちゅう》姿だ。戦装束の彼を見て、ようやく彼がこの戦争の大将を務めているのだと納得できた気がした。

「ハロルド、どうしてお前が。今まで一度もヴィルヘルムとの戦には出てこなかったのに」

「簡単だ。今回の戦、父に行かせて欲しいと頼んだのはオレだからだ」

　はっきりと告げられた言葉に目を見開く。

「――今までの南下、おかしいとは思わなかったか？　毎年、同じ時期に大した兵力も出さずやってくるオレたち。いい加減、冬の風物詩のように感じていただろう。『また』タリムが来た。そんな感じで今回もお前たちはここへ来たのではないか。サハージャからも攻撃を受けている状況。それならタリムは『いつも通り』で構わないと、碌な兵力も割かずここへ来たのだろう、碌に警戒もせずに」

「……」

　その通りだ。十回ではきかない数、タリムは南下を続けてきた。

　適当に兵士を送り込み、軽く攻撃を受ければすぐに撤退する、そんな無意味な南下を。

　だから私たちも思うようになった。『また』か、と。

　そして『いつも通り』だと決めつけ、今回ものこのことやってきた。

　いつもと同じだろうと、疑いもしなかった。今回は違う、なんて思いもせずに。

　ハロルドが語る。

「父上は、ヴィルヘルムが完全に警戒をなくす時を待っていた。それを知っていたオレは、今回の話に利用させてもらったのだ。今回ならヴィルヘルムを取れる。そう説得し、正規兵を連れてきた」

　ハロルドの言う今回の話とは、サハージャとの同時攻撃のことだろう。

非常に的確なタイミングでの挙兵。だが、私としてはどうしても聞きたいことがあった。

「そうか。だが、まさかお前たちタリムが、サハージャと組むとは思わなかったぞ。タリムもサハージャもヴィルヘルムの穀倉地帯が欲しいのだろう？　そこは解決しているのか？」

「父上はヴィルヘルムが取れるのなら好きにしろとおっしゃった。話は手に入れてからすればいい。なんだったら、全て終わってからサハージャと戦えばいいと。まあ、オレはそんなものは要らないし、興味はないのだがな」

「……ならお前の目的はなんだ。どうしてお前は自分から手を挙げてまで、大将となった」

静かに問いかける。ハロルドがギロリとこちらを睨んだ。炎が燃えさかるような激しさを秘めた目は、間違いなく私を憎んでいた。

「——シオンがオレを選ばなかったから。それ以外にあると思うか。あいつはオレではなく、ヴィルヘルムを選んだんだ。だからそのヴィルヘルムをオレ自身が倒し、見返す。そう決めたんだ」

「……シオン、だと？」

どうしてここでシオンの名前が。

目を見開く。私の側で、魔術陣を次々に展開しながら攻撃と防御を続けていたウィルも驚いた顔をした。

ウィルもシオンが自分の国へ帰ったのを知っているから、驚くのも当然だろう。

「ハロルド、待て、シオンとは——」

どういうことだ。そう尋ねる前にハロルドが叫んだ。

「シオンがオレを選んでくれないのなら、奪うしかない。ヴィルヘルムを倒し、シオンを手に入れる。そのためならオレは、どんなことだってしてみせる！　いけ好かない国に協力することだって吝《やぶさ》かではないんだ！」

狂気にも似た叫びに、困惑する。

ハロルドの言ういけ好かない国というのは、間違いなくサハージャのことだろう。

だが、どうしてサハージャの名前が出てくるのか。それに、もう彼はいないのに。

違和感が付き纏う。

「ハロルド、何を言っている。シオンはもういない。彼は自分の国に帰った。お前が何をしようと、彼がこちらに戻ってくることはないんだ」

「嘘《うそ》だ!!」

シオンが帰ったことを告げるも、ハロルドは話を聞いてくれない。

私を睨み付け、大声で叫ぶ。

「嘘だ、信じるものか。だって、シオンは帰れないと聞いている！　あれの故郷は異世界。そこへはどうしたって帰れないのだとマクシミリアン陛下が言っていた！」

「マクシミリアンだと？」

ハロルドが告げた名前を聞き、舌打ちした。

自らの国に帰る前、シオンが言っていた。

ハロルドは、シオンが異世界から来たことを知っていた、と。誰から聞いたかは分からないとあの時シオンは言っていたが、その人物はマクシミリアンだったのか。

どうしてマクシミリアンがシオンのことを知っているのか。知っているだけではなく、異世界人だと分かっているのか——ああ、少し考えればすぐに分かること。

彼は魔女ギルティアと繋《つな》がっているのだから。

魔女ギルティアはシオンが日本に帰るための魔具を魔女メイサに提供したと聞いている。

他ならぬ、メイサ殿がそう言っていたから。

きっとギルティアがマクシミリアンに教えたのだろう。

異世界から転移してきたシオンの存在を。そしてどのように知ったのかは分からないが、シオンに固執するハロルドを利用するよう唆したのだ。

そしてマクシミリアンはそれに乗り、ハロルドに近づいた。

ヴィルヘルムを倒せば、シオンは手に入る。タリムではなくヴィルヘルムを選んだことを後悔させてやれば良い、そんな風に言ったのではないだろうか。

……シオンは、故郷に帰れないのだからと嘘を吐いて。

異世界から来たから、彼は帰れないのだと言われれば信じるだろう。

異世界から来たこと自体を信じるかどうかが一番問題ではあるが、国際会議の折、ハロルドはシオンと直接対面して話している。その時に、異世界からの転移者であるということを確信できたのだとすれば？

異世界からの転移者。だから彼は帰れない。

それまで疑っていたとしても、転移者というのが事実だと分かれば、ハロルドは信じたはずだ。私だって、魔女たちと知り合っていなければ『異世界へ帰る』なんて夢物語としか思えない。

どうしてもシオンを手に入れたかったハロルドは、認めることができなかったのだ。

シオンがヴィルヘルムを——リディを選んだことを。

受け入れられなくて悩んで、結局は強引にでもシオンを奪おうと決意したのだろう。

そして、そう考えると踏んでいたマクシミリアンたちに上手く利用された。

一緒にヴィルヘルムを倒そうと唆されたのだ。

「ハロルド。マクシミリアンは嘘を吐いている。シオンは自分の国へ帰ったんだ。それこそ、お前たちが宣戦布告する直前に」

「まさか。シオンが帰るのは不可能だと聞いている。方法はあるにはあるが、その手段は現実的ではないと」

確かに現実的ではないなと彼の言葉を聞いて思った。

私の保有する全ての神力を持っていったのだ。魔女が三人必要というのもそうだし、不可能と言っていいほどの難しい手段だったと思う。

「っ！　まさか……」

そこまで考えて気がついた。

早すぎるタリムの南下作戦。あり得ないタイミングに驚いていたが、もしかしなくてもシオンが帰るということまで向こうの作戦だったとしたら？

条件が揃《そろ》えば、シオンは帰りたいと言うだろう。そして帰りたいと願われれば、リディは全力でその願いを叶《かな》えようとするし、私だって協力する。

足りない道具はあったが、それはギルティアが用意していた。

では、どうしてその魔具をギルティアは保持していて、しかもメイサ殿に譲ったのか。

そこを考えなければならなかった。

もちろんギルティアは魔女なので、シオンの細かい帰還条件だって知っているだろう。

私が神力を全て費やさなければならないことだって、おそらくは知っていたのだ。

戦争を仕掛けるのなら、当然勝とうとするはず。そして、サハージャにとって一番の障害となるのは私だ。

なんとか私の力を削《そ》ぐべく、彼らは考えたはず。

私の力を空っぽにする方法。

――異世界人のシオンを、元の世界に返す。

「っ……」

ぞわりとした悪意に気づき、身体が震えた。

シオンを日本に帰還させることで私を無力化させ、そのタイミングを狙《ねら》って宣戦布告を仕掛ける。

魔女が大きな魔法を使えば、同じ魔女であるギルティアは当然気づくだろう。

そのタイミングをマクシミリアンに知らせれば、サハージャ、そしてサハージャに協力しているタリムはベストな宣戦布告タイミングが分かるのだ。

ハロルドがマクシミリアンについた理由も分かった。

私の一番弱っている時期が分かる。だから勝てると言われれば、協力もするだろう。無策で戦いを挑むより、よほど勝率も上がるからだ。

タリムもサハージャも、私を一番の目の敵にしているのは間違いないのだ。

「なるほど……」

シオンを帰した翌朝というタイミングでの宣戦布告。あれはわざとだったということか。

まさか私を無力化させるためにシオンという存在を使うとは思いもしなかったが、それについては後悔していなかった。

シオンが帰りたいと願っていたのは本当だったし、協力すると決めたのは私の意思だからだ。

運悪くギルティアやマクシミリアンに利用されてはしまったけれど、彼を帰したこと自体は後悔していない。

きっとリディも同じだろう。彼女もシオンが帰ることができたのを本当に喜んでいたから。

だからそこはもう気にしない。終わったことを嘆いても仕方ないし、全て自分が選んだ行動の結果だと思っているから。

それより大事なのは今だ。今、どうするか。

シオンを強く求めるハロルド。彼に、どうやってシオンがいなくなったことを信じてもらうか。

私がいくら説明しても彼は信じないだろう。

シオンが帰ったという証《しょう》拠《こ》。それを見せれば彼も正気に返ってくれると思うのだけれど。

「あ……」

そこでようやくシオンから預かった手紙の存在を思い出した。

シオンが帰る直前、私に託したもの。

いつかどこかでハロルドに会うことがあれば、その時は彼に渡して欲しい。そう託されたものだ。

戦場には持ってきていないが、手紙くらいならこちらに転送してもらえるだろう。今朝方、父の手紙が私に届けられたように。ハロルドに渡すことは可能だ。

「ハロルド」

「うるさい。お前の話は聞かない」

「少し冷静になれ」

「うるさい。シオンが帰ったなどと出鱈目《でたらめ》を言うお前の話を誰《だれ》が――」

「嘘ではない。それに、シオンからはお前宛に手紙を預かっている。王都から転送してもらわなければならないが、それを読めばお前も私の言うことが嘘ではないと分かるだろう。ハロルド、話し合いの場を設けよう。もういないシオンのためにする戦など無駄なだけだ」

「シオンからの手紙……だと？」

私の言葉に、ようやくハロルドがまともに反応した。

「……嘘ではないだろうな」

「嘘なものか。それにお前ならシオンの筆跡を知っているだろう。見れば本人が書いたものか分かるはずだ」

「……」

「シオンが帰る直前に、お前のためにと用意したものだ。よもや受け取らないなどとは言わないだろうな？」

念を押すように告げる。

ハロルドは動揺したように少し下がり、じっと私を見つめてきた。その目を見返す。

やがてハロルドは、不承不承ではあるが頷いた。

「……分かった。話し合いの席を設ける。明日の午後。場所はこの近くにある丘で。オレとお前以外の誰も近づけないという条件でなら構わない」

「良いだろう」

「もしその手紙が偽物だった場合、分かっているな、フリード」

ギロリと睨みつけられたが、嘘など吐いていないので何とも思わない。頷くとハロルドは自軍の兵士たちに告げた。

「退《ひ》くぞ！」

私も彼の言葉に続いた。自軍の兵士たちに呼びかける。

「明日まで一時停戦だ！　退け！」

互いの大将の命令に従い、タリムとヴィルヘルムの軍が攻撃をやめ、自陣に撤退していく。

最後までその場に残っていたハロルドが私に言った。

「フリード。明日だ」

「ああ、明日だな。必ずシオンの手紙を持っていく」

「……」

黙って頷き、ハロルドが撤退していく。それを見送り、私もウィルと共に下がった。

やり遂げたという思いから、息が零《こぼ》れる。

ウィルが心配そうに私を見た。

「殿下。先ほどの話は――」

「深くは聞いてくれるな、ウィル。ただ、お前も聞いていた通り、明日は話し合いになる。皆にもそう周知しておいてくれ」

「分かりました」

「私は、手紙を取り寄せなければな」

ヴィルヘルムに連絡を取り、シオンの手紙をこちらに転送してもらう。

まさかこんな場面で彼から預かった手紙が活躍することになるとは思わなかったが、巡り合わせというのはこういうものなのだろう。

空を見上げる。

いつも見るここの空は冬だった。今は秋の雲が綺麗《きれい》に広がっていた。

◇◇◇

「殿下。お求めのものです」

「ああ、ありがとう」

夜になり、私の天幕にクラートが訪ねてきた。その手には見覚えのある手紙ともう一通、手紙がある。

「それは？」

「ご正妃様からだそうです。なんでも殿下の手紙を探す際に手伝って下さったようで。ついでに渡して欲しいとのことでした」

「リディが、私に？」

リディから送られたという封書を見つめる。

二通とも受け取ると、クラートは頭を下げ、天幕から出て行った。

簡易テーブルの上に手紙を置き、近くにあった椅子《いす》を引き寄せ座る。まずはシオンの手紙が本物かどうかを検分する。ないと思うが、中身が入れ替えられていた、なんてことがあったとすれば、信用問題に関わるからだ。

「……大丈夫だな」

確かにシオンから預かったものだと確認し、息を吐いた。今度はもう一通の、リディからの手紙の封を開ける。

中には白い便箋が入っていた。

女性らしい綺麗な文字は見慣れた彼女のもので、思わず口元が綻ぶ。

誰かに読まれることも考慮に入れているのだろう。手紙には私を心配する言葉と、早く会いたいという思いのみがしたためられていた。

「私も早くリディに会いたいよ」

これほど長く彼女と離れるのは、それこそ去年の南下以来だ。

あの時はまだ私の一方通行で、両想いとは言い難かったが、今は違う。

想いが通じ合っているからこそ、離れているのが耐え難い。眠る時にリディの柔らかい身体を抱き寄せられないのは思いの外、深いダメージとなっていた。

眠りは浅く、すぐに目が覚めてしまう。疲れは溜まっていく一方だ。リディと出会う前の私は常にそんな感じだったけれども、彼女と過ごすようになってからは健康的な毎日を送っていたのだ。それが、彼女がいなくなった途端、この体たらくぶり。

リディと離れると自分がとことん駄目になることは分かっていたが、キツイ。

本当にどんな時でも側にいて欲しいし、いてくれないと私が無理だ。

逆にリディさえいてくれるのならどんな苦境にも立ち向かえるし、乗り越えられると確信できる。

「――愛している」

リディのサインが書かれた場所に口づける。それだけで勇気がもらえた気がするのだから、本当に私は重症だなとつくづく思った。

◇◇◇

次の日の午後、私は約束通り、指定された丘へと向かった。

ウィルにはひとりで行くなど危険だと言われたが、行かなければハロルドは信じてくれないだろう。それにハロルドは、こういうことで嘘を吐かない男だと知っている。

信頼には信頼で応《こた》えてくれる男なのだ。

天気は秋晴れ。雲はまばらで風も殆《ほとん》どなく、過ごしやすい気候だ。

丘の麓までついてきたウィルに必ず無事に戻ることを約束し、馬を預けてからひとりで丘を登る。なだらかな丘は見通しが良く、歩きやすい。しばらく歩けば、頂上が見えてきた。丘の上には一本の木があり、ハロルドはその側に立って、私を待っていた。

「来たか」

彼は約束通り兵士を連れてきてはいなかった。軍装すら身につけていない。あまりにも無防備な姿だったが、私はむしろハロルドらしいと思ってしまった。

ヴィルヘルムにひとり、シオンを探しにやってきた時もそうだった。旅人のような格好で供すら連れず、リディの和カフェに現れたハロルド。

彼の自由な様が、私は決して嫌いではなかった。タリムの次の王には彼がなればいいのにと思うくらいには気に入っているのだ。

「ハロルド。約束通りシオンの手紙を持ってきた」

彼に近づき、懐にしまっておいた手紙を渡す。彼は黙って私から手紙を受け取ると、少し離れた場所に行き、中身を読み始めた。

「……」

彼が手紙を読み終わるのを黙って待つ。

悪いが、中身は確認させてもらっている。シオンは封をしなかったし、彼自身から中身を改めても良いと言われていたからだ。

だが、思った通りと言おうか、問題になるようなことは何も書かれておらず、ただ、自分の現状と、彼に対する謝罪が綴《つづ》られていた。

私やリディ、そして魔女の協力を得て、元いた世界に戻ること。

ハロルドには誘ってもらったのに申し訳なかったが、その手を取ろうとはどうしても思えなかったこと。

そして、自分にとって大切なものはこの世界にはなく、だから元の世界に帰るのだと記されていた。

どうしてもシオンが欲しかったハロルドには厳しすぎる言葉であり現実だが、そろそろ彼が目を背けていたものを直視しなければならないのも事実だった。

「……シオン」

手紙を読み終えたハロルドが、力が抜けたように肩を落とす。そうしておもむろに空を見上げた。

その目には光るものがあり、彼が本当にシオンを大切に思っていたことが伝わってくる。

「……そうか。シオンは本当に自分の世界に帰ったんだな」

ポツリと呟《つぶや》かれた言葉を聞き、ハロルドがようやくシオンの帰還を信じてくれたことが分かった。

「ハロルド」

「フリードも、すまない。お前の言葉を疑ってしまって。——これは確かにシオンの手だ。書いてある言葉だって確かにあいつが言いそうなことばかりで……ははっ、結局オレはシオンの一番にはなれなかったんだな……」

　寂しそうに告げるハロルドの姿が、恋に破れた哀れな男のように私には見えた。

　ハロルドがシオンに執着していることは分かっていたつもりだ。だけどまさかここまでだったとは思わなかった。

　まるで全てを失ってしまったかのような顔をするハロルドが痛々しかった。

「——オレがシオンに執着するのが不思議か？」

　彼を見つめていると、ハロルドが疲れた顔でこちらを見てきた。正直に告げる。

「そう、だな。何故《なぜ》シオンなのかとはずっと思っている」

「そうか」

　ひとつ頷き、ハロルドが言う。

「そうだな。せっかくだからお前には話しておこうか。オレがシオンに固執するのは、あいつが、オレの夢を笑わずに聞いてくれたからというのが切っ掛けだ」

「夢？」

「ああ。あとは……そうだな。王子という立場にあるオレに対し、遠慮なくものを言ってくれるところも好きだった」

昔を思い返すような顔をするハロルド。その表情は先ほどまでとは違い、穏やかなものだった。

「オレには昔から夢があった。いつか世界をこの目で見てみたいというものだ。だけど王子であるオレにそれは難しい。誰もがオレの夢を不可能だと笑い、いつしかオレ自身もそうだろうなと思うようになっていた。しがらみもあったしな。まあそういうものかと」

ハロルドの話を黙って聞く。ひとつひとつの言葉を噛《か》みしめるように告げてから、ハロルドはふんわりと笑った。

「だけどシオンだけは違った。不思議そうな顔で、やりたければやればいい。そう言ってくれたんだ。それがオレにはどうにも嬉しくてな。冗談めかして、世界統一すれば済む話だ、なんて言っても『お前は器じゃない』ときたものだ。当時、オレにそこまではっきり言ってくれるような者は誰もいなくて……自覚はなかったが、多分、オレは相当寂しかったんだろう。オレに対して飾ることをしない、素直な気持ちを告げてくれる彼を無性に、手に入れたいと思ってしまった」

「……」

「それが、始まりだ」

静かに語るハロルドに、少しだけ気持ちが分かると思ってしまった。

王族とは孤独だ。皆とは抱えているものが違い過ぎるからそれも当然。

だが、王族と言っても人なのだ。どうしたって『寂しい』と思ってしまう。誰にも言いはしないけれど、それを埋めてくれる者を本能的に探している。

私にとってはそれがリディだった。

ヴィルヘルム王族が抱える魔力と性欲の問題。それは決して他人には理解できず、そして自分だけでは対処することができないものだ。

そんなものを抱え、更には幼い頃の出来事により女嫌いを発症させてしまった私は、『愛し、愛されたい』と願うことを止めていた。

本当は願っていたのに。誰よりも強く、自分だけを見てくれる唯一《ゆいいつ》無二《むに》のつがいを求めていたのに。

内に封じ込められた願いは私も気づかないまま大きなものへと育ち、やがて私はリディと出会った。

そして恋に落ち、自分でも忘れたと思っていた願いを受け入れられ、――気づいた時には、もう手放せなくなっていた。

私の抱えていた満たされない思いを叶えてくれたリディ。底なしの寂しさを受け入れてくれた唯一無二のつがいである彼女を、どうして手放せると思うのだ。

それは時が経つにつれ更に確固たるものとなり、今では少しの間でも離れているのが耐えられない。

私を個人として見てくれる存在。自分にとって何よりも特別な存在であるリディを私は手放せないし、もし奪われたとしたら、何があっても取り返すと決めている。

手加減などしない。全てを引き換えにしたとしても私は彼女を取り戻すまで止まらないだろう。

それくらいリディは私にとってかけがえのない人なのだ。

そして、おそらくハロルドにとってはシオンがそうだったということ。

もちろん恋愛感情はないだろうが、彼はシオンに、ずっと自分の側にいて欲しいと願っているようだったし――ああ、そういうことなら理解できる。

「お前にとってシオンは、どうしようもなく特別だったのだな」

私なりに理解して問いかけると、彼は莞爾《かんじ》と頷いた。

「——ああ。その通りだ。だから諦《あきら》められなかった。何度も振られているのにな」

「当たり前だろう。諦められるくらいなら最初から特別の枠になど入れていない」

何が何でも手に入れたいし、一度でも手に入れてしまえば、手放せない。

そういう存在でないと、特別とは呼べないのだから。

納得したと思いながら告げる。ハロルドは大きく息を吐いた。そうして手紙を切なげに見つめる。

「だがオレは、最後までシオンの特別にはなり得なかった。お前も読んだだろうが、愛する人のいる世界に戻ると書かれてあったんだ。オレは彼の特別に負けた。つまりはそういうことなんだろうな。……認めたくはないが」

「ハロルド」

「この手紙を読むまで、シオンが帰ったなんて信じていなかったんだがな。シオンの筆跡で書かれた手紙を読んだあとでは疑いようもない。オレは完膚なきまでに振られた。気持ちは、それこそ異世界まで追いかけていきたいくらいだが——それは難しいのだろう？」

「そうだな。シオンがいなくなってしまった今、彼の帰った世界を見つけることすらできなくなった。不可能と言って間違いないと思う」

彼がいなくなった今、彼の世界に行くことは不可能だ。それに、魔女が三人以上に私のほぼ全力。特別な魔具など、揃える条件も厳しすぎる。

首を横に振ると、彼は「そうだろうな」と嘆息した。

「そもそも『異世界に帰る』なんてこと自体が無理だと思っていたからな。実際、国際会議でシオンと話した時だって、帰れないのだろうと聞いたオレの言葉を彼は否定しなかった。やはり帰れないのだと確信したし、それならば、と思ったさ」

「……シオンから帰還したいと話があったのは、国際会議が終わった直後だ」

「そうか……」

正直に告げると、ハロルドは「タイミングが悪いな」と零した。

そうして王子とは思えないほど情けない顔をして私に聞いてくる。

「なあ、フリード。ひとつだけ教えてくれ。あいつは笑っていたか？　自分の国に帰る時、満足していたか？」

縋《すが》るように問われ、私はその時のことを思い出しながら言った。

「ああ。とても満足そうだった。日本に帰れることを心から喜んでいたように私には見えた」

「っ」

一瞬、泣きそうに顔を歪《ゆが》め、だけども気丈にハロルドは言った。

「そうか。それなら良かった。シオンは幸せなんだな」

「それは間違いなく」

愛した女性のもとへ戻るという願いが叶ったのだ。私にはシオンが強がりを言っているようには見えなかったし、実際彼は満足していたように思う。

シオンが帰った時のことを、彼の表情を思い出しながら告げる。

黙って話を聞いていたハロルドは、全てを聞き終わると、小さく息を吐いた。

「すまない、フリード。話をしてくれて感謝する」

「いや」

首を軽く左右に振る。

ハロルドは無言で地面に座り込み、空を見上げた。風が吹く。

一本だけある大きな木。その枝葉が一瞬、騒ぐように揺れた。落ちた葉が、下から吹いた風で舞い上がっていく。

ハロルドが息を全て吐き出すように言った。

「そうかー。お前、もういないんだな……」

その言葉は私に向けられたものではない。シオンに向けられた手向《たむ》けの言葉だ。

地面に生えた短い草がまるで彼の言葉に応えるように揺れていた。

黙ってその場に立っていると、気持ちの整理がついたのか、やがてハロルドがこちらを見た。

「フリード」

「うん？」

「シオンが帰ったことは理解した。つまりオレは、サハージャのマクシミリアンに騙《だま》されていたということになるのだな」

静かに告げられる言葉には怒りが込められていた。その言葉を肯定する。

「そうだろうな。少なくともマクシミリアンについている魔女は、間違いなくシオンが帰還することを知っていたはずだ。おそらくお前の協力を得るために、帰れないと言ったのだろう」

彼らは私の力が尽きたそのタイミングで宣戦布告を仕掛けてきた。

だから知らないなんてあり得ない。知っていて、彼が帰ることを告げなかったのだ。ハロルドを上手く利用するために。

「……帰ってしまったのなら追いかけようもない。オレがヴィルヘルムに戦いを挑む理由もなくなる。欲しいもののために共に協力しようというあの言葉は嘘だったということか……」

「マクシミリアンは、アルカナム島に対しても嘘を吐いていたらしいからな。今はその誤解も解け、アルカナム島は撤退してくれたようだが、ずいぶん悪辣なことを言っていたらしいと聞いている」

「……なるほど。自分の欲しいもののためなら手段を問わない。実にサハージャ国王らしいやり口だな。それにオレもまんまと騙されたのか。シオンのこととなると周囲が見えなくなると自覚はしていたが、実に不甲斐《ふがい》ない話だ」

ゆっくりと立ち上がる。ハロルドが私の正面に立った。

切なげに笑う。そうして口を開いた。

「話を聞いているうちに、なんだか戦い続ける気分ではなくなってしまったな。ヴィルヘルムを取ると豪語してしまった手前、手ぶらで帰るのも父上に気がひけるが、やる気にならないのだから仕方ない。フリード、オレたちは撤退する。これ以上オレを騙していたサハージャに協力する気にはなれない」

「いいのか」

そうなることを期待していなかったと言えば嘘になるが、それでもはっきりと告げられた言葉に思わず返した。

「タリム国王が許すのか」

「父上は、ヴィルヘルムのことは欲しいが、それ以上にサハージャのことが大嫌いなんだ。今回はオレの取りなしで渋々協力することを頷いたが、本当は騙されていたと説明すれば、そちらに気が行くはず。そう重い処分を受けることはないだろう」

「……」

「大丈夫だ。最悪でも廃嫡というくらいだろうし、そうなるのならば、それはそれで構わない。——その時は、夢を叶えられると外に飛び出すだけだから。あの日、シオンに言われたように——」

綺麗に笑うハロルドを見る。彼の表情に、もう憂いの色は見えなかった。

「悪かったな、フリード。オレが不甲斐ないばかりに、お前の国にまで迷惑を掛けた。シオンのことさえなければ、オレはお前と戦いたいとは思っていないんだ。南下を繰り返す意味も知られたことだし、多分、来年以降は行われないと思う。毎年、お前たちを悩ませることはなくなるわけだ」

「——そうか」

それは有り難い。

毎年、タリムの南下に駆り出されるのは大変なので、これで終わりと言ってもらえるのは正直ホッとする。だが、安堵の息を吐いた私を見たハロルドが意地の悪い顔をした。

「いや、父上のことだからもしかしたら、それはそれとして南下を続けると言うかもしれないな。ふたたびヴィルヘルムが『風物詩』なんて思い始めるまで、またちんたら南下を続けるかも……」

「やめてくれ」

ようやく終わるのかと思った矢先に否定され、思わず真顔で言い返した。

そんな私を見て、ハロルドが笑う。

「さて、それは父上に言ってくれ。オレに決定権はないのだから」

「……」

「オレにあるのは、この部隊に対する命令権だけだ。だからオレは軍を退かせよう。――フリード。シオンの手紙をありがとう。これはオレなりの感謝だと思い、受け取って欲しい」

「……ああ」

気分ではなくなったから、これ以上サハージャに利用されるつもりはないから、だから軍を退くというのも紛れもなく彼の本音なのだろうが、多分、一番大きいのは、彼が言う通り私への感謝なのだろう。

国王に諮《はか》ることなく撤退させようとしているのが、その証拠だ。

「感謝する。無為な犠牲《ぎせい》を出さずに済んだ」

「それはお互い様だ。オレだって国から連れてきた正規兵を意味もなく失いたくないからな。きっと今回に限っては、これが一番良い方法だった。そう、オレは思っている」

「ああ」

「また会おう、フリード」

ハロルドが私に背を向け、丘を下りていく。その背中を姿が見えなくなるまで見送った。

私以外誰もいなくなった丘から地上を見る。

そこには両軍が戦闘行為を控え、並んでいるのが見えたが、しばらくしてタリム軍が動く様子が窺《うかが》えた。

ハロルドが自軍に指示を出したのだろう。タリム軍は混乱した様子もなく、静かに撤退を始めている。それを確認し、私もまた丘を下りた。

「……シオンに助けられたな」

彼の手紙があったお陰で、無益な戦いを避けることができた。

私が本調子ではなかったせいで長引いていた戦い。きっとこのまま戦闘行為が続けば、少なくない被害が両軍に出たはずだ。

——ありがとう、シオン。

丘を下りてきた私に気づいたウィルがこちらに駆けてくる。

それに手を挙げて応えながら、国へ帰ったあともヴィルヘルムに貢献してくれた彼に、私は心の中で礼を言った。

10・彼女とつかの間の再会

時間が経《た》つのが遅く感じる。

すぐに終わると思われたタリムとの戦闘は意外と長引いており、私が王都に戻って数日が経ってもまだフリードは帰ってこなかった。どうやらかなり苦戦しているらしい。

空っぽだった私の魔力はジワジワと回復している。まだまだ完全回復にはほど遠いけど、基本、魔法を使うことがないので不便はなかった。体調にも問題はない。

「まだかなあ」

ソファに腰掛け、読んでいた本を閉じ、呟《つぶや》く。

夫が恋しいし、怪《け》我《が》をしていないか本当に心配なのだ。

ただ、昨日はフリードからシオンの手紙を送って欲しいという連絡を受けたと聞いたので、一緒に私の手紙も送ってもらうようお願いすることができた。それは本当に良かったと思う。

書きたいことは色々あったけれど、思いをギュッと凝縮し、便箋一枚に短く纏《まと》めた。

時間がなかったのもそうだが、書き始めると止まらなくなってしまうと分かっていたからだ。

シオンの手紙を使うということは、多分、フリードの相手はハロルド第八王子なのだろう。

和カフェや国際会議で会った彼を思い出す。

戦争は嫌いだ。つい先ほどまで友人のように話していても、次の瞬間には敵となってしまうのだから。

私はもちろんヴィルヘルムの勝利を祈っているけれど、だからといって、ハロルド王子が死んでもいいとは思っていない。知っている人が死ぬのは嫌なものだ。都合が良いのは百も承知で、どうにか彼も助かって、なおかつヴィルヘルムが勝つ、なんて結末をお願いしたいなと思っていた。

◇◇◇

「おお、来たか、義娘《むすめ》よ」

昼間、自室でぼんやりしていると、義父である国王から呼び出しが掛かった。

急いで身支度を調《ととの》え、待っているという国王の執務室の扉をノックする。

入室の許可が下り、中に入ると、そこには国王と父がいた。

ふたりとも笑顔で、嫌なことで呼ばれたのではないと察したが、どうして私が呼ばれたのか、理由はさっぱり分からなかった。

「ええと」

用件は何かと聞こうとしたところで父が言った。

「タリム軍との戦闘は、先ほどタリム側が撤退したことで終了した。リディ、良かったな。もうすぐ殿下が戻られるぞ」

「えっ、フリードが帰ってくるんですか!?」

嬉《うれ》しい知らせに目が輝いたのが自分でも分かった。

詳細が知りたくて、父たちを見る。国王が頷《うなず》いたのを確認し、父が話を続けた。

「どうやら殿下が敵方の大将と話をつけて下さったようなのだ。タリム軍は完全に撤退。我らの軍も殆《ほとん》ど被害を受けることなく戦闘を終えることができた。これは実質勝利のようなものだ」

「っ！」

話し合いで解決したと聞き、心底ホッとした。

彼の魔力がまだまだ回復していないのは分かっている。だからこそ余計な力を使わずに済んだということに安堵《あんど》したのだ。

「そう、ですか……良かった」

「戻られたあとは、予定通り西へ向かわれる。出発は明日だ。リディ、今日一日と時間は少ないが、お帰りになった殿下を精一杯癒やして差し上げなさい」

父の言葉に大きく頷く。

すぐに去ってしまうのは寂しいが、我《わ》が儘《まま》は言えない。

戻ってきたフリードが、西に行かなければならないのは分かっていたことだし、私自身西の砦《とりで》に行って、実際の兵士たちの様子を見てきたから。

フリードが来るまで頑張ると言っていた彼らを知っているだけに、引き留《とど》めることはできないし、むしろ早く行ってあげてという気持ちだった。

それこそ、こちらに着くや否や西に出発……くらいに思っていたのだ。それを考えれば、今日一日、猶予が与えられるだけ有り難い。

　明日は離れなくてはいけないけれど、今日は彼と一緒にいられる。

　離れていた期間は一週間ほどでそう長いものではなかったが、それでも彼がいないのは寂しく、眠れぬ夜を過ごしていた私には、僅《わず》かでも共にいることのできる時間が与えられたのは嬉しかった。

「フリードはいつ、帰ってくるんですか？」

　できれば迎えに行きたい。そう思いながら尋ねると、それには国王が答えてくれた。

「もう三十分もすれば戻ってくる。軍勢用の転移門から帰ってくるから、良かったら迎えに行ってやってくれないか。きっと息子も喜ぶと思う」

「はい！」

　三十分なんてあっという間だ。今から向かってちょうどいいくらいの時間だと気づき、私は慌ててふたりに頭を下げた。

「私、いってきます」

「ああ、今日はふたりきりで存分に過ごすと良い。誰も邪魔はしないから。息子にも、私のところへくるのは明日の出発前で良いと伝えておいて欲しい」

「ありがとうございます」

　それが、国王の気遣いだと分かった私は礼を告げた。穏やかに国王が微笑《ほほえ》む。

「いや、新婚なのに共にいられぬのは辛《つら》いだろう。これくらいしかしてやれなくてすまぬな、姫よ」

「いいえ、十分です。彼が戦う人だってことは最初から分かっていましたから」

ヴィルヘルム最強の王太子。

彼がいればどんな戦にも負けることはない。

それは、私がフリードと出会う前から言われていたことだ。

フリードは国民皆の期待を背負って戦っている。そんな彼を格好良いと思いこそすれ、不満を覚えるなどあるわけがなかった。

もちろん寂しいけれど、最後には私のところに帰ってきてくれるのなら我慢できる。頑張ってくれた彼を癒やせるのが私だけというのなら、それはとても嬉しいことだと思えるのだ。

「失礼します」

ふたりに頭を下げ、部屋を飛び出す。転移門がある場所に小走りで向かった。

フリードが帰ってくる。

今日だけしか一緒にいられないけれど、それでも顔を見て話して、触れることができるのだ。

それが私には嬉しくて堪《たま》らなかった。

「お、リディ。どうした」

廊下を走っていると、兄と擦れ違った。兄は西の砦に行っていた間の仕事を片付けるために、ここ数日、執務室に籠《こ》もりきりだったのだ。両手には資料と見られる本を抱えている。私は立ち止まり、兄に告げた。

「フリードが帰ってくるんだって！　陛下に、明日には西の砦に向かわないといけないけど、今日一日はこっちに滞在できるって教えてもらったの。だからお迎え！」

「ん？　タリム軍を片付けたのか？　そんな話聞いてねえけど」

兄が首を傾《かし》げる。

どうやら国王と父は入ったばかりの最新情報を私に教えてくれていたようだ。私が心配しているのを知って、優先的に声を掛けてくれたのだろう。そういう気遣いをしてくれたことはとても有り難かった。手早く兄に説明する。

「片付けたっていうか、話し合いでなんとかなったらしいって聞いたよ。あと三十分ほどで戻ってくるんだって」

「マジかよ。……リディ、その迎えに俺《おれ》も一緒に行っていいか？」

「兄さんも来るの？　別に構わないけど」

断る理由はどこにもない。兄もフリードたちを心配していたのは知っているからだ。頷くと兄は持っていた資料本を近くにいた兵士に押しつけた。

「これ、執務室の俺の机の上に置いといてくれ」

「え……はあ、分かりました」

体よく荷物を兵士に押しつけた兄は振り返り、にっこりと笑った。

「これでよし。じゃあ、フリードたちを迎えに行こうか」

◇◇◇

ふたりで巨大な転移門のある場所へ行く。

北へ向かった軍勢が戻ってくるという噂《うわさ》を聞きつけたのか、そこにはすでに手の空いている兵士や女官たちが集まっていた。

魔術師団の団員たちが何人も転移門に集まり、門の調整をしている。巨大な転移門を動かすには、かなりの量の魔力を必要とするのだ。

彼らは必死に作業を進めていた。いきなり帰ってくると言われたのだ。それも当たり前だろう。

普通なら多少時間を置いてから帰ってくるはずが、決着がつくとほぼ同時にこちらに帰ってくる。

それは、次が控えているからなのだろうけど、大変なのは戦う人たちだけではなくサポートする彼らも同じなのだ。

特に団長であるウィルが戦争に駆り出されている現状では、その負担はかなりのものなのだと思う。

準備を終えた魔術師団の団員のひとりが慌ただしく声を上げた。

「転移門、繋《つな》げました！　同調を開始します。３、２、１――来ます」

転移門が白く光る。次の瞬間には、大きな転移門には軍勢が現れていた。もちろん一番前にいるのは私の大好きな人で。

愛馬ヴェンティスカの隣に立っていたフリードは厳しい顔をしていたが、軍装などに汚れはないようだ。怪我をしているようにも見えない。それにホッとし、ブンブンと大きく手を振った。

「フリード！」

「リディ」

彼はすぐに私に気づいてくれた。私を認め、目を丸くする。そんな彼に駆け寄った。

フリードも私の方へと走り出す。あと少し、というところで我慢できず、彼の胸に飛び込んだ。

「っ！」

勢いよく抱きついたにもかかわらず、フリードは危なげなく私を受け止めてくれた。顔を上げる。

ずっと待ち望んでいた綺麗《きれい》な青色の瞳《ひとみ》には私の姿が映っていた。

「フリード……」

「ただいま、リディ」

「っ！　お帰りなさい……！」

優しい微笑みと共にただいまを言われ、堪らなくなった。ぎゅっとフリードにしがみつき、思いきり息を吸い込む。大好きな夫の匂《にお》いを嗅《か》ぎ、心が満たされるのが分かった。

スンスンと匂いを嗅いでいると、フリードが私の頭をゆっくりと撫《な》でる。

「会いたかったよ。迎えに来てくれているとは知らなかったから嬉しい」

「陛下が教えて下さったの。フリード、怪我は？　体調は悪くない？」

ほぼ魔力ゼロの状態で北へと向かったのだ。いつもよりもだいぶ苦戦していたようだと聞いていたし、怪我の有無、そして体調が気になった。

「大丈夫だよ。無理はしなかったし。それに、ウィルが守ってくれたしね」

「ウィルが？」

顔を上げる。フリードに抱きついたまま周りを見ると、すぐ近くにウィルが立っていた。

彼はいつも通りの魔術師団団長としての格好をしていたが、その服はずいぶんと傷んでいた。怪我はしていないようだが、いかにも戦場帰りといった雰囲気が漂っている。

ウィルは私が見ていることに気づくと、動揺したように瞳を揺らした。そんな彼に声を掛ける。

「ウィル」

「あ、リディ、僕は……その……」

何かを言おうとウィルが口を開こうとする。だが、すぐに口を噤《つぐ》んでしまった。

「ウィル、どうしたの？」

「いや……」

なんでもない、と首を横に振るウィル。彼をじっと見つめた。出発前、彼は私に「殿下のことは僕が守る」と言ってくれたのだ。そしてその言葉通り行動してくれたのだと知り、本当に嬉しかった。

「フリードを守ってくれてありがとう、ウィル」

「い、いや、殿下を守るのは当然のことだし……君からわざわざ礼を言われるようなことじゃ」

「それでも。だってウィルがフリードを守ってくれたお陰で、フリードは怪我もなく戻って来られたんだもの。妻としてはやっぱりお礼を言わせて欲しい」

「妻……」

「ありがとう、本当に。それと、お帰りなさい、ウィル。ウィルも無事で良かった」

「っ……」

何故かウィルは泣きそうな顔をした。どうしてそんな表情をするのか分からないでいると、フリードが私を抱き上げた。器用にも片腕に乗せる。私は慌てて彼の首に両腕を巻き付けた。

「わっ……」

「いつまでウィルと話しているの。そろそろ私を見て欲しいんだけど」

ムッとした顔をして私を見てくるフリード。その表情は私もよく知っているもので、なんだか泣きたくなるほどホッとした。彼の耳元に顔を寄せ、フリードにだけ聞こえるように言う。

「私はいつだってフリードしか見ていないよ？」

「本当に？」

真偽を見極めるようにこちらを見てくる彼に頷く。

「うん。フリードがいない間、すごく寂しかった。ねえ、くだらないヤキモチ焼いてないで、仲良くしよ？」

目を潤ませ、彼を見る。フリードはそんな私を愛《いと》おしげに見つめ返すと、「仕方ないな」と口元を緩ませた。

「私もリディがいなくてすごく寂しかったよ。それと、手紙、嬉しかった。ありがとう」

「あ、受け取ってくれた？」

「うん。お陰で力が湧《わ》いてきた。その分、リディに会いたくなって困ったけど」

あれには参ったよ、と零《こぼ》す彼が愛おしい。

「天幕でもね、全然眠れないし落ち着かない。それが辛くて仕方なかった」

「うーん、それは私も一緒かなあ」

フリードがいないと駄目なのは私も一緒だったので同意する。フリードは目を細め、私の頬《ほお》に口づけると、改めて言った。

「迎えに来てくれてありがとう」

「ううん、私が来たかったから。お帰りなさい」

チュ、と口づけを返し、もう一度お帰りなさいの言葉を告げる。フリードは私を抱えたまま、軍勢に指示を出していった。

一旦《いったん》の解散と、明日の午前中には西へ出陣するという話を終える。皆がそれぞれ動き出し始めると、のんびりした歩調で兄がこちらにやってきた。

「よ、フリード。お疲れ」

「アレク」

どうやらフリードは兄に気づいていなかったようで、目を丸くしていた。

「お前も来ていたのか」

「リディがお前を迎えに行くっていうから、ついでにな。ウィルも、お疲れ」

「……ああ」

ウィルが兄の言葉に返事をする。兄はフリードに抱えられている私を見ると、呆《あき》れたような顔をした。

「お前……早速かよ」

「……悪い？」

今は少しでもフリードの近くにいて、彼の体温を感じたいのだ。何を言われても退《ひ》かないぞと開き直って言うと、兄はため息を吐《つ》いた。

「いやまあ、良いけど。そうだな。お前、ずいぶんと寂しがってたもんな。……で、フリード。お前は今から陛下に挨拶《あいさつ》か？」

「ああ、そのつもりだ」

ふたりの会話を聞き、慌てて私は話を遮った。

「あ、あのね！」

「リディ？」

「ええと、さっき陛下が、来るのは明日の出発前でいいっておっしゃって下さって……」

「そうなの？　父上が？」

驚いたような顔をするフリード。私はこくりと頷いた。

「うん、多分、気遣って下さったんだと思う。フリード、明日にはまた出て行っちゃうから……」

少しでも長く一緒にいられるように配慮してくれたのだと告げると、フリードは「そうか、父上が……」と呟いた。そうして私を見つめてくる。

「それならせっかくだし、父上の言葉に甘えさせてもらおうかな。リディ、明日までの短い時間だけど、私と一緒にいてくれる？」

「うん！」

むしろそれ以外の選択肢などあるものか。

大きく頷くとフリードは幸せそうな顔をした。そうして兄に向かって言う。

「そういうわけだから、私はリディと一緒に部屋に戻らせてもらうよ。構わないかな」

「陛下がいいっておっしゃっているのなら、俺が駄目だと言えるわけねえだろ。ま、確かに明日には出るんだからな。少しはそういう褒美があってもいいだろ。仕事のことは気にすんな。お前は少しでも気力と体力を回復させとけ。それが今は最優先なんだからさ」

「ありがとう、助かるよ」

感謝の言葉を口にし、フリードが私を見る。その目にチラリと欲が滲《にじ》んでいるような気がし、ぞくりと期待で背筋が震えた。

この一週間ほど、フリードに抱いてもらっていないのだ。快楽を覚えた身体《からだ》に彼の甘い視線は毒だった。

「フリード……」

きゅっと抱きつく。私の無言の訴えに気づいたフリードが小さく笑った。

「うん、部屋に戻ろう。——私も早くリディを抱きたいよ」

「ん——」

熱の籠もった言葉を聞き、ああ、彼が帰ってきたのだと実感した。

「今日はずっとふたりだけで過ごそう」

「うん、私もそうしたい」

甘く囁《ささや》かれた言葉が何よりも嬉しく、私は抱きついた腕に力を込めた。

11・彼とつかの間の日常（書き下ろし）

手を繋《つな》ぎ、ふたりで自室へ向かう。

時折リディに視線を向けると、彼女は嬉《うれ》しげに微笑《ほほえ》んでくれる。

それがどうにも幸せで、意味もなく、何度も彼女を見てしまった。

「何？」

「ううん、何でもない。リディと会えたのが嬉しくてね」

「私も」

幸せを噛《か》みしめるように笑う彼女が可愛《かわい》くて堪《たま》らない。

無事に帰ることができて良かったと、心から思った。

リディが私を見る目には、一目で分かるほど愛情が籠《こ》もっていて、そのことも嬉しかった。

待っていてくれたのだと思うと、長く会えなかった期間、ひたすら我慢し続けたことが報われた心地になる。

絡め合った指からも熱が伝わってきた。リディが時折指を擽《くすぐ》る悪戯《いたずら》を仕掛けてくるのが、まるで行為を強請《ねだ》られているようにも感じてしまう。

自室が王族居住区の奥まった場所にあることを、こんなにも焦《じ》れったく思う日がくるとは思わなかった。早くリディを抱きたくて、彼女が自分の腕の中にいるのだと実感したくて堪らないのだ。

それはリディも同じようで、こちらをチラチラと何度も窺《うかが》ってくる。そうして目が合うたび、「えへへ」と笑ってくれるのだから、彼女への愛が溢《あふ》れてしまうのも仕方なかった。

可愛い。

私の妻はどうしてこうも可愛いのだろう。

彼女を見ているだけで好きな気持ちは一秒ごとに膨れ上がるし、抱きたい気持ちが抑えきれなくなってくる。

それでも今は我慢だ。誰にも邪魔をされない自室に戻れば、思いきり彼女を貪《むさぼ》ることができるのだから。そう自分に言い聞かせていると、リディが可愛い声で私の名前を呼んだ。

「ね、フリード」

「何？」

自分の声が驚くほど甘ったるくなっている自覚はあった。

だけど仕方ないではないか。

宣戦布告を受けたあの日から約一週間もの間、リディとは会えていなかったのだ。その中で戦闘を行い、ハロルドと話し合いをし、何とかタリムを退けて帰ってきた。

戦争に行ったあとはどうしたって気持ちが昂《たか》ぶる。そこに一週間ぶりに会えた愛《いと》しい妻がいて、どうしてその気にならずにいられるだろう。

できれば今すぐにでもリディを抱きたくて、貫いて、思いきり腰を振りたくりたくて堪らないというのが本音なのだ。

「どうしたの、リディ」

もう一度返事をする。自分でも甘いなと思った声音《こわね》は、リディにも同様に聞こえたようだ。

ただ、リディは嬉しそうにしていて、彼女が喜んでくれるのなら別に良いかと思ってしまう。

「あのね、その……先に話しておきたくて」

「ん？」

何のことだと首を傾《かし》げると、リディは周囲を確認し、私にしか聞こえないくらいの声で「西の砦《とりで》のことなんだけど」と話し出した。

「ああ、父上からの手紙に書いてあった話だね。あれには驚いたよ」

父から受け取った手紙の内容を思い出しながら告げると、彼女は申し訳なさそうに眉《まゆ》を下げた。

「ごめんなさい。フリードに何も聞かず、勝手に行動して。その、私も最初はアルカナム島との話し合いにだけ行くつもりだったんだけど」

「そこでの話し合いで、肉の盾にされた獣人たちを解放して欲しいって頼まれたんだっけ？」

「うーん、解放っていうか……アルカナム島の人たちはね、イーオンと実際に会って、サハージャに騙《だま》されていることを分かってくれたの。だから軍を退《ひ》いてもいい。むしろ嘘《うそ》を吐《つ》いたサハージャのためになんか戦いたくないって考えを変えてくれたんだけど、人質にされている五百名の獣人奴隷の問題が片付かないと実行に移すのは無理だって言われちゃって……じゃあ、そっちをなんとかしようかって話になって、勢いで西の砦に……」

その辺りのことは手紙にも書いてあった。

明日、私が向かう西の砦。そこを本拠地とするセグンダ騎士団は、無抵抗状態の獣人奴隷を前に、碌《ろく》に戦うことができなかったとか。

そんな中、陣中見舞いと称して向かったリディとアレクたちが獣人たちを奪取することで、士気を持ち直してくれたのだと手紙にはあった。

「行って良かったとは思っているんだよね。騎士たち、大分精神をやられていたから。ヴィルヘルムのためにもアルカナム島の人たちのためにも、獣人たちを解放したことは間違ってなかったと思ってる。でも、フリードに何も言わず危険な行動を取ったのも事実だから……」

ごめんなさい、と謝るリディを見つめる。

何も言わない私に、リディは慌てたように言った。

「あ、あのね、悪いのは私だけだから。その、兄さんとか他《ほか》の皆は私が同行することに反対してたし、だから兄さんたちを怒らないで欲しいの。怒るのなら私だけにして欲しいんだけど……駄目？」

上目遣いで見てくるリディは不安そうな顔をしている。

立ち止まり、リディを見た。繋いでいない方の手で彼女の頭をゆっくりと撫《な》でる。

「父上も手紙に同じようなことを書いていたけどね。怒るわけないじゃないか。リディが西の砦まで行って頑張ってくれたから、今も砦は落ちることなく、兵士たちは戦い続けていられる。私がいないことで士気を落としていた彼らを鼓舞してくれたのだって感謝してるよ。そりゃあ、危険な真似《まね》はして欲しくないけど、リディがしてくれたことを怒るなんてできない」

彼女のお陰で、今もセグンダ騎士団は戦うことができていると分かっている。

リディたちが獣人奴隷たちを何とかしてくれなければ、きっと今頃《ごろ》西の砦はサハージャの手に落ちていただろう。彼女は私のために、ヴィルヘルムのために行ってくれたのだ。それを責めるような真似、できるはずもなかった。

「アレクにも怒るつもりはないよ。彼は最善だと思うことをしてくれたのだと分かっているから。だからリディ、心配しなくて大丈夫。それより、本当にありがとう。リディのお陰で、私は明日、セグンダ騎士団と西の砦で合流できる。本当に助かったよ」

「……」

リディが目を瞬かせ、私を見てくる。その目があっという間に潤んでいった。

彼女は私の服の裾《すそ》をギュッと握り、確認するように聞いてくる。

「……私、フリードの力になれた？」

その声は小さく、震えていた。力づけるように言う。

「もちろん。リディは私の妃《きさき》として最大限のことをしてくれた。本当に感謝しているんだ」

「……無謀だなって呆《あき》れなかった？」

「カインも連れていったんでしょう？　それなら無謀とまでは思わないかな。状況を聞けば、リディがああするより他はなかったことは分かるしね。……ねえ、リディ。私は確かにリディに城の奥でじっとしていて欲しいって思ってる。囲い込んでしまいたいってね。だけどそれと同じくらい、今回のリディの活躍を嬉しく思ってもいるんだよ？」

今回のリディの活躍で、皆、彼女がお飾りの妃ではないと知ったはずだ。

ただ、私に愛されるだけの、子供を産むだけの女性ではないと理解したはずだ。

これから更に皆の彼女を見る目は変わるだろう。今まで以上に尊敬を集め、妃として尊重される。

私の隣を歩く女性として、文字通り正妃――正統なる妃として扱われるようになるのだ。

それは、私と一緒に歩いて行きたいと望んでくれた彼女にとっても、それを嬉しいと受け入れた私にとっても良い話で、今回のことは偶然ではあったけれど、未来のためにはとても良かったのだと思う。

できれば危険な真似はして欲しくないというのは今も思っているし、また同じようなことがあればきっと私は反対してしまうのだろうけれど、だけど最後には彼女を信じて送り出すだろうことも分かっている。

「リディ、ありがとう」

もう一度告げる。リディはギュッと目を瞑《つむ》ると私の胸に顔を埋《うず》め、「うん」と可愛い声で返事をした。

◇◇◇

「えへへ、ごめんね。ちょっと泣いちゃった」

目尻に溜《た》まった涙を拭い、リディが言う。その顔にはもう憂いはなかった。

それを嬉しく思いながら再度彼女の手を握り、廊下を歩き出す。リディも私にぴったりとくっつき、

「んふふ」と笑っている。

そんな彼女を見ながら、次は私が話す番だと思い、口を開いた。

「リディ」

「ん？」

「私の話も聞いてくれる？」

「えっ、良いけど……」

目を丸くしてこちらを見る彼女に頷《うなず》く。

リディは私の妃だ。彼女に秘密にすることなど何もないし、タリムの顛末《てんまつ》はリディにも知っていてもらいたい。そう思っていた。

「――そう」

タリムであった出来事を話し終わると、リディは複雑そうな顔をした。

「ハロルド殿下、そんなにシオンのことを大切に思っていたんだね」

「うん。執着しているな、とは思っていたけど、予想以上だったよ」

ハロルドのことを思い出し、息を吐く。

もうシオンがこちらに戻ることはないと理解した時のハロルドの表情は酷《ひど》かった。目には絶望があり、このまま壊れてしまうのではないかと危惧したほどだ。

「シオンの手紙があったから、ハロルドは私の言葉を信じてくれた。あの手紙がなかったら、きっと耳を傾けてはくれなかっただろうな。自分の目で確認しなければ信じられないと、がむしゃらに私に向かってきただろう」

「うん」

「もしかしたらシオンは、こういう事態も想定して、私に手紙を預けてくれたのかもしれないね」

しみじみと告げると、リディは真顔で同意した。

「あり得る。紫苑《しおん》先輩って、昔からそういうところがあったから。軍師って初めて聞いた時も、紫苑先輩なら納得って普通に思ったし。でも、そっか。日本に帰ったあとも、私たちを助けてくれたんだね」

「うん。本当に助かったよ。ハロルドは正規兵を連れてきていたし、数も予想していたより大分多かった。私も本調子ではない中、苦戦を強《し》いられていたから」

戦いを思い出し告げると、リディが心配そうな顔になった。

「怪我《けが》、してないんだよね？」

「してないよ。さっきも言ったでしょう。ウィルが守ってくれたって。少し疲れはしたけど、それだけだよ」

「……」

じーっと私を見てくるリディ。どうやら疑われているようだ。

私は苦笑し、ようやく見えてきた自室のドアに目を向け、彼女に言った。

「疑うなら直接リディが確認すればいいよ。ねえリディ。戦いから帰ってきた私にご褒美をくれるんだよね？」

自然と蕩《とろ》けた声になる。リディはぽっと頬《ほお》を染め、頷いた。

「ん、もちろん。私もフリードが欲しいし、寂しかったから。それにフリードはまだまだ本調子ではないでしょう？　私を抱くことで回復速度が上がるんだからいくらでも抱いて」

もじもじと身体《からだ》を揺らすリディがとても可愛い。

いくらでも、なんて言ってくれる彼女の言葉が本心であることは分かっている。出発前も私のためにと、その身を差し出してくれたのだから。

あまり体調が良くない中、秘密にしておきたかっただろう体力回復薬の存在まで教え、私を押し倒してきたリディ。

あの時私は、更に彼女への愛が深まったのを感じていた。

それも当たり前だ。あんな献身を見せられて何も思わないはずがない。

叫び出したくなるほど、リディのことが愛おしかった。

私を想ってくれるリディが可愛くて好きで堪らなくて、この人を絶対に手放したくないし、失いたくないと強く思った。

本当に、リディという存在は私にとって底なし沼のようなものなのだ。いつだってこれ以上はないというくらいに愛しているのに、毎日更なる底へと引き摺《ず》り込まれるのだから。

「ありがとう、すごく助かるよ。じゃあ、話の続きは心ゆくまで抱き合ってからにしようか。リディ、私の愛しい妃。離れている間、リディが恋しくて仕方なかったよ。リディが私の腕の中にいるのだと実感させて」

握った手の力を込めると、力強く握り返された。

「私も、フリードを全身で感じたい」

いじらしい言葉に身体が熱くなる。

自室の扉を開け、急いで室内に入る。ベッドまで行かなければと分かっていたが、我慢できない。とりあえず、邪魔なマントと剣を外して近くのソファに放《ほう》り投げ、驚いているリディを捕まえると、近くの壁にその身体を押しつけた。

「えっ……ん……んんっ……」

言葉を封じるように唇を貪る。

いきなりの行動にリディは吃驚した様子ではあったが、それでも私の首に両手を回し、自分から身体を押しつけ、積極的に応《こた》えてくれた。それが嬉しくて堪らない。

舌を口内に押し込むと、リディは自発的に己の舌を差し出した。一生懸命私の舌に絡んでこようとする姿が愛おしい。

舌を擦《こす》り合わせ、互いの唾液《だえき》を交換し、それでもまだ足りないとばかりに口内全《すべ》てに舌を這《は》わせる。

舌先で上顎《うわあご》を擽ると、彼女はビクビクと身体を震わせた。その身体に手を滑らせる。

スカートをたぐり寄せ、太股《ふともも》に触れた。靴下を止めていたガーターベルトに指が当たる。気にせず内股を撫で上げた。滑らかな肌は熱く、すでに汗ばんでいた。

下着に触れる。ピクンとリディが肩を揺らしたが、それだけだ。私の動きを阻害するようなことはせず、もっとキスしてくれと唇を押しつけてきた。

「は……リディ……」

「フリード……」

熱の籠もったどこか期待するような声に腰が痺《しび》れた。下着の上から蜜口《みつくち》の形を確かめるように触れると、どんどん布地が湿ってくるのが分かる。

布地の上から蜜口を軽く押すと、応えるように愛液が零《こぼ》れ出した。

「んっ……」

可愛い声が聞こえ、熱い息が零れた。リディが私の服を引っ張り、上目遣いで強請ってくる。

「ん……フリード……ベッド、行こ……」

その声は甘く、できれば頷いてやりたいところだったが、すでに下半身は痛いくらいに張り詰めており、もはや一刻の猶予もない。

何せ、タリムと戦っている間、一度だって出さなかったのだ。自己処理など虚《むな》しいだけで、そんな気持ちにもならなかった。溜まりに溜まった欲は今にも爆発せんばかりにリディへと向かっている。

「リディ……」

ベッドに移動する時間も惜しくて、今すぐリディを貫きたくて、我慢できなかった私は彼女に乞《こ》うた。

「ごめん、リディ。我慢できない。ここでさせて」

「えっ……ん、でも……」

壁に押しつけられた状態で挿入を強請られたリディが目を瞬かせる。

「戦いに行っていた反動からか、すごく気分が昂ぶっていて、自分を制御できないんだ。一回させてくれたら、ベッドに移動できると思うから……駄目？」

チュ、と首筋に口づける。下着の腰紐に手を伸ばし、引っ張った。紐はあっさりと解《ほど》け、下着は床へと落ちていく。それと同時に蜜口の中に指を入れる。花弁は閉じていたが、指で擽るとすぐに解け、中へと招いてくれた。熱く蕩けた蜜壺《みつつぼ》が柔らかく私の指を締め付けてくる。

「あっ……んっ」

膣壁《ちつへき》を軽く擦ると、リディは可愛い声で啼《な》いた。その反応に気を良くし、再び彼女に問う。

「ねえ、良いよね？　今すぐリディが欲しいんだ」

「っ……！」

「それともリディは我慢できるの？　私のこと、欲しくない？　本当にベッドまで我慢できる？」

「ひあっ……」

耳元で囁くと、リディは顔を赤くし、目を潤ませながら私を見てきた。そうしてふるふると首を横に振る。

「無理……我慢できない」

「リディ」

「だって、フリードが帰ってくるのをずっと待ってたんだもん。私、ずっとフリードが欲しかった」

潤んだ瞳《ひとみ》には私への愛が見え、胸が甘く締め付けられるような心地だった。

堪らず蜜壺から指を引き抜き、トラウザーズを寛《くつろ》げる。硬く張り詰めた肉棒を引き摺り出した。

「あっ……」

期待の滲《にじ》む声に、自然と口角が上がっていく。

リディを壁に押しつけたまま、片足を持ち上げる。位置を確認し、下から斜め上方向に勢いよく屹《きつ》立《りつ》を突き上げた。

「ああああっ！」

十分過ぎるほど濡《ぬ》れそぼった蜜道は、いとも簡単に私を受け入れた。柔らかく解《ほぐ》れた蜜孔《みつあな》は私を歓迎するように締め付けてくる。

およそ一週間ぶりのリディの感触に心が満たされる。何とも言えない充足感があった。

「はあ……リディ……」

「あああ……気持ちいいよう……フリード……フリードだ……」

私の背中をしっかりと抱きしめ、嬉しげに啼くリディが可愛い。更に熱が肉棒へと集まっていくのが分かった。

「私も嬉しいよ。こうしてリディの中を感じたかった……相変わらずリディの中は気持ちいいね。ちゃんと私のカタチを覚えてる」

「ん……ね、フリード。動いて……」

甘く誘うような声で強請られ、切っ先を奥へと押しつけるように動かす。すぐにリディは蕩けた顔をして、啼き始めた。

「ああっ、ああっ、ああっ……」

下から突き上げるように腰を動かすと心地良いのか、リディは今度は私の首に両手を巻き付け、ギュウギュウに雄を締めつけてくる。

「リディ、リディ、リディ……」

「あっ、気持ち良い……気持ち良いよう……フリードッ……」

片足を持ち上げた体勢のまま、ピストン運動を続ける。壁に押しつけ、密着しての交わりに酷く興奮した。屹立は限界まで膨らんでおり、痛いくらいだ。

リディの中は柔らかく広がり、だけども必死に肉棒を食い締めている。腰を引くと嫌だと言わんばかりに襞《ひだ》が追いかけてくるのだ。もっとと強請られているのが分かる動きに応えるべく、膣壁を抉《えぐ》った。

「ああんっ！　はあ……はあ……はあ……」

リディの感じている顔が間近に見られるのがグッとくる。熱い吐息が顔に掛かった。彼女も興奮しているのが伝わってくる。

堪らず唇を奪い、舌を絡めるキスをした。リディもすぐに応じてくれる。

「んっ……んんっ……んん」

不自由な体勢ではあるが、普段とは違う体位に興奮が収まらない。リディも積極的に舌を絡め、私に合わせるように腰を揺らしてくれる。

「ぷあっ……あっ……これ、気持ちいいの……ああっ」

切羽詰まった声を聞き、更に肉棒が硬くなった。溜まりに溜まった精を思いきり吐き出したい。

「リディ……」

「フリード、好き」

「うん、私もだよ。愛してる」

至近距離で囁《ささや》き合い、唇を重ねるだけのキスを何度も交わす。その間も腰の動きを止めはしない。

リディの中は複雑にうねり、生み出された愛液が潤滑油となり、例えようもないほど気持ち良い。

軽く腰を揺らしただけでも達しそうになる心地よさを感じながら、ゆさゆさとリディを揺さぶった。

「はあ、ああ……ああっ……んんんっ！」

突然、リディの声のトーンが変わった。彼女は身体をくねらせ、喘《あえ》ぎ始める。

「やあ……それ、駄目……当たってる……当たってるから……やあん、気持ち良いっ」

私の首に齧《かじ》りつき、ヒンヒンと喘ぐリディ。

どうやら私が腰を振ると、ちょうど陰核が擦れ、快い刺激となるらしい。肉棒に膣奥を叩《たた》かれながら花芽を擦り上げられたリディは、顔を真っ赤にして「ああ……ああ……」と可愛い声を上げていた。

「リディ、可愛い……」

快感を全面に出した妻が愛おしくて、何度も口づける。

リディの身体が小さく痙攣《けいれん》し始めた。同時に私を締めつけている膣圧もより強いものへと変わっていく。肉棒を圧搾する力はなかなかのもので、気を抜くと私もイきそうになってしまう。

「イく……もう……イっちゃう……」

ギュウと目を瞑り、耐えられないと啼くリディは色っぽく、見ているだけでドキドキする。

「リディ、イきそうなの？」

「ん……もう……だめっ……」

「いいよ。じゃ、一緒にイこう？」

彼女の足を持ち直し、体勢を整えてから、今までよりも強めに、そして速い抽送《ちゅうそう》を心掛ける。

リディの中が蠢《うごめ》き、痛いくらいに私を締め付けてきた。

キツさに堪らず、愛おしい妻の名前を呼ぶ。

「リディ……好きだ……！」

「フリード……あああああっ！」

私にしがみ付き、リディが達する。私もほぼ同時に精を吐き出した。彼女を抱かずに過ごした一週間分の濃い子種をリディの中に叩きつける。

「はあ……」

背筋が震えるほどの心地よさに息を吐く。重かった腰が少しだけ軽くなった気がした。リディはビクビクと身体を震わせながら、未だ白濁を受け止め続けている。

「はあ……ああ……ん……」

息を整え、リディがちろりと私を見る。キスをしすぎて赤く色づいた可愛い唇が小さく動いた。

「フリード……好き」

「ん……愛してるよ」

飽きることなくもう一度キスを交わし、肉棒を引き抜く。手早くトラウザーズを引き上げて簡単に身繕いをしてから、身体から力が抜け、床にへたり込んでいるリディを抱き上げた。

「ふあっ……？」

「続きはベッドで……ね？　付き合ってくれるんでしょう？」

期待を滲ませながら告げると、リディは素直に私の首に手を回し、頷いた。

ありがとうの気持ちを込め、キスをひとつ。

隣の寝室までゆっくりと歩き、ベッドの上に彼女を丁寧に降ろした。その上に覆い被《かぶ》さる。

「リディ」

「うん、いいよ。――きて」

リディが蕩けた表情で、私に手を伸ばしてくる。愛おしい人に受け入れられる喜びはたとえようもないものだ。先ほどの行為で皺《しわ》になってしまったドレスを剥《は》ぎ取りながら、自らも服を脱ぎ捨て――ようとしたところでふと気づいた。彼女に尋ねる。

「……これ、脱いでしまって構わないの？」

「……え？」

キョトンとするリディに告げる。

「軍服。リディ、この格好が好きなんでしょう？　いつも祭りがどうとか言っているし」

「そ、それはそうだけど！」

リディがわたわたと焦る。だがすぐに何とも言えない表情で目を伏せた。

「リディ？」

「……えっとね、正直、今は何よりフリードを感じたいの。軍服とか、そういうのはどうでもいい。そう思っちゃ駄目かな。私らしくない？」

「まさか。嬉しいよ」

それだけリディが私自身を求めてくれているということだ。喜ばないわけがない。

笑みを浮かべると、リディはじっと私を見つめてきた。

「何？」

「……ううん。ただ、フリードが帰ってきてくれたんだなって、嬉しいなって改めて思っていただけ。……大好き」

「うん、私も愛してるよ」

リディを見ていると、自然と愛の言葉が零れ出る。彼女が幸せそうに笑ってくれるのが何より嬉しい。

リディの唇を塞《ふさ》ぐ。

ようやく取り戻した愛おしい時間。

私たちの日常。

明日までという限定的なものではあるけれど、最大限リディを愛《め》でるのに使いたい。そう思いながら私は再び彼女の柔らかく温かい身体に溺《おぼ》れていった。

12・彼女と再びの別れ

フリードとつかの間の再会を喜び、心ゆくまで抱き合った翌朝、私たちは女官たちを全員下げ、ベッドの上で朝食をとっていた。

今日は、西の砦《とりで》に出発するのだ。

サハージャとの戦い。きっと前回と同じようにしばらくは帰ってこられないだろう。それが分かっていたから、少しでもふたりきりで長い時間を過ごしたかった。

カーラたちも私たちの意を汲んでくれたのか、すぐに頷《うなず》き下がってくれた。

朝食を食べ終えれば、準備して国王に挨拶《あいさつ》に行き、出陣。

刻一刻と迫ってくる出発の時間が恨めしい。

「ねえ、本当に大丈夫なの？」

隣り合って食事をとりながらフリードに尋ねる。体調を聞いているのだとすぐに察したフリードが確かめるように己の手を握ったり開いたりした。

「大丈夫だよ。リディのお陰で大分回復したから。魔法剣はまだ難しいけど、普通の魔法や魔術なら使えるレベルくらいには戻ってきてる」

「それなら良いんだけど……」

サンドイッチを齧《かじ》りながら、ため息を吐《つ》く。魔力がなくなるという感覚を知ってしまっただけに心配だった。

だって、シオンが帰ってまだ一週間くらいしか経《た》っていない。

メイサさんは、フリードの力が完全に戻るにはひと月掛かると言っていた。その四分の一しか期間が過ぎていないことを思えば、殆《ほとん》ど回復していないというのが実際のところだろう。

彼の力は実際には魔力ではなく神力なので、魔力とは回復速度が違うのかもしれないし。

もう少し素早く回復してくれれば——そんなことを考えながらグレープフルーツジュースを飲んだ。

フリードは紅茶を飲んでいる。優雅な仕草に思わず視線が吸い寄せられた。

何をしても様になる。それが私の夫なのである。

彼はシャツ一枚羽織っただけという姿だったが、昨夜散々抱き合ったせいか、色気がダダ漏れになっていた。視線ひとつ、息を吐く姿すらドキドキする。

私？　私はネグリジェの上にストールを羽織っている。昨日は少しだけ眠ることができたので、着替えていたのだ。フリードは裸で寝ていたけど。

フリードを見つめる。私の旦那様は格好良いなあと思い、ふと、思いついたことを告げてみた。

「……ねえ、デリスさんの体力回復薬、飲んでみる？」

「え？」

「体力回復薬。フリードには見せたでしょ」

キョトンとするフリードにもう一度言う。

私がデリスさんからもらっている体力回復薬。あれをフリードに飲ませれば、少しくらい力が回復するのではないか。そう考えたのだ。だけどフリードは首を横に振った。

「有り難い申し出だけど、必要ないよ。怪我《けが》をしているわけでも、体力を失っているわけでもないからね」

「そっか……そう、だよね」

言われてみればその通りだ。

フリードに足りないのは体力ではないと分かっていたくせに、余計なことを言ってしまった。

こんなことならデリスさんから、魔力回復薬でも購入させてもらっておけば良かった。そう考え、やっぱり駄目だなと気づく。

だってフリードの力は神力なのだから。普通の薬が彼に効くとは限らない。

特殊な材料が必要だと言われる可能性は十分過ぎるほどあるし、そもそもデリスさんに頼んだところで、すぐに用意できるものでもないと思う。

できた頃《ころ》には、もう回復していた……とか、すごくありそうな話だと思った。

それでは意味がない。

「うーん、難しいなあ」

「気にしてくれなくて良いよ。時間経過で回復するものだし、実際少しずつではあるけれど回復しているんだから」

「でも、こう一気にどーんと回復したらいいなあって。そうしたらフリードはあっという間にサハージャとの戦いを終わらせることができるわけだし」

彼の繰り出す魔法剣の凄さは、何度も噂《うわさ》に聞いているから知っている。あれを放つことができれば実質彼の勝利なのだ。だからと思ったのだが、フリードは否定した。

「それはそうだけど、そう都合の良いものはないと思うしね。それにリディが頑張ってくれたお陰で、アルカナム島は退《ひ》いてくれたし、問題だった獣人奴隷たちもいなくなった。十分戦いやすくなっているから」

「そう……？　そうだと良いけど」

もっと彼のためにできることがあったのではないか。そう思い悩んでいると、フリードは言った。

「ほら、眉《まゆ》を寄せないで。可愛《かわい》い顔が台無しだよ」

「うう……」

「もうすぐ出陣なんだから、笑っていてよ。その方が嬉《うれ》しいから」

そう言われてしまえば頷くより他《ほか》はない。それが彼の望みならばと笑みを浮かべると、フリードは嬉しげな顔をした。

「うん、その方が良い。リディの可愛い顔を覚えておきたいから」

「……できるだけ早く帰ってきてね」

「もちろん」

にっこりと笑うフリードに身体《からだ》を擦り寄せる。昨日散々抱いてもらったのに、もう寂しくなってきた。

「……寂しい」

彼の身体にもたれ掛かり、小さく呟《つぶや》く。フリードは笑い、私の腰を抱き寄せた。

「リディ」

「ごめんなさい。でも、どうしても寂しくって」

しかも今から向かうのは、西の砦。西には今回の戦を仕掛けた張本人であるサハージャ軍が待っているのだ。

きっと話し合いで済んだ他の二ヶ国のようにはいかないだろう。それが分かっているだけに、離れがたかった。

フリードが私の頭をゆっくりと撫《な》でてくる。それを目を瞑《つむ》って受け入れた。

「リディ」

「ん」

「私も寂しいよ。リディを連れて行けたらいいのにと思ってる」

告げられた言葉を聞き、小さく笑う。

残念だけどそれは無理な話だ。私は戦闘の心得が全くない。そんな私が彼についていったところで迷惑しか掛けられないだろう。

分かっているので、首を横に振る。

「それは無理だから、ちゃんとここで待ってるね」

「……次の相手はサハージャだ。この戦争を仕掛けたマクシミリアンが相手になる。今のところ、大きな動きはないけど、ここにひとり残していくリディが狙《ねら》われないとも限らない。本当は置いて行きたくないけどその方が危ないから……カインの側《そば》から絶対に離れないようにね。彼がいれば何があってもリディを守ってくれるだろうから」

「うん」

心配性だと笑い飛ばしたりはしない。真剣な顔で頷くと、フリードもまた頷いた。

彼が手を滑らせ、頬《ほお》に手を当ててくる。じっと目を覗《のぞ》き込まれ、見つめ返した。

「フリード」

「リディ、愛してる」

「私も、大好き」

言葉とほぼ同時に唇が触れる。優しい感触に、胸がツンと痛んだ。

ああ、しばらく彼にキスしてもらうこともできなくなるのだ。

そう思うと悲しいし寂しいし、とても辛《つら》い。

「フリード……」

「ああ、そんな顔しないでよ。離れがたくなる」

「ん……ごめんなさい。でも——」

「分かってる。私も同じ気持ちだよ」

もう一度、唇が触れる。今度の口づけは先ほどよりも長かった。無意識に唇を開くと彼の舌が割り入ってくる。

「ん……」

招き入れた舌が私の舌に絡み付く。私も応《こた》えるように動かした。彼の舌先が触れるたびにゾクゾクとした愉悦が湧《わ》き起こり、甘い期待が全身に広がる。

流し込まれる唾液《だえき》を積極的に飲み干し、もっとと言わんばかりに彼の舌を啜《すす》った。

唇が離れると、銀色の糸がつーっと伸び、プツリと切れる。

「はあ……」

「リディ……可愛い」

「んっ」

フリードの目に熱が灯《とも》る。彼の手が私の身体をいやらしくまさぐり始めた。ストールが滑り落ち、薄いネグリジェもすぐに乱されてしまう。

心地良い手の動きを止めることはせず好きにさせると、胸の膨らみを彼の大きな手が覆った。優しく揉《も》みしだかれ、吐息が漏れる。

「は……あ……んっ」

先端を軽く擽《くすぐ》られ、ドロリと愛液が染み出したのが分かった。昨夜だって散々抱かれたというのに、私の身体は正直だ。もう彼が欲しくて仕方ないらしい。

「んっ、んっ……」

ネグリジェは大きくはだけられており、なかなかにいやらしい眺めだ。フリードはネグリジェの中に手を差し込むと、たくし上げた。乳房を掴《つか》み、先端に吸い付いてくる。

「あんっ……」

熱い舌先が乳首を嬲《なぶ》る。硬くなった先端を吸い立てられ、ビクビクと身体が震えた。絶妙な強さで乳首を舐《な》め転がされる。甘い刺激が心地良く、彼の好きなようにさせてしまう。

「はあ……ああ……」

身体が熱い。フリードが欲の滲《にじ》んだ表情で私を見つめていた。私の頭を支えながら押し倒してくる。ベッドにふんわりと倒れ込んだ。

「フリード……」

「リディ、最後にもう一回、いい？」

「んっ……」

フリードの指が下着の隙間から入り込んでくる。昨夜、散々愛されたその場所はすでにじんわりと濡《ぬ》れていた。プツリと指が蜜壺の中に埋められる。

優しくも強引な動きに身体がどうしようもなく疼く。

「んっ、んっ……」

彼の長い指が私の中を掻き回す。指先が心地良い場所を掠《かす》った。すぐに甘い痺れが襲ってきて、無意識にお腹に力を込めてしまう。それに逆らうように蜜壺《みつつぼ》を解しながら、フリードが何度もキスを繰り返してきた。

「ね、リディ……してもいいよね？」

「ひゃっ、でも……時間」

「分かってる。でも、どうしてもリディが欲しくて」

「うぅ……」

酷《ひど》く官能的な声で囁《ささや》かれ、子宮が震えた。同時にドッと蜜が溢《あふ》れ出る。彼の声に反応したのだと、言われなくても分かった。

蜜壺の中を探る指はいつの間にか二本に増えており、淫《みだ》らな音が朝の寝室に響いていた。

「はあ……ああんっ……んんっ……」

身体に力が入らない。フリードとのエッチはいつもすぐに気持ち良くなってしまって、思考力が消えてしまうのだ。

出発までそう時間もないのに、とか、もうすぐ朝食の片付けにカーラたちが来るのに、とか、そういう当たり前のことが、どんどんどうでも良くなってくる。

抱いて欲しい。

彼のモノで私の中を埋めて欲しい。そうして深い場所に熱《ほとぼ》りを流し込んで欲しい。もうそのことしか考えられなくなってくる。

「んんんっ……！　ひゃあっ！」

花芽を指でぴんっと弾《はじ》かれ、甘ったるい声が出た。ずらされた下着は愛液でグチャグチャになり、すでに役割を果たさなくなっている。

与えられた刺激の心地良さに陶然となる。腹の奥がグルグルと熱くなってきた。

「フリードぉ……」

媚《こ》びた声が自分の口から出る。フリードは優しい動きで陰核を押し回した。そうしてもう一度私に聞いてくる。

「ね、リディ……駄目？」

柔らかい声が脳髄を揺らす。お願いと強請《ねだ》るようなキスをされ、とうとう我慢できなくなった私はフリードに強請った。

「挿《い》れて」

「リディ」

「私も、フリードが欲しいの」

もうすぐフリードは戦いに行ってしまう。だからこそ、最後のもう一回を私も欲しかった。

まだ朝食中だとか、そういうのはどうでもいい。ただ、彼を感じたかったのだ。

フリードが指を引き抜き、嬉しげに私の足を広げさせる。私も素直に彼に従った。期待に身体が震える。

「挿れるよ」

「ん……」

小さく頷くと、彼は反り返った逞《たくま》しい肉棒を蜜口に押し当てた。熱い屹立《きつりつ》がゆっくりと蜜孔《みつあな》に潜り込んでくる感触に言い知れない愛《いと》しさを感じる。私の全《すべ》てを味わおうとするような動きに、纏《まと》わり付いた襞《ひだ》の方が我慢できず、収縮を始めた。

「はあ……」

「リディ、リディ……」

「ん、気持ち良い……」

肉棒が膣壁を擦《こす》りながら進んでいく。身体の中を徐々に埋め尽くされていく感覚に酔いしれた。肉棒は昨日《きのう》何度もしたとは思えないほど硬く熱い。

「はあ……ああ……」

「ん……入った……」

「んっ」

最奥をコンと叩《たた》かれ、甘えるような声が出る。挿入されただけなのに気持ち良くて泣きそうになった。

フリードがゆっくりと腰を振り始める。私は手を伸ばし、彼を求めた。

「フリード……こっち」

「うん」

フリードが身体を倒してくれたので、遠慮なく抱きつく。温かい彼の体温が心地良かった。

肉棒が私の気持ち良い場所を丹念に刺激してくる。

「ふあっあっ、あっ……」

「リディの中、ふわふわして気持ち良い。ああもう……本当に離れたくない……」

「私も……私も一緒にいたい……」

ギュッと彼の背を抱きしめ、応える。足を絡め、彼に言った。

「ね、キスして」

少しでもフリードと強く触れ合いたい。そんな気持ちで告げると彼は私の望みに応えてくれた。

腰を小刻みに動かしながらの、舌を絡める濃厚な口づけが始まる。私は口内に侵入してきた彼の舌を必死に追いかけた。

飴《あめ》をしゃぶるように彼の舌を舐める。舌を擦り合わせると、痺《しび》れるような快感が得られた。

「んっ、あっ、あっ……」

深く腰を打ち付けられるのも気持ち良い。

肌と肌を触れ合わせる行為は快く、私は愛する人から与えられる刺激に夢中になった。

「はあ……んんっ……んんっ……！」

ぬちぬちと肉棒が蜜道を出入りする。身体を揺さぶられ、奥を突かれるたび、嬌声《きょうせい》が上がる。

寝室はカーテンこそ閉めていたが隙間から光が入ってそれなりに明るく、私たちのしている行為を浮き彫りにしていたが、全然気にならなかったし、むしろ明るい分、フリードがしっかり見えて良いとさえ思った。

「フリード……」

「リディ、愛してる。すぐに帰ってくるから」

「うん、うん、待ってる……」

やがてフリードが精を放ち、蜜壺から肉棒を引き抜いた。いつもなら二回戦が始まるのだけれど、今日ばかりはそうもいかないのだろう。ただでさえ時間がない中、身体を重ねてしまったのだ。時間はかなり押している。

「……」

「フリード」

「うん、さすがに時間切れ、かな」

残念そうに言い、丹念に情事の痕を消してから、フリードが念話を使ってカーラを呼んだ。

「あ、魔法」

「うん、回復しているって言ったでしょう？」

「良かった」

「リディのお陰だね」

にこりと笑い掛けられ、もう一度「良かった」と言った。

私が付き合ったくらいで、彼が回復するのなら、やすいものだ。

もっと早く回復してくれると良いのにとは思うが、無い物ねだりはできない。だけど少しずつでも確かに回復しているのだと分かるのは嬉しかった。

「殿下、失礼致します」

カーラがやってきて、私たちを見た。

ベッドの上にぺたんと気怠《けだる》げに座り込んでいる私と、情事直後で更に色気ダダ漏れとなっているフリード。誰がどう見ても、何かあったと一目で分かる状況だ。

そんな私たちに彼女は何も言わず、頭を下げた。フリードが言う。

「カーラ、着替えを」

「承知いたしました」

カーラの合図で軍装が運び込まれる。昨日着ていたのではなく、新たに用意されたものだ。カーラは慣れた様子でフリードの着替えを手伝い始めた。

「……」

新しく用意された黒の軍装を纏っていく彼をじっと見つめた。

マントを羽織る。腰にはいつもの神剣。そこには戦地に向かう男の姿があった。

格好良いなと思うが、はしゃいだ気持ちにはならない。昨日もそうだったけど、軍服より彼自身に気持ちがいっているのだ。

今の私は、彼を心配する気持ちの方が勝っていて、軍服にぽーっとするような余裕などどこにもない。

そう考えると、普段の私は相当余裕なんだろうなと思う。そして、無事戦いに勝利し、帰ってきた暁には、是非落ち着いて軍服祭りを開催させてもらいたいと切に願う。

軍服祭りはやはり何の憂いもない時に開きたいのだ。今は彼の軍装を見ても、戦場に行くのだなとしか思えないので。

そしてこういう時にこそ実感する。私がいかにフリードに惚《ほ》れているのかということを。

性癖とか、好みとか、そんなことがどうでもいいと言い切れるほど、彼のことが心配で堪《たま》らないのだから。

ただ、無事で帰ってきてくれればいい。

フリードを見つめる私に気づいたカーラが、柔らかく微笑《ほほえ》んだ。

「ご正妃様。殿下は大丈夫ですよ」

「分かってる。分かってるわ」

それでも心配なものは心配なのだから仕方ないではないか。フリードがこちらを見る。

視線を向けられただけで嬉しいと思ってしまう私は重症だ。

「リディに心配掛けたくないから、怪我をしないようにするね」

「うん。……でも、無事に私のところに帰ってきてくれるんなら何でも良いからね」

真面目《まじめ》に返すと、フリードは口元を緩めた。私を見る目が酷く優しい。カーラもにこにこと私たちを見ていた。

用意を終えたフリードが、ベッドの上に座る私のところへやってくる。温かい手が頬に触れる。

その感触に目を閉じた。

「必ず、リディのもとに帰ってくるよ」

「——うん」

「——殿下、宜《よろ》しいでしょうか」

私が返事をするのとほぼ同時に、部屋の外から男の人の声が聞こえた。

おそらくは侍従。何か報告があるのだろう。

フリードは一瞬私に視線を向けた後、「こちらには入ってくるな。そこから話せ」と命令した。

多分だけれど、ネグリジェ姿の私を見せたくないのだろう。声の主は「はっ」と了承の言葉を告げ、

用件を口にした。

「先ほど、連絡がありました。後退していたサハージャ軍が、援軍と合流し、進軍を再開した模様。援軍はマクシミリアン国王が率いているようです」

「……マクシミリアンが」

マクシミリアン国王が前線に出てきたと聞き、フリードの顔が引き締まる。

私も顔を強《こわ》ばらせた。

フリードとマクシミリアン国王。このふたりがついに戦場で戦うのだ。

報告を聞き終えたフリードが、私を振り返り、言った。

「リディ、行ってくるよ」

「うん」

しっかりと頷く。

弱音は、散々吐いた。これからは彼の妃《きさき》としてしっかりとフリードを送り出さなければならない。

サハージャと戦い、勝利すること。それを願い、信じるのが私の仕事。

私は座っていたベッドから立ち上がり、彼の前に立った。踵《かかと》を上げ、口づける。

「——行ってらっしゃい。フリードが無事に戻ることを祈ってる」

「リディから勝利のキスをもらったからね。絶対に勝つよ」

力強く頷きを返される。

カーラが頭を下げる中、フリードはマントを翻し、一度もこちらを振り返ることなく寝室を出て行った。その姿を目に焼き付ける。

扉が閉まった音を聞き、独《ひと》り言《ごと》のようにもう一度呟いた。

「……行ってらっしゃい」

どうか、無事で。

残るは、サハージャ一国のみ。

一週間前に三ヶ国からほぼ同時に宣戦布告された時のことを思えば、状況はずいぶんと楽なものになっている。だけど相手はマクシミリアン国王で油断はできない。

だってサハージャは平然と嘘《うそ》を吐いて、他国を騙《だま》そうとする国だからだ。

どんな罠《わな》を仕掛けているのか分からないし、そもそもあの国にはギルティアという魔女だっている。

毒の魔女、ギルティア。

イーオンを狼《おおかみ》にし、カインやアベルの村を焼く原因となった女性。

多分、彼女こそがサハージャにとっての本当の切り札なのだと思う。

だって、二ヶ国が退いてもサハージャは撤退しなかった。休戦を申し出る様子も見せなかったし、それどころか援軍を出している。

おそらくだけれど、サハージャにとって、タリムとアルカナム島の戦力はオマケ程度でしかないのだ。ヴィルヘルムを少しでも弱らせるためにいれば便利、くらいの駒扱い。

だからその二ヶ国が退いたと聞いても動揺しなかったし、気にせず更なる増援を送ることができる。

まだ、勝利できると思っているから。むしろこれからが勝負だと、きっとサハージャはそう考えているのだろう。

しかもその大将はマクシミリアン国王その人だ。

サハージャ軍の士気は弥《いや》が上にも上がるはず。

いつの時代も、総大将が出てくる戦は敵も味方も燃え上がるものだから。

「フリード……」

行ってしまった夫の名前をもう一度呟き、深呼吸をして気持ちを整えた。

彼は勝つと言ったのだ。

ならば妻である私は、どんと構えて待っていよう。

彼が帰ってきた時、笑顔で迎えられるように。

「カーラ、着替えを用意してちょうだい」

側に控えていたカーラに告げる。

私にできるのは、彼を信じて待つことだけ。

きっとフリードは無事で帰ってくる。

だから私は不安に怯えず、日々を過ごそう。

それが彼の望んでいることだと分かるから。

「……ご正妃様。っ！　はい、ただいま。ただいまご用意いたします」

表情を引き締め、普段通りに告げた私を見て、カーラは深々と頭を下げた。

あとがき

こんにちは。月神《つきがみ》サキです。いつもありがとうございます。八巻です。

……やっとここまで来たという感じです。

七巻に引き続き、息も吐かせぬ展開が続きますが、以前の巻も読み返しつつ楽しんでいただければ嬉しいです。

今回のカバーとピンナップ、実は蔦森《つたもり》先生がご提案下さったものとなっています。

カバーは死ぬほど格好良くて、こんなに素敵で良いの!?　となりましたし、ピンナップはイチャラブなふたりが楽しめて、こちらも本当に最高でした。

挿絵もですが、毎日舐めるように眺めています。

蔦森先生、いつも素晴らしいイラストをありがとうございます。

さて、王太子妃編もいよいよ佳境。次もできるだけ早くお届けできるよう頑張りますので、引き続き応援のほどよろしくお願いいたします。

ではまた、次回九巻でお会いできますように。

二〇二二年十二月　月神サキ　拝

王《おう》太《たい》子《し》妃《ひ》になんてなりたくない!!
王《おう》太《たい》子《し》妃《ひ》編《へん》8

月神サキ

2023年1月5日　初版発行

著者　月神サキ

発行者　野内雅宏

発行所　株式会社一迅社
〒160-0022 東京都新宿区新宿3-1-13 京王新宿追分ビル5F
電話　03-5312-7432（編集）
電話　03-5312-6150（販売）
発売元：株式会社講談社（講談社・一迅社）

印刷・製本　大日本印刷株式会社

DTP　株式会社三協美術

装丁　AFTERGLOW

ISBN978-4-7580-9517-4

MELISSA

●本書は「ムーンライトノベルズ」（https://mnlt.syosetu.com/）に掲載されていたものを改稿の上書籍化したものです。